二十一歳のはつ春

菅原信隆
SUGAHARA Shinryu

文芸社

※この作品は昭和五十年前後を舞台とした小説です。そのため、「看護婦」など、昨今では使われない言葉や、当時の価値観を反映させた物言いをあえて使用している箇所がございますことをご了承ください。

一

暗い中で布団に横たわりながら左腕を口の近くまで引き寄せ、腕時計の文字盤を見ると、蛍光塗料を塗った針は三時三十二分を指していた。

この時間に病室内で目が覚めているのは、いつものことではあるが、自分だけである。他の五人の患者はどの人も、気持ちよさそうに眠っている。それが普通だった。寝息が聞こえる人もいるが、死んでいるのではないかと思われるくらいに静かな人もいる。たまにはいびきの音が聞こえてくることもあった。しかし今は、どの人もまだすやすやである。起床の合図がある六時までは、今日もこの状態が続くようだ。

外の暗い廊下に足音は全くしていない。時間は早朝なのだが、多くの患者にとってはまだ真夜中なのだ。他の患者に比べ、自分の目覚めが異常に早いだけのことである。毎日消灯は九時で、ベッド備え付けの電気を点けていてもいいのが十時までだ。その後は真っ暗闇で、強制的に眠らされる。病院の決まりごとなのでどうしようもないが、自分の普段の生活では五時間半も眠れば自然に目が覚めてしまい、それ以上横になっているとかえって腰が痛くなってしまう。暗闇の中では何もすることが出来ないので、看護婦が病室の電気を点けに来るまでは、仕方がなく横になっているのがいつもだった。

しかし今日からは松葉杖なのだ。既に心はそちらに向いていた。左足股関節脱臼の骨切り手術を受けたのは二ヶ月半ほど前であるが、車椅子の生活から歩行器に移り、漸くここまで辿り着くことが出来たのだ。松葉杖となったら格段に行動範囲が広くなる。まだ一度も使ったことはないが、廊下を歩く他の患者の姿を見ていると、それほど難しくはないように思えていた。歩行器と松葉杖では、歩き方が全く違う。歩行器では、立ってはいるものの、若い人でもお爺さんたちと変わらぬような弱々しさが見受けられた。しかし松葉杖となったら、持っている力がものを言うようだ。腕力には自信があった。昨日までは弱々しそうに歩いていたこの男が、今日からはかなりの程度力強く歩けるのだ。その姿をしのぶちゃんには見てほしかった。今までの自分は全くの病人だった。しかし今日からは、病人であることに変わりはないが、今までの状態を一歩も二歩も飛び越え健常者に近付くのである。

しのぶちゃんの自分を見る目がどう変わるのか、関心の殆どはそこにあった。松葉杖が届けられるのは、おそらく朝食の後であろう。その前では食事の準備で忙しくて、看護婦には時間がないはずだ。問題は、誰が持ってきてくれるかである。まさか、リハビリ室の男の先生ではないだろう。それだけは勘弁してほしかった。しのぶちゃんが持ってきてくれるのが一番いいのだ。使い方を教えてもくれるだろう。そうなれば自然に話が出来るし、いつも以上に距離が近付くように思われた。立っている自分にしのぶちゃんが寄り添い、使い方を指導してくれる姿が浮かんできた。彼女の身体の一部が自然に自分に触れるかもしれない。そんなことを想像するだけで身体が火照ってきた。朝食の後となると、八時半頃だろうか？　或いは九時頃だろうか？　関心はその時間がいつかということに移って行っていた。いつもの早朝とは気持ちははるかに違って、外が明るくなってくるのがこの上なく楽しみだった。

それから四時間以上が経過し、朝食も終わってベッドの上で本を読んでいると、八時半を少し過ぎた頃だった。看護婦の高尾さんが病室に入ってきた。見ると、右腕には松葉杖を抱えている。自分の方を見ると、「井上さん、今日から松葉杖ですよ」と笑顔で声をかけてきた。担当は彼女だったのだ。しのぶちゃんでなかったのは少しがっかりだが、自分よりはるかに年上ではあるものの、彼女なら不満ではなかった。

年頃は三十五歳くらいということだが、見た目からすると二十代で通りそうである。艶のあるふくよかな顔に、ぱっちりした目が魅力的だった。今の年齢でもこうなら、十年以上前はさぞかわいかったであろうと思わせるような容貌だ。自分も三十代を迎えたならこんな女性と一緒にいたいと、自然に思うような雰囲気を漂わせていた。身長は高くはないが、低いというほどでもない。女の人としてはちょうどいいように思われた。優しさが身体全体に溢れ出ている。女性を言い表すのに優しいという言葉はよく使われるが、やわらかいというのも適当な表現であるように思われた。

彼女が側に来ると、その優しさとやわらかさの中に包み込まれるような気がしてしまう。男の患者だけにではない、女の患者に対しても同じように毎日接していた。そうだからであろう、聞こえて来る評判に悪いものは全くなかった。看護婦にもいろいろな人がいるものだ。医者や婦長の前では優しそうに患者に振る舞っても、周りに病院関係者が一人もいなくなると途端に態度を変え冷たくしたり、せねばならぬことをなおざりにするような態度を見せる人もいた。患者への接し方というのは、性格もあるが、日常の生活がそのまま出る感じがしてならなかった。高尾さんの振る舞いには、家庭での満足感がそのまま出ている気がするのだ。夫婦仲が良く、家の中がとても円満なのであろう。こんなお母さんに育てられている子供も、おそらく幸せそうな表情をしているに違いない。

笑顔のままこちらに近付いて来ると、「さあ、練習してみましょうね」と自分を促した。待望の松葉杖である。喜んでベッドから立ち上がった。先ずは側に置いてあった歩行器をベッドから離すことである。そこにあっては松葉杖で歩くのに邪魔になるように思われたからだ。中央の通路の方に押しやると、「これは今日からは使いませんね。外に出しておきましょうね」と言うと、それをつかんで廊下に出した。戻って来て二本の松葉杖を渡してくれたので、それを両脇で抱えるようにしてみた。両手は、真ん中近くにある握りの部分をしっかりと摑んだ。「こんなんでいいですか?」。そう訊ねると、「そんな感じですねえ、それじゃこちらで歩いてみましょう」と、自分を病室の真ん中の通路に誘った。先ずは言われるままに、三メートルくらい先の窓まで行ってみることにした。予想どおり、簡単に歩けるものである。途端に嬉しくなった。すぐに反転すると高尾さんに勢いよく近付き、彼女を通り過ぎて入口まで行ってみた。

「上手ですよ。それなら何にも心配はないですよ」と、明るい声が後ろから聞こえてきた。彼女も喜んでくれている。

自分が松葉杖で初めて歩く姿を見て、左隣のベッドの土橋さんというお爺さんも「上手じゃないか」と声をかけてきた。顔がにこにこしている。年齢は八十歳くらいであろうか。何の病気で入院しているのかは知らないが、お婆さんが付き添いで来ていた。お爺さんはベッドの上だが、お婆さんの寝床は窓とお爺さんのベッドの間にある狭い空間である。夜寝る時はそこにゴザを敷き、その上に布団を敷いて休んでいた。そのお婆さんも「上手に歩けてますよ」と、こちらも笑顔を向けてくれている。

土橋さんの反対側に居る松本さんはちらっと見ただけで、何も言わない。関心がないようだ。角刈りとまでは言えないがそれに近い短めの頭髪は既に真っ白になっているので、年齢は六十代か七十代であろう。今までに話をしたことは殆どない。年齢が違いすぎるのだから、話すことてなかったのだ。土橋さん夫婦が、二人でこそこそと松本さんのことを話しているのが耳に入ってきたことがあるが、二人に言わせると、松本さんは変わっているのだそうだ。どう変わっているのか自分にはわからなかったが、変わっているからなのであろうか、こちらを見ても何も言わなかった。特別なことには思っていないようだ。

松本さんの隣の知里さんは自分のベッドの真反対に位置しているが、病気が筋ジストロフィーということで痩せてしまっており、食事は何とか一人で取れるが歩けはしないし車椅子も使えないので一人でトイレに行くことが出来ず、下の世話は看護婦に頼まねばならなかった。ずっと横になっており、たまに身体を起こすくらいだ。年齢は五十代とも六十代とも見えるが、ラジオを聞いていることが多く、何の楽しみがあって生きているのだろうかと疑問に思われるのだが、顔を見るとおとなしそうで、不満な表情を見せることはなかった。今までに何度かか細い声で語りかけてきたが、今自分が松葉杖で歩いているのを見ると嬉しそうな顔で、「ほんとう、上手だ」と、土橋さん夫婦に相づちを打つように笑みを浮かべて言ってくれた。

その隣の一番廊下側にいる相川さんはリュウマチで身体がかなり凝り固まっており、首を横に動かすことさえ出来ない状態だ。しかし声は大きく、ベッドに腰掛け向こうを向きながらいきなり話し出すので、誰に向かって言っているのかと、びっくりすることが何度もあった。自分が今歩いているのを横目で見ているはずだが、こちらも何も言わなかった。自分のすぐ右隣の山上さんはトイレにでも行っているようで、今は姿が見えていない。帰って来たなら何かを言うかもしれない。

病室の中を三度順調に往復すると、高尾さんが「廊下に出てみましょう」と言ってくれた。外に出れば多くの患者に見られる。待っていた言葉だった。こちらは見られたくて仕方がないのだ。喜んで指示に従うことにした。歩き始めると、簡単に十メートルほど進んでいた。後ろから高尾さんが「いい調子ですよ」と言ってくれている。そこで止まると、すぐに彼女が近付いて来た。にこにこしている。彼女にはこの笑顔が似合うのだ。

「それじゃ、わたしはこれで行きますよ。井上さんは身体ががっちりしてますから、上手になるのは早いと思いますよ。でも、無理をしちゃダメですよ」

今の言葉にも優しさがこもっている。自分の身体のことを親身に心配してくれているのが感じられた。「ありがとうございました」。嬉しさから、お礼の言葉が自然に出ていた。

彼女が向こうに去って行く。詰め所に戻るのであろう。他の病室の患者も数人見えた。いつもの廊下ではあるが、ここをこれから昨日までよりはるかに自由に歩けることを思うと、それだけで明るく感じられた。今までは行動範囲が限られていたので、話した人はほんの少しだった。二病棟の男の患者の中で二十一歳なのは自分くらいで、殆どは年上である。明らかに年下と言ったら、幼稚園児が二人母親に付き添われて入院生活を送っていたくらいだった。どちらも男の子で、足のどこかが悪いようである。中学生も高校生も見かけはしなかった。一病棟か三病棟にはいるのかもしれない。だから話したといっても僅か数人で、しかも形ばかりだったのだ。今まで一番話をしたのは看護婦たちだった。中でも准看の子たちとの話し合いは楽しみだった。この病院に来るまでは、准看という存在自体を自分は知らなかった。手術を受けた大学病院には付属の看護学校があったが、そこに入院中もその言葉を聞くことはなかった。知っていたのは看護婦という一つの言葉だけだったのだ。正看と准看がいると知ったのは、ここに来て初めてである。それまでは、看護婦とはどんなに若くても二十歳を過ぎた女の人だとばかり思っていたのだが、ここで一番若い女の子は十八歳である。それも一人ではなく、四人もいたのだ。それを知った時には、身体は動けないので苦しくはあったが、急に病院内が明るくなった感じがした。

自分が満足に動けないのでよく世話をしに来てくれたが、その度に話が出来た。仕事からではあるが彼女たちが話しかけてきたので、気楽に応対が出来たのだ。ここに転院してきた最初の朝、六時に勢いよく病室に飛び込んできたのはひとみちゃんだった。初対面ではあったが、見ると、顔がミルキーのペコちゃんそっくりではないか。口の横に舌をペロッと出していないだけである。その子供らしいかわいい顔に、途端に嬉しくなった。おまけに体型は小太りでスタイルとしては良い方ではないが、親しみが感じられた。そんな女の子がこの病院にいるなどとは、全く予想していなかったのだ。

彼女の登場は、それまで一ヶ月近くいた大学病院の雰囲気を一掃してくれた。急に心が晴れやかになるのを感じたが、その後間もなくしてしのぶちゃんが入ってきて言葉をかけてきた時、その場はとっさのことだったのでスムーズに話が出来たが、彼女が去った後には、心臓が既に当たり前ではなくなっていた。高校に入学した時に他の中学から来た女の子に一目惚れをし三年間思い続けたが、その初めの時と同じような心のときめきを身に覚えたのだ。白い肌、ふっくらした頬、甘えるような眼差しと少女のような仕草、そのどれもが自分の心を高揚させた。思わず肌に触れてみたくなるような衝動に駆られたのだ。その彼女がそれから毎日のように来て話をしてくれた。自分が当たり前の身体だったならそんなことはなかっただろうが、手術を受け身動きがまともに出来なくなったばかりにそんな幸せなことに出合えたのだ。不自由な身になったのもいいものだと初めて思えたのも、しのぶちゃんとの出会いからだった。

今眺めているこの長い廊下に、彼女の姿は見えない。しかし、今日も来ているはずだ。どこかにいるに違いない。今までは受け身が多かったが、今日からは違う。こちらから積極的に行けるのだ。顔を合わせることが出来たなら言葉がなめらかに出ては来ないかもしれないが、とにかく会いたかった。ここまで来れた姿を見てほしいのだ。見たなら彼女の方から先に何か言ってくれるかもしれない。そうなればなおのこと話がしやすくなる。とにかく、ここは彼女を探すことである。どこまで歩けるかはわからないが、詰め所くらいまでは簡単に行けそうな気がした。それから先をどうするかは、そこで考えればいいだけのことである。もしかすると、詰め所の中に今いるかもしれない。しかし、沢山の看護婦がいたのでは話しかけにくくなる。一人でいる時がいいのだ。そうであることを望んだ。

廊下を進んで行くと、隣室のおばさんとその斜め前の病室の年配の男の患者とすれ違ったが、二人はただこちらに目を向けただけで、話しかけるような素振りは全くなかった。この若いのもようやく松葉杖になったか、くらいにしか思ってはいないようだ。顔はお互いに知ってはいたが年齢は甚だ違うし話をしたことが殆どなかったのだから、そのような態度を取られても仕方がないように思った。食堂の所まで行くと、中には痩せた男の患者が外の明るい方に身体を向けて本を読んでいるのが見えた。歩行器で歩いている時にも何度か見かけていたが、今日もいつもの場所に来ていた。そこが一番落ち着くのであろう。何の本を読んでいるのかはわからないが、よほど読むことが好きなようだ。

詰め所に誰がいるのかハッキリ見える所まで来ると、関心は自然にそちらに向いた。中には五人がいた。高尾さん以外では五十代くらいかと思われるおばさん看護婦二人と、あとはひとみちゃんと久子である。しのぶちゃんはいなかった。どこかの病室へ行っているのであろう。顔を見られないのは少しがっかりだが、今は皆と一緒にいてくれない方がよかった。これで一先ずは胸の鼓動から解放される。

ひとみちゃんがいるとわかると、からかってみたいという思いが自然にわいてくる。彼女の子供のような反応はいつも面白かった。久子は同じ准看なのだが、どことなく大人っぽい。身長はひとみちゃんと変わらないくらいだが、久子の方が小さく見えた。かわいらしさではひとみちゃんが上だが、身体の締まり具合は久子が優っていた。年齢が一緒だと聞いた時には、少しばかり首をひねったものだ。どう見ても二歳か三歳上のような感じがしたし、自分と同じくらいかもしれないと思わせる雰囲気を持っていた。久子は机に向かって座り、下を向いている。書類でも見ているのであろう。ひとみちゃんは立ったままで何かをしていた。松葉杖で自分が近付いて行ったら二人がどんな反応を示すか、それを見るのも楽しみに思えていた。ここは二人の反応を確かめてから、心が落ち着いたところで先へ進むのがいいように思われた。

松葉杖とはすぐに慣れるものである。簡単に詰め所の手前まで来ていた。これなら病棟の端までも、何の無理をすることなく行けそうだ。歩くスピードをゆるめながらひとみちゃんに目をやると、すぐにこちらに気が付いた。真面目な表情がすぐに笑顔に変わった。だからといって自分を思う心があるとは思えないが、何も変化がないのなら全く関心がないということになってしまう。こちらを見て喜ぶような顔になってくれたのだ。それだけでも嬉しかった。何か話しかけてくるのかと思ったが、そうではなく側の久子に向かって何か言っている。まだ少し距離があるのでハッキリと聞こえはしないが、様子からして「井上さんが松葉杖で歩いて来たよ」とでも言ったようだ。久子はその声に頭をもたげると、カウンター越しにこちらに目を向けた。真剣そうな眼差しが、これも愛嬌のこもった表情に変わった。それだけではなく、自分だとわかるとこちらに向かっていたずらっぽく手を振ってくれるではないか。久子がそうすると、ひとみちゃんもそれに続いた。これも真剣というよりは、面白さ半分である。表情がそれを示していた。

真面目ではなくても女の子から嬉しそうに手を振られるなんてことは、今籍を置く工業大学では決して起こらないことだ。何せ学生の九十九パーセントくらいは男なのだから。十八歳の女の子二人に手を振られると、こちらも無意識の内に顔がゆるんでしまう。しかし一対一ならいいのだが二対一となると、こちらが年上でも力としては向こうが上だ。二人にかなうものではない。彼女たちが自分を見てそうすると、それに気が付いた高尾さんも笑顔をこちらに向けて、コクリとうなずいた。順調に歩いてるな、とでも思っているのであろう。他の二人のおばさん看護婦は、ちらっと目を向けただけである。しかし女性三人にそのように迎えられると、嬉しくはあるものの、恥ずかしさが強くなる。ここに辿り着くまでは、あわよくば足を止めて話をしようかと思っていたのだが、三人が相手ではからかうどころか、逆にそうされてしまうような雰囲気だ。自分の方が恥ずかしく思っていることを、今は見抜かれないようにしなければならない。ならば、松葉杖の練習をしている最中なのだと見せるのが一番いいはずだ。その思いがわいてくると、身体全体に力を込めスピードを上げた。目は、廊下の先の方へである。

詰め所を境にして、向こうは反対側の病棟だ。しのぶちゃんはどこかの病室にいるに違いない。今度は歩く速さをゆるめた。一室ずつ確かめながら進もうと思ったのだ。しかし、戸が開いている病室ばかりではない。閉じている所もあった。それはどうすることも出来るものではない。どこから出てくるのかとそのことを思うだけで、心の高鳴りは抑えきれなかった。もしかすると、いきなり出て来て簡単に自分を過ぎ去り後ろへ行ってしまうかもしれない。そうなれば話すどころか、何もなくて終わってしまう可能性が出てくる。そうならないようにするためにも、今はゆっくりと進む方がいいはずである。

歩いて行くと他の看護婦がいることには気が付いたが、彼女らしい姿は見かけなかった。半分が過ぎてもそうである。しかし、あと半分残っているのだ。更に前の方に歩を進めて行くと、残すところは右と左に二つずつの四室だけとなってしまった。そこにもいないのならば、あきらめねばならないことになるはずだ。それを思うと、少し淋しい気持ちになった。しかし今の足の状態ならば、今日一日だけで何度か往復出来そうである。今日に限って出勤しないということはないだろうから、二回目・三回目に期待すればいいだけのことである。そう思うと、かえって気持ちが楽になった。

一番右奥の一つ手前の病室を覗くと、白髪が半分ほど交じった女性を立たせようとしている若い看護婦の姿が見えた。その途端に心臓の鼓動が激しくなった。向こうを向いてはいるが、黒々とした艶のある髪、スラリとした手足、締まったウエストは、間違いなく彼女である。止まろうかと一瞬思ったが、中から中年の患者がこちらを見ている。しのぶちゃんが今ここにいなくても、女性患者の病室の前で止まり中を覗くような行動を取るならば変に思われてしまう。動きを止めることなく先に進むのが自然に見えるはずだ。

廊下の突き当たりまで行くと明かり取りの窓の付いたドアがあり、その外は非常用階段だ。疲れてはいなかったが、そこで休むことにした。彼女が出てくるまで心を落ち着けようと思ったのだ。動悸はかなり激しい。それを何とかしなければならなかった。深く吸い込み充分に吐き出して呼吸を整え冷静になろうとするのだが、そうすればするほど状態は逆になってしまう。間もなく彼女は中から出て来るのだ。その時にどうするかを、早く考えなければならない。何はともあれ、自分の存在を気付かせることである。彼女がこちらの方を向いてくれればいいのだが、真っ直ぐ詰め所の方へ行ってしまうかもしれない。松葉杖を倒して音を立てるのが一番いいとは思うが、それをすれば自分が立っておれなくなることが考えられた。今倒れて骨折をすれば、再び手術ということになる。それだけは避けねばならなかった。しかし、音を立てなければ気付かれることは難しい感じがした。ならば、「ゴホン」と咳をしてみるのがいいように思われた。

三分ほど経つと、しのぶちゃんが病室から出て来た。こちらに気が付いている様子はない。一つの仕事を終え、次の務めに向けて真っ直ぐ詰め所へ帰るようである。その姿がちらっとした瞬間、身体は自然に動き考えていた行動を取った。

音を聞きつけると、彼女は急にこちらに向きを変えた。しかし後ろのドアの窓からの光が逆光になっているので、ここに立っているのが自分だとはわからないようである。怪訝そうな顔だ。しかし、すぐに笑顔に変わった。井上健三だとわかったようだ。無意識の内にこちらもそれに応じていた。長めの髪が口の高さで内側にカールしており、白いナースキャップは髪飾りのようだ。大きめな瞳に艶のあるふっくらした頬、高くはないが低くもない形の良い鼻の下にはうすいピンク色をした小さめの口が慎ましそうに今日も座っている。いつもと変わらない、この彼女に会いたかったのだ。こちらに近付いて来たので、逸る心を抑えるようにし、意識してゆっくりと、しかも出来るだけ力強く見えるように進んだ。

「今日から松葉杖ですね。上手ですね」。彼女の方から声をかけてくれた。この言葉を待っていたのだ。

「そんなに上手じゃないよ。初めてだからね」。ゆっくりと立ち止まった。彼女の顔を間近に見られて嬉しいのだが、同時に恥ずかしくもあった。二重まぶたの澄んだ目で見つめられると、とても目を合わせ続けることが出来なくなってしまう。それだけではない。一言目は言えたが、それに続く言葉が急に出て来なくなっていた。冷静にならねばと自分に言い聞かせるのだが、そうすればするほど状況は逆になってしまう。左胸を見ると、心臓の激しい動きがパジャマにも伝わり布が揺れ動いている。それを見られているようで更に恥ずかしさが高まり、顔は無意識の内に反対側に向いていた。何も手に持っていなかったならただあせるだけで、どう話しかけていいかわからず、しどろもどろになっていたかもしれない。しかし、松葉杖が助けてくれた。動かしてみたり握りなおしてみたりすることにより、適度な間合いが取れたのだ。肌の温かみが伝わってくる距離まで彼女が近付いてくるとじっとしていることが出来ず、いつの間にかゆっくりと歩き始めていた。前を向くと廊下を歩く他の患者の姿が目に入ってくる。その光景が少しばかり冷静さを取り戻させた。彼女は自分に寄り添うように肩を並べて歩いてくれている。松葉杖のお陰で身体が少し前屈みになるので、一緒に歩いていると、彼女の目が自分の目の斜め下くらいになった。楽しそうに笑みを浮かべる顔を横に見ながら話が出来るのだ。まるでデートをしているかのような気持ちになった。そうしているとまだ胸の高鳴りは激しかったが、話が出来るくらいの程度にはなっていた。

「初めてじゃないみたいですよ。下手な人は沢山いるんです。特に女の人にはですね」

彼女は、自分が見て欲しいところを見てくれたのだ。

「男も女も同じじゃない？」と、自然に訊ねていた。

「それは、やっぱり違いますよ。男の人の方が強いです。だから、上手な人が多いです。井上さんは身体ががっちりしてますから、何か運動をしてたんですね」

「子供の頃はスポーツ万能と言われたんだけど、次第に足が痛くなってきて、あきらめなくちゃならなくなったんだ。でも、身体は鍛えてたよ」

「胸が厚いですから運動をしてるんだと、わたし、てっきり思ってました」

「しのぶちゃんはスポーツは？」

「本当はしたいんですけど、授業が終わるのがけっこう遅いですから、今は何もしてないんです」

「毎日忙しいんでしょ？」

「忙しいかと言われますと、忙しいほうだと思いますよ」

「そうだろうなあ。休日は決まってないの？」

「そうなんです、でもだいたいローテーションは決まってますから」

話し出すと、意外に言葉が続いた。松葉杖をついて並んで歩いていると、自分の腕にしのぶちゃんのやわらかい腕がたまに触れる。それが心地よかった。今心配なのは、間もなく詰め所に到着することだった。ゆっくり歩いていても、たかだか何十メートルかの距離である。そこに着けば話が出来なくなるのだ。でも、それは仕方がない。自分に与えられたのはそこまでの時間なのだから。

「休みの日は何をしてるの？」

「だいたい寝てます」

「寝てるって、布団に入って？」

「違いますよ。横になってるだけですよ」

楽しそうに話す表情を見ていると、本当に横になってるのかな？　と思ってしまう。

「普段の仕事がきついから？」

「それもありますよ」

「買い物とかは？」

「たまに行きます」

「一人で？」

「いいえ、友達とです」

「友達って？」

「ひとみちゃんとはよく行きますよ」

聞き出したかったのは、誰かとデートをしてはいないか？　ということだった。彼女のかわいらしさからすると、つきあっている男がいてもいいはずだ。しかし今聞いたところからすると、それは察せられなかった。それが自分の心に幾分安らぎを与えた。

「食事なんかはどうしてるの？」

「寮ですから、朝と晩は出ます」

「寮って、病院の隣にある？」

「そうですよ」

「看護婦さんたちは皆入ってるの？」

「皆じゃないですけど、けっこう入ってます」

「寮は独身者ばかり？」

「皆そうです。でも、中には結婚してた人もいますよ」

結婚してた人と聞いて、何のことかと思った。が、良くないことがあってのことかもしれないので、今は詳しく訊かない方がよさそうである。

「結婚してる人はいないんだ？」

「さすがにそれはなしですよ。でも、婦長も入ってます」

婦長が入っていると聞いて、すぐに顔を思い出した。今は五十代であろうが、容貌からして若い頃は美人だったように思われた。しかし、その人が何故寮に入っているのか不思議である。まさか、その年齢まで結婚をしてないということではないだろう。

「婦長が？　……どうして婦長が？」

「別れたんです。だから入ってるんですよ」

「へーえ、結婚してた人ってのは婦長のことなんだ。でも、婦長と一緒じゃ嫌じゃない？」

「嫌ですよ。皆も言ってます」

顔を見ると、いかにも嫌そうである。他の看護婦たちもそう思っているという。年齢が違いすぎるのだから、それはそうであろう。

「そりゃ、若い人の中に五十代がいるんなら嫌だよね。一人ならアパートの方がいいんじゃないかなあ」

「そうは思うんですけど、出て行こうとはしないんです。井上さんは寮ですか？」

「寮じゃないよ。寮は四人部屋だから嫌だよ」

「そうなんですか。わたしの所は皆個室なんです」

「それならいいよね。個室があるし朝晩食事が出るなら、それは恵まれてるよ」

「井上さんは、食事は？」

「自炊してるんだ」

「ちゃんと食べてますか？」

「けっこう真面目に作ってるよ」

「朝もですか？」

「朝は食べたり食べなかったりだね」

ちょうど詰め所の前に来ていた。そこに立ったまま話を続けたかったが、他の看護婦たちがそこに何人もいるのだ。彼女に対する自分の気持ちがバレてしまうかもしれない。気付かれないように別れねばならなかった。彼女の顔を見ると、楽しそうな笑みがまだ浮かんでいた。その表情からすると、少なくとも自分のことを悪くは思っていないようだ。

詰め所の内側を見ると、久子がこちらに気が付き、意味ありげな目でこちらを見ている。何事もなかったようにここを後にするのが、今は一番いいように思われた。どの看護婦にでも取るような態度で離れるのがいいであろう。後ろめたくはあったが軽く会釈をし、目を離して帰る廊下の方に向けた。自分と別れた後にどんな表情をするのか振り返って見てみたかったが、それもしてはいけないはずだ。

詰め所とは反対の方向を見て歩いているのだが、自分に対して向けてくれたあの笑顔が眼前に浮かんでいた。肌の温かみもまだ残っていた。今日がこうなら明日からはどうなるのか、そのことの方が楽しみになっていた。

ちょうど食堂の前に来たので中を覗くと、先ほど見た患者はまだ本を読み続けていた。姿勢は前のままである。身じろぎ一つしなかったというわけではないだろうが、動いた形跡を残してはいなかった。よく見ると、真剣に文字に目を向けていた。様子からすると、読んでいる本は雑誌や推理小説といった簡単なものではないようだ。病院の外では、そのくらいの姿勢で学ばなければならないような仕事をしていたのだろう。いったい何を読んでいるのか、見てみたい気持ちになっていた。

二

その日の昼食からは食堂で食べるよう指示があったので、院内放送が流れるとすぐに向かった。これで、また一歩当たり前の状態に近付けるのだ。どんな人たちと一緒に食事をするのかと思うと楽しみだった。

行ってみるとまだそれほど患者はいなかったが、小野さんが既に来ていた。入って行くと、手招きして場所を教えてくれた。小野さんと同じテーブルである。彼はいつも暇そうで、廊下を歩いたり談話室でしゃべったりしていることが多い。学生時代はバレーボールをしていたということで背が非常に高く、一八五センチほどはあるものと思われた。他の患者と立って話している時は、頭一つくらい違うことがよくあった。廊下で二、三回短い話をしたことはあるが、それだけである。自分より十歳くらい年上のように思われた。終戦を迎えるその前後くらいの誕生のようだ。彼は足にも手にも障害があるようではない。顔色だって良いというほどではないが、かといって悪いと思わせる感じでもない。食欲も充分あるみたいだし、何のために入院しているのかさえわからなかった。入院しているのだからどこかが悪いのだろうが、どこから見ても病人には見えなかった。一緒のテーブルに座りはしたものの年齢が違いすぎるので、なれなれしく訊くわけには行かない。小野さんが早く来たのは暇だからでもあるはずだ。

テーブルには既に四人分の夕食が並べられており、それぞれに名札が置いてあった。あと二人の名前を見ると、［山下］［熊谷］と書いてあった。山下さんというのは少し離れた病室にいる患者で、廊下で見かけたことはあるが、今までに話をしたことは一度もなかった。身長は自分より少し低いくらいだが、上半身が筋肉質で締まっており、何かのスポーツしていたような体格だ。面長で男らしい顔つきである。この人も外見は健康そのものであり、どこが悪くてここにいるのかさっぱりわからなかった。熊谷さんとは三日前に洗面所で一緒になったので、入院の事情は本人からだいたい聞いていた。腕に入っている金属を抜いてもらいに来たのだということ。事故か何かで腕が折れたようだ。今では骨はすっかりつながっているので、この人も外見上は病人では全くない。休暇にでも来ているような雰囲気だった。背丈が自分よりは十二、三センチほど低く美男子ではないので山下さんと比べればはるかに見劣りがしたが、話してみると人なつっこそうな感じがした。年下の自分にも気持ちよく応対してくれた。

初めての食堂での食事だったが、すぐに確かめたかったのはご飯の量だった。大学病院ではお願いして量を多くしてもらっていたが、ここに転院してきた初日は言うのを忘れていたので当たり前の量しか出てこず、その日は持ってきたお菓子で空腹を満たすしかなかった。自分はかなり食べる方だ。丼一杯では足りるものではない。山盛りくらいでちょうどいい。翌日からは多くしてもらったが、場所が病室から食堂に移ってもそれが守られているかどうか、先ずはそれを確かめねばならなかった。空腹では就寝時間が来ても眠れるものではない。自分の名札の所のご飯の量を見てみると、多く盛られている。それを見て安心した。今日は魚の煮付けが中心のメニューである。自分のご飯の量からするとおかずは少ないが、自炊している学生にはご飯の量が足りていればそれで充分だった。

間もなく山下さんと熊谷さんが続けて入ってきた。二人の姿を見ると、すぐに小野さんが声をかけた。自分も小野さんに続いて挨拶をしたが、頭を下げただけである。自分よりはるかに年上の人たちだったので、どう声をかけていいかわからなかったのだ。二人とも同じようにこちらに返してくる。しかし、顔を向けたのは小野さんの方だった。自分は初めてなのだし年齢が違いすぎるのだから、そうされても仕方がない。三人を一緒にこんなに近く見るのは初めてだが、よく見るとどの人も三十歳前後のようである。年齢が近いからか、三人は揃うと自然に会話が弾んだ。小野さんが熊谷さんにいつ頃退院するのかと訊ねると、一週間後くらいだろうと答えた。

「帰ったらすぐ仕事に復帰するのか？」

「そうねえ、それもいいけど、時間が取れそうだから、この際身辺整理を少ししておこうかと思ってますよ」

「物が沢山あるのか？」

「けっこうありますねえ。使うだろうと思って取っておいた物が溜まってますよ。結局使わないですね」

「掃除か。俺も退院したらしないといかんなあ」

「小野さんの退院はいつ頃ですか？」

「それがわからんのさ。医者に言わせれば、栄養を取って薬を飲んでれば治るということなんだ。しかし、たまには入院でもしてゆっくり休むのもいいかと思って来てみたが、暇すぎるというのは逆にきついもんだなあ。これなら仕事をしてた方がましだぞ」

小野さんがそう言うと同じような心なのか、山下さんがすぐに反応した。

「俺もそう思うよ。暇過ぎちゃ身体がなまるよなあ」

顔を見ると、入院生活に少し飽きているような表情だ。

「お前はいつ頃帰るんだ？」

「わからん。医者の判断待ちだ」

「お前のは病気の中に入らないようだからなあ」

「しかし、いつかわからんというのがいかんねえ」

話しながら、既に三人はそれぞれに食べ始めていた。自分も続いた。

「熊谷があと一週間なら、その前に退院祝いでもしたいもんだなあ」

それを聞くと、熊谷さんはすぐに乗り気になった。

「それはいいですねえ。たまにはワーッとやるのもいいと思いますよ。上等なステーキでも食べながらやりましょうか」

「俺もここに来てから一ヶ月近くになるが、こんなに長い間酒を口にしないというのも最近では珍しいなあ。たまには飲みたいなあ」

「俺は毎晩飲んでますよ」

「飲んでる？　……酒をか？」

「ウイスキーをですけどね」

「本当か？　……どこでだ？」

「何てことはない、ベッドの上ですよ」

小野さんを見ると、驚いたような顔をしている。それはそうであろう。

「見つかるだろう？」

「見つかりませんよ。時間を考えることです」

「いつ頃飲むんだ？」

「消灯後ですよ。消灯したら看護婦は何かがなければ来ないじゃないですか。その頃に一人でやりますよ。ロックにちょうどいい氷もあるじゃないですか」

「食堂にある患者用のか？」

「そうですよ。大きめのカップに入れて廊下を歩いてても、看護婦は何も言いやしないです。水を冷やして飲むんだろうくらいにしか思っちゃおりませんからね。深酒なら問題でしょうが、少々飲むならいいんじゃないですか」

「どこに置いてるんだ?」

「何てことはない。ベッドの隣に物入れが置いてあるでしょう。あそこの中ですよ」

「ウイスキーの瓶をか?」

「そうですよ」

「あそこなら看護婦が開いて見るだろう?」

「見やすいですが、今まであそこを開いた看護婦は一人もおりませんよ。たとえ見つかっても、俺はいつ退院してもいいんですからね。何てことはないんですよ」

「お前のは病気のうちに入らないからなあ。内臓じゃないんだから、それもいいか」

熊谷さんはにやにやしながら話をしている。聞いていて呆れた。病室内で堂々とウイスキーを飲んでいるというのだ。腕の中の金属の棒を抜くだけなのだから何てことはないのだろうが、それにしても気付かれないようにしているとはいえ、医者や看護婦がいるすぐ近くでウイスキーを飲んでいるというのだから、何ということをする男かと思った。熊谷さんの言うことを聞いて小野さんは羨ましそうにしているし、山下さんにしても、顔を見ると同じように思っている感じがした。

「俺は病気の原因がまだわからんので酒を飲むわけにはいかんけど、この金魚はどうかならんかなあ」

いきなり金魚と言ったので何のことかと思ったが、目の前の夕食の魚のことだとすぐにわかった。金魚みたいに小さくはないが、大人が食べるには確かに小さ過ぎた。これなら、自分が一人暮らしでたまに食べるサンマ一匹の方がはるかにましである。山下さんは会社勤めなので高級な店で食べたり飲んだりしているのだろうから、この小さな魚では愚痴が自然に出たに違いない。金魚と聞いて小野さんも熊谷さんも自分と同じようにわからなかったが、すぐに気が付いた。

「確かになあ。これじゃ文句も言いたくなるよなあ」

小野さんも気持ちは同じなのであろう。

「おい、酒は飲むわけにいかんが、食事だけなら問題はないだろう。どうだ外で?」

するとそれにすぐ呼応したのは、またもや熊谷さんだった。

「いいですねえ。高級な所でやりましょう」

「この辺りにいい店はあるか?」

「ありますよ。近くが温泉じゃないですか。あそこまで行けばけっこう良い店がありますよ」

「お前は行ったことがあるのか?」

「一度ね」

「一人でか?」

「誰が一人で行くもんですか」

「何だ、例の彼女とか?」

「そうですよ」

彼女と聞いて、熊谷さんには彼女がいるんだなあ、と思った。小野さんはそれを知っているのだ。年齢からすると彼女がいてもおかしくはないが、背は低いし格好良くもないし、少しばかりおじさんのような感じをさせる熊谷さんである。そんな熊谷さんにどんな彼女がついてくるのかと思うと、見てみたい気持ちになった。その彼女と店に食事に行ったということだが、彼女が見舞いに来た時なんだろうと思った。その時に、小野さんはその彼女を見かけたのであろう。

「近くで食事をするのはいいけど、美味しい物を食べたら飲みたくなるぞ。熊谷だけ飲んで俺たちは見てるだけだぞ、小野。それでもいいのか？」

「それはそうだなあ。熊谷がいいだけ飲んで俺たちが飲めないなら、こっちは欲求不満になるよなあ」。顔を見ると、こりゃダメだ、と言わんばかりである。

「そういうことだ」

「なら、止めておくか」

二人の結論は簡単だった。熊谷さんを見ると、拍子抜けしたようなつまらなさそうな顔になっている。せっかく皆で飲めると思っところが真逆になってしまったのだから、気持ちはわかりそうな気がした。

三人の言葉遣いからして、熊谷さんが三人の中では一番若いようである。しかし、小野さんと山下さんのどちらが上かはまだわからなかった。

三

次の日の午後、昼食が終わってからその日三回目の松葉杖の練習に廊下に出た。食堂の所で中を覗くと、誰一人としていなかった。いつもの人は、今日は自分の病室で本を読んでいるようだ。詰め所へ行ってみると、どの人もそれぞれに仕事をしており、こちらにすぐに気が付いたのは田川久子と正看の山崎礼子・添田康子の三人だけだった。久子は何か話したそうにこちらを見ており、山崎礼子は気が付くと軽く頭を下げただけで、話しかけようとか近付きたいような素振りは全く見せない。添田康子に至ってはちらっと見ただけでにこりともせず、すぐに目を手元に向け直してしていた仕事を続けた。彼女は少し年上であり、二十一歳のこの男は自分の関心の対象外だと頭から思っているようだ。スラリとした体型の美人なので話しかけてほしかったが、金は持っていないし色男でもない学生などどうでもいいのであろう。そう扱われても仕方がないとは思うが、目の前でそのような態度を見せられると、自分のもてないことをあらためて思わされてしまう。しのぶちゃんが向こう向きに忙しそうに何かをしているのが見えたが、その様子からして、話しかけるタイミングは今のところないようだ。ひとみちゃんの姿はなかった。どこかの病室に行っているのであろう。

談話室に行ってみた。見舞いの人が何人かいたが、室の一番奥に小野さんがポツンと一人手持ち無沙汰に座っているのが見えた。今日も時間を持て余しているようだ。小野さんだけなので寄らずにそのまま歩行練習を続けようと思っていると、山下さんが自分のすぐ後ろに来ているのに気が付いた。彼も暇つぶしにここに来たようだ。二人が話すのなら自分も参加しようかと思って、山下さんと一緒に進んだ。自分たちを見ると、小野さんは嬉しそうにしている。やはり話し相手が欲しかったのだ。小野さんの側の椅子に座って廊下の方に目をやると、熊谷さんと同室で自分と同じ股関節脱臼の手術を受けた佐々木さんが松葉杖でこちらに向かって来るのが見えた。自分は左足の骨切り手術だったが、佐々木さんは右だった。同じ病気で年齢が一歳しか違わないので、それまで何度か話をしたことがあった。歩き方は自分よりもいい。少し早めに手術を受けているのだ。今は文学部史学科の四年生だという。佐々木さんが座り四人になると、小野さんが佐々木さんに訊ねた。

「熊谷は今日はどうした？」

熊谷さんの方が年齢が近いので、佐々木さんよりは関心が向くようだ。

「外出ですよ」

「外出？　……どこへだ？」

「よく知りませんが、めかし込んでましたよ」

「めかし込んでた？　……そりゃデートだなあ」

「デート？　……誰とですか？」

「お前は同じ病室にいて知らんのか。林恵子だよ」

「林恵子って、あの准看の恵子ちゃんですか？」

「そうだ。同じ所にいて知らんとは、お前も随分抜けてるなあ」

佐々木さんの顔を見ると、ビックリしたような表情を浮かべている。驚いたのは自分も同じだった。熊谷さんに彼女がいると聞いたのは昨日のことだが、その彼女とは准看の林恵子のことだったのだ。しかし、熊谷さんが入院したのは一週間ほど前ではないか。そんな僅かな時間でデートをする仲になるというのは、どう考えてもおかしかった。そうなるには、こちらが知らない何かがあるはずだ。小野さんがその辺の事情をよく知っているようである。山下さんの顔を見ると、彼も知らなかったようだ。三人が何も知らぬとわかったせいか、小野さんは俄然はりきって話し出した。

「熊谷が入院したのは一週間ほど前だけど、あの男はその半年近く前にここに運ばれてきたんだぞ。工事現場で高い所から落ちて腕の骨を折ったんだ。一度は退院して今回は二度目だからなあ。一度目の入院の時に林恵子と出来てしまったという話だぞ。どの看護婦も認めるんだから間違いはないはずだ。今日は彼女の休日なんだろう」

林恵子は、特別きれいでもかわいいわけでもないどこにでもいるような普通の女の子で、しのぶちゃんやひとみちゃん・久子と同年である。その彼女と熊谷さんを並べて思い浮かべてみた。十歳か、或いはそれ以上年齢が離れているのではないかと思われた。三十歳前後でも、特別に格好がいいとか男らしいというならわかりはする。しかしあの風貌の熊谷さんに、若すぎるくらい若い林恵子の心をなびかせる魅力があるとはどうしても考えられなかった。どのようにして十八歳の女の子の心を奪うことが出来たのか、いったい何をしてそうなったのか、それを知りたくて仕方がなかった。格好が悪いというわけではないが、少なくとも良いとは見えないのに彼女が出来るのなら、この自分にだって誰かがついてきてもいいとは思うのだが、その点においてはこの男は全くダメなのだ。今までにうまく行ったことは一度もなかった。何をどうすればそうなれるのか、道があるのならば知りたかった。小野さんの態度を見ているとその辺のことには詳しいようだし、随分と場慣れをしている感じがした。次に何と言うのか、関心はその一点に集中していた。顔を見ると、いかにも自信ありげである。何かが出てくるはずだ。一言も聞き漏らすまいと思った。山下さんを見るとそれほど関心はあるようではないが、佐々木さんは自分と同じ心のようである。身を乗り出すようにしていた。彼も次の言葉を待っているのだ。我々二人の態度を見たからか、小野さんはゆっくりと落ち着いた話し方で続けた。

「熊谷は見かけとは違って、随分と手が早いんだなあ。手が早いのにはかなわんよ。林恵子もそうだが、ここの看護婦達はどの子にもちゃんと彼氏がいるという話だぞ。看護婦本人が言ってるんだから間違いないだろう」

熊谷さんは手が早いからだと小野さんは言った。それを聞くと、教養課程の時代に仲間が言っていたことを思い出した。いかにしたら彼女をつくれるかを話し合っていた時だったが、女の子とのつき合いがわりと多い男が「小学生の時はかわいいのがもてるし、中学・高校時代は格好いい男がもてるよなあ。しかし、大学へ行ったら手の早いのがもてるんだ」と言ったのだ。その時「顔は関係ないのか?」と訊くと、「関係ないわけではないが、そんなことより手を先に出した方が勝ちだぞ」と彼は皆の前で自信を持って言った。聞いていた仲間は笑いながらも頷くような顔をしたが、自分としては手を出すというのがどうすることなのか、その道を知りたかった。詳しく教えてくれる人は一人もいなかったのだ。またあの時自分には、特別好きな女の子はいなかった。だから訊ねることもなかったのだ。

今小野さんが言ったことからすると、熊谷さんは林恵子に手を出すのが上手だったのであろう。そう理解するのがいいように思った。どこでどのように手を出したのか詳しく知りたかったが、熊谷さんとはそれを訊けるほどの仲ではない。

あと一つ小野さんは言った。この病院の看護婦はどの子にも彼氏がいるという。どの子も彼氏を持っているというのなら、しのぶちゃんにもいるということになる。あのかわいらしさである。いない方がおかしいというものだ。ならば、自分の出番は全くないということになってしまう。そうは思いたくないのだが、認めねばならないことのように思った。

しかしそうならば、先日の自分に対する彼女の態度は何だったのかと思ってしまう。少なくとも悪くは思っていないような気がしてならないのだ。どうもよく理解が出来なかった。そんなことを思い巡らせていると、佐々木さんがとんでもないことを言った。

「聞いた話だけど、田川久子は同棲してるということですよ」

聞いていて再び驚かされた。あの久子が同棲をしているだなんて、想像さえしたことがなかったからだ。佐々木さんの顔を見ると真面目な表情だ。冗談を言っている様子ではない。同棲という言葉は知ってはいたが、自分の大学の学生の中に彼女を持ってるのがいるとはいえ、同棲をしている男のことは聞いたことがない。自分が知らないだけかもしれないが、噂さえ聞いたことはなかった。大都会の中の特別な人間がすることかと思っていたが、こんな田舎で、しかも仕事をしているとはいえ、年齢からすればまだ高校三年生なのだ。いつも顔を合わせているあの女の子が男と一緒に住んでるだなんて、現実のこととはとても思えなかった。佐々木さんは噂に聞いたことをただ言っただけかもしれない。

「それ、本当なんですか？」。無意識の内に訊いていた。

「他の看護婦にも訊いてみたけど、皆知ってたから間違いないと思うぞ」

こちらを向いてにやにやしている。その表情からすると、小野さんにはかなわないが、この自分に対しては余裕があるようだ。他の看護婦も知っているというのなら、やはり本当のことなのであろう。久子の顔を再び思い浮かべていた。何事もないように毎日愛嬌良く仕事をしているし、たまには親しげな顔を自分に見せる。特別な女の子でも何でもない普通の子だ。その彼女が、時代の先端を走るようなことをしているというのである。女の子のことに関しては自分なんかお話にさえならないのだが、三歳も年下の久子がはるかに先へ行っていたのだ。彼女や林恵子だけではなく、同じ准看のしのぶちゃんとひとみちゃんを思い浮かべてみた。二人とも純情そうな顔だ。しかし四人の中の一人は熊谷さんと既に出来てるというし、あと一人は堂々と同棲しているというのである。他の看護婦がそのことを知っていておくびにも出さないということは、彼女たちにとってそんなことは当たり前ということなのだろうか？　同じようなことを皆しているということなのか？　という思いがわいてきた。しのぶちゃんの顔が浮かんできた。ひとみちゃんの顔も続いた。しかし、彼女たちの顔とそのような行動はどうしても一致しなかった。また、そうあってほしくはなかった。しかし、久子ならまだ説明がつくような気がした。しのぶちゃんやひとみちゃんにはない落ち着きがあったし、二人には全く見られない男慣れしたような雰囲気があったからだ。同棲しているので、そのような姿が自然に出て来ているのかもしれない。

自分は甚だ驚いたが、小野さんと山下さんの顔を見ると、何てことはないそんなことは当たり前だ、とでも思っているような様子だ。小野さんがこちらを見ている。何か言いたそうだ。

「お前たちも少しは見習ったらどうだ。女の子は皆誘われるのを待ってるんだぞ。毎日病室の中に閉じこもってばかりいないで、積極的に誘ってみろよ」

小野さんは佐々木さんにも自分にも彼女がいないことはわかっているようだ。それだけではなく、自分が女の子の扱い方さえよく知らないことをも見抜いているような気がしてならなかった。しかし、そう思われるのは癪だ。

「でも、この足じゃダメですよ」。足のせいにするのが一番いいはずだ。理由が成り立つ。

ところが、小野さんには通用しなかった。

「それがダメなところなんだ。それはお前の言い訳だ。誘う前から言い訳をしてるだろう。それが足が悪いのはわかるがなあ、その内に良くなって行くんだぞ。今から積極的にやっておく、これが大切なんだ。熊谷を見てみろ。入院しながらちゃんと誘ってものにしてるだろう。今から唾を付けておけばいいんだ」

佐々木さんを見ると、照れ笑いを浮かべている。彼は身長は自分よりあるが、美男子というほどではない。しかし文学部なのだから彼女がいてもいいはずなのだが、どうも積極性には欠けるようである。

小野さんにそう言われても、この自分が誘ったとて女の子が心を向けてくれるとは思えなかった。良い機会があれば熊谷さんに詳しく訊いてみたかった。どのようにすればいいのかを。小野さんの口ぶりからすると、その辺の道にはかなり通じているようである。恥ずかしくはあるものの、知らないものは知らないのだ。訊いてみるのが一番いい、そう思った。相手は年上だし男同士なのだから、恥をかいてもそれほどのことではない。この際である、少しでもその道のことを知っておく方が得な気がした。

「誘うって、どういう形でするのが一番いいんですか？」

小野さんの顔を見ると、お前はそんなことも知らんのか、とでも言いたいような表情だ。馬鹿にされているようだが、ここはそう思われても仕方がない。

「先ずはなあ、どういう形であれ誘うんだ。後は雰囲気作りが大切だなあ。初めは会って話をするくらいでいいけど、二回目からはデートのコースを考えておくことだ。どういうふうにしたなら彼女が喜んでくれるか、それを考えないとだめだ。女の子はなあ、一回目よりは二回目、二回目よりは三回目と、回を重ねる度に前以上のことを求めてくるもんさ。それに応じられるように、こちらも準備をして行かんとな。美味しい物を食べるのは欠かせないなあ」

経験上からであろう、いかにも簡単なことのように話した。回を重ねる度に女の子は更に求めてくると小野さんは言ったが、どういうふうに応じて行けばいいのか、自分には具体的な道がわからなかった。

「女の子というのは、誘えば案外来るもんだ。ダメであればそれもしかたがない、くらいで行けばいいんだよ」

横から山下さんも同じように言った。山下さんの男らしさからすると誘ったらすぐに女の子がついて来る気がするが、自分となるとてんで自信がなかった。彼を目の前にすると、どうしてこうも違うのかと思ってしまう。

話が終わり三人と別れて病室に戻ろうとして廊下を歩いていると、食堂でいつも何かを真剣に読んでいるあの患者がこちらに向かって来るのが目に入った。手にはカップを持っている。水でも飲みに行ったのかもしれない。足運びはゆっくりで、右足首に力が入らないのか、歩く度にスリッパがゆっくりと床を叩くパタン、パタンという音が響いた。口の周りにはうっすらと髭が生えているが、目は光っており、何物かをじっと見つめているようだ。廊下には何も置いてはいないのだが、目に見えない何物かを見ているような感じがした。身体は弱っているように見えるのだが、その目には強さがあった。どこからその強さが出ているのか、自然に心を引かれた。

四

松葉杖での歩行が始まって二週間ほどが経過した。足の具合は確実に良くなっているのがわかった。手術を受けた方の足を床に付けても、以前ほど痛みを感じなくなって来たからだ。この病院の一階のリハビリ室の隣には、広い風呂場の中に長さが十メートルくらいの温水プールがあった。ここから五〇〇メートルも歩けば登別の温泉街があるのだ。お湯が豊富だからであろう。風呂だけではなくプールにも温泉水が引かれていた。湯船も三つある。さすがに温泉場だ。自ら希望して水泳をした。筋力回復に一番効果があると思ったからである。毎日泳いだからであろう、足を横に上げる力もかなり付いていた。松葉杖を使うようになって初めてわかったことだが、歩くには前後に足を動かす筋肉があるだけではダメで、横へ動かす力もなければ出来ることではないのだ。

この病院に移される前のことを思い出してみた。手術後しばらくの間、足は固定されて身動きが出来ない状態だったが、その重しがようやく外され楽になったものの、医者に動かしてごらんと言われたのでそうしようとすると、どんなに頑張ってもピクリともしなかった。力が全く入らないのだ。まるで自分の足ではないようになってしまっていた。長い間固定されて動かすことが出来なかったので、筋力は落ちてしまっていたのだ。足の不自由な老人はそれまでに何人も見ていたが、二十一歳の自分が、気が付いた時にはそうなってしまっていたのである。リハビリを開始すればすぐに回復すると医者に言われていたので心配はしていなかったが、実際に回復するには一日や二日ではとても無理なのだ。けっこうかかるものである。しかし、水泳の力はすごかった。見る見る内に筋力が回復して来るのがわかった。水泳は足に体重がかからない。だから泳いでいる間は、痛さを感じることが全くなかった。毎日一時間ほど休むことなく泳ぐのだから、目には見えないが、リハビリとしては最高の効果を発揮したのであろう。この分なら片松葉でも何とか歩けそうな気がするところまで来ていた。まだ許可は下りていなかったが、試しにしてみようと思った。気付かれなければいいはずだ。病室内を実際に歩いてみると、けっこう歩けるではないか。しかし、無理は禁物である。廊下ではいつものとおり、両松葉で歩行訓練を続けることにした。今日も何往復かするつもりである。

廊下に出て歩き始めると、二つ目の病室の中から久子の声が聞こえてきた。その声を聞くと、すぐに彼女の同棲のことを思い出した。いつ頃から一緒に住みだしたのかは知らないが、そんなことをしているのなら、たとえ十八歳でも少々のことでは動じないに違いない。普段の態度を思い出しても、しのぶちゃんやひとみちゃんとは大きく違っているところがあった。二人は近くでまともに顔を合わせると、恥ずかしそうな表情をしばしば見せる。しかし久子は同じような状況になってもそんな様子はなく、逆にこちらをじっと見返すのだ。見られたこちらが視線を外さなければならなくなることが何度かあった。冗談を言ってからかったことも何度かあるが、今声が聞こえてくると、急にいたずら心がわき出して来た。廊下の壁に片方の松葉杖を立てかけ、もう一本の松葉杖に体重がかかるようにして悪い方の足に負担がかからないようにすると、片松葉の状態で彼女が出てくるのを待った。

三分ほどすると姿を見せた。気が付いてこちらを見ている。ここぞとばかりに声をかけた。

「よう、久子ちゃんじゃない」

相手は十八歳なのだから、年上のお兄ちゃんが話しかけてあげようという心を示したつもりだ。久子にならそのように簡単に声をかけることが出来た。その呼びかけに彼女は、何てことはないといった調子で反応した。

「あら、井上さん」

様子からして詰め所へまっすぐ帰ろうとしているようなので、考えていたとおり彼女と一緒に歩くことにした。並んで歩き顔をのぞき込むと、にこっとしている。その表情からすると、自分のことをそれほど悪くは思っていないようだ。そろって歩くことに抵抗はなさそうである。気が付かないかと思ったが、やはりそこは准看とはいえ看護婦である。自分が松葉杖一本で歩いている違反行為にすぐに気が付いた。

「あれ？　井上さんは片松葉の許可が出てたっけ？」。婦長ならやかましく言うところだが、久子ならそれほどではない。それは見越していた。

「俺のような格好いい男にはすぐに許可が出るんだぞ」。そう言って，再び顔をのぞき込んだ。

「何言ってますか」。返ってきたのはその一言だけだった。それも非難するといった調子ではなく、笑ってである。もっと強く言われるのかと思ったが、話す内容も態度も准看だった。今は横からこちらを見上げるようにしている。親しみを感じている雰囲気が顔全体に出ていた。見下ろすように彼女の顔を見続けると、甘えるような目を見せている。こちらはいたずらのつもりなのだが、そんな目をされると少し緊張気味になり、いつの間にか心臓は音を立て始めていた。

しかし、ここで目をそらしたなら男の自分が彼女に負けたようになってしまうはずだ。女の子の経験が全くないことも察せられるかもしれない。ここは勇気を出すしかなかった。今の状況はドラマの場面ならば、主人公が恋人と見つめ合っているような格好だ。彼女もこちらの心を察したのか、それに付き合うような表情を見せている。前を見ると誰も歩いてはいなかった。今の状態では後ろを振り返ることは出来ないが、いても患者くらいであろう。それならいい。彼女の肩に手を回すのに絶好のチャンスである。それを実行しようと思った。そんなことを他の看護婦にするなんてことは考えることさえ出来なかったが、彼女になら通じる感じがしたのだ。失敗したなら上手に誤魔化しておけばいいだけのことではないか。冗談でしているのだと思わせればすむことである。

しかし実際に行動に移そうとすると、途端に身体中に緊張感が走った。回そうとする腕が今にも震えそうだ。今までに女の子の肩に手を乗せたのは、中学と高校のフォークダンスの時だけだった。しかしあの時は肩に腕が乗っただけで、肩を手のひらで包んだわけではない。腕や手がただ自然に触れるのと、意図的に抱くのとではてんで違う。今まで全くしたことがないことをこれからしようというのだから、たとえ相手が久子でも、心臓は無意識の内にバクバクと音を立て始めた。その響きが身体全体に感じられる。変に行動して恥をかくより止めた方がいいのではないか、という思いがわいてきた。

しかし一方、それではお前は男ではないじゃないか、という声も聞こえてきた。男でないというのは受け入れ難いことだ。ならば、ここはやるしかない。今のチャンスを逃せば、間もなく詰め所から誰かが廊下に出てくるに違いない。看護婦には見られたくなかった。特にしのぶちゃんには絶対に、である。早くやるしかない。こういう場合は久子がこちらの腕を簡単に払いのけるように、わざと持って行く方がいいはずだ。ならば、彼女が気が付くように回せばいい。そうだ、久子が明らかにわかるようにすればいいではないか。この男が肩を抱こうとしているのがわかったなら、そうされる前に久子はこちらの腕を払いのけるようにするはずだ。そうなれば抱くことはなくなるし、自分の行為は冗談だったですむであろうから、なんとか格好も付く。そうだ、その手で行こう。肚が定まると、並んでいるので少々歩きにくくはあったが、彼女の首を通り越して反対側の肩におそるおそる大きく腕を回し始めた。

自分の腕の動きを今久子は見ている。そろそろ彼女の腕が動くはずだ。ところがどうであろう。嫌がる素振りを見せるどころか、自分の腕の動きを見てにこっとするではないか。予想していたのとは全く違う反応に、慌てたのは自分の方である。腕を止めようかと思ったが、それをしたなら甚だ不自然なだけではなく、あんた何してんの？　とでも思われそうだ。動きは既に止められないところまで来ていた。とうとう彼女の肩が手のひらにすっぽりとおさまってしまった。手を置くだけなら、今の状況では不自然である。こんなことをしてもいいのかと思ったが、軽く握るしかなかった。小さいやわらかな肩である。制服をとおしてでもそれがわかった。しかし、そのやわらかさが自分の緊張を更に高めた。

　彼女は自分を見続けている。しかも手が彼女の肩に乗ると、更によろこんだようにするではないか。その顔を見て、益々困ったのは自分である。恥ずかしさから、既に彼女の顔をまともに見られなくなっていた。しかし、そこで済むのならばまだよかった。笑いながら手を離して、冗談だったという素振りをすればそれで逃げられるはずだから。

　しかし、彼女は自分のようなひよっ子ではないのだ。男と毎日暮らしているのである。三歳年下でも、男女関係においては何枚も何枚も上手なのだ。自分が肩に手を置いたままそれ以上何もしないと――彼女の予想外の反応に、何をしていいのか全くわからなくなっていたというのが本当だった。頭の中がパニックになっていたのだ――今度は彼女の方から動くではないか。急に身体を寄せてき、こちらの腰に腕を回し抱きついて来たのだ。

　思いもかけない彼女の行動に、面喰らったのは自分である。これではまるで恋人同士だ。肩よりもさらにやわらかい彼女の胸の横が自分にぴったりとくっついている。横とはいえバストの高さである。股間がいきなり動いた。恥ずかしさが最大限に達していた。彼女が横にくっついたので顔をまともに見なくてよくなったが、頭は真っ白になり、言葉が全く出て来なくなってしまっていた。そのまま二人で抱き合って歩くしかない。無言のままである。心臓の鼓動は音が聞こえるほどだ。

自分がリードしていた内はよかったが、彼女のとんでもない行動に主導権を完全に奪われ身体がコチコチになってしまって一言も発しなくなると、急に態度が変わったので変に思ったのか、彼女は抱き付いたまま上目遣いに顔をこちらに向けた。それまでどおりに何か言わねばならないのだが、顔が横目にちらっと見えただけで、緊張も恥ずかしさもどうしようもないくらいになっていた。何をどうしていいかわからないのだ。冷や汗が出そうになっていた。

「井上さん、緊張してるんですか？」

その一言に《しまった！　バレたか！》と思った。その言葉は、「あなたは肩を抱くだけで、それ以上何も出来ないじゃない」とバカにしているように聞こえた。「んー、いや」。何とかそう言ったが、彼女から目をそらせてである。まともに顔を見たならもっとドギマギしたはずだ。《誰か何とかしてくれ！》と言いたい気持ちなのだが、どこに向けようもなかった。

そこへ、向こうから掃除のおばさんがやって来るのが見えた。こちらを見て既ににこにこしている。《ああ助け舟だ！》と思った。近付いて来た。「仲がいいんですねえ」

おばさんも久子が同棲していることは知っているのだろう。真面目に抱き合っているだなんて全く思ってはいない様子だ。「こういう仲になってしまいました」。おどおどしながらようやくそう言った。おばさんにだからこそ何とか言えたのだ。しかし、ギクシャクした言葉に聞こえたに違いない。こちらには全く余裕がないのだから。一言声をかけただけで、その助け舟は簡単に過ぎ去って行ってしまった。他の看護婦と抱き合っているのなら、そのことをすぐに周囲に言って歩くに違いない。しかし、久子ならそのくらいのことはするだろう、そう思っているようである。

詰め所からひとみちゃんが出て来るのが見えた。彼女には今の姿を見てほしくないのだが、どうすることも出来なかった。足の回転が早く急いでいるように歩くのが彼女だが、今日は既に小走りである。顔は笑っていた。いつものにこにこ顔ではない。目を向けているのは自分ではなく久子である。

「何してるの！」。近付いて来て、そう一言発した。その言い方や笑い顔からして、真面目に抱き合っているだなんて頭から思っていないことがわかった。「二一〇号室の松山さんが待ってるよ」。松山さんと言われて、久子はそちらに関心が向いたようだ。「お昼ご飯はどうするの？　また売店？」。続けてひとみちゃんは言った。普段自分に向かって言うのとは全く違った調子だ。女同士だからであろう。「そうしようか」。久子は積極的でもないような返事をした。ひとみちゃんが見て話しかける相手は久子ばかりである。久子も自分とはまだ抱き合ってはいるものの、心は既にひとみちゃんの方へ行ってしまっている。そこで初めて肩を抱く手を離した。それに合わせるように久子も回していた腕の力を抜き、何事もなかったかのようにひとみちゃんと話をしながら向こうへ歩いて行ってしまった。二人ともこちらを振り返る様子は全くない。今は既に二人だけの会話の世界に入ってしまっている。ようやくほっとしたが、同時に淋しくもあった。

病室へ向かいながら今のことを思い返していた。身のほどをわきまえて行動せぬとこんなことになるのだ。小野さんや山下さんなら、こんな場面には慣れているのだろうと思った。久子は同棲しているのだから自分に興味を示すはずがないのは当たり前だが、ひとみちゃんが自分に男として全く関心がないことがわかったのが悲しかった。面白くない顔をするわけではなく久子を諌《いさ》めるでもなかったが、一番ショックだったのは、二人が抱き合っているのに男である自分の方に顔を向けることはなく、久子と楽しそうに昼ご飯の話をしたことだった。ひとみちゃんにとって、この男は単なる患者の一人でしかないのだ。自分と二人になると楽しそうに話をするのだが、あれは男として関心があってのことではなかったのだ。ひとみちゃんがこうなら、しのぶちゃんも同じような気持ちなのではないかと思った。もてない男の悲哀をまたも嘗《な》めさせられてしまった。しかし、これが自分の実力なのである。今のことは忘れるしかない。

病室に帰ると、本を取り出し読み始めた。本は心を強く引き付けて来た。その夜はいつもの如く九時に室の電気が消されても、ベッドの電気で十時まで読み続けた。

五

　翌日の午後食堂を覗いてみると、いつものように痩せた患者がたった一人でいた。今も本に集中している。名前は唐島というのだとひとみちゃんから聞いていた。難病だということだが、そんな病に冒された人が何故毎日真剣に本を読み続けているのか、それが不思議でならなかった。何を学ぼうとしているのかも知りたかった。談話室に来たことは今までに見たことがない。元気のいい患者が集まって楽しそうに話をしている時でさえ、一人で読書していることが殆どだった。

　小野さんや山下さんに聞くと、彼たちとはたまに話をしているのだという。けっこう気軽に話すのだそうだ。自分に言葉をかけないのは、はるかに年下だからなのかもしれなかった。いったい何を読んでいるのか、手元に置いている本を見たくなった。邪魔をしてはいけないが、気付かれなければいいであろう。そう思うと静かに後ろから近づいた。真後ろからでは見えにくいので少し右の方に行き、斜め後ろから見てみようと思った。見える所まで行くと、けっこう分厚い本である。装丁からして専門書かもしれない。しかし今の距離からでは、どんな分野の物なのかわかりはしない。もう少し近寄ってみた。しかしその時、唐島さんの身体が動いた。しまった！　と思ったが、もうどうしようもない。ゆっくりと振り返り、松葉杖で立っている自分を見た。何か言いたそうだ。おそらく怒るのだろう。

「何か用か？」

最初に発したのはその言葉だった。次に何を言われるのか、今はそれが心配である。ここは謝って、すぐに退出した方がよさそうだ。

「すいませんでした、邪魔をしてしまって」。身体を横にして出口の方へ行こうとすると、「足はかなり良くなったようだね」と、一言目よりはやさしそうな響きで語りかけてきた。そちらに目を向けると、怒っているような顔ではない。それが自分の心を幾分和らげた。

「おかげさまで何とかここまで来れました」

「足のどこが悪いんだ？」

「股関節です」

「股関節がどうかなってたのか？」

何を言ってくるのかと思ったら、自分の病気のことを訊ねてきた。今の自分の行動をとやかく言うのではないようだ。

「脱臼してたんです」

「脱臼ねえ？　脱臼というのはどんな手術をするんだ？」

「大腿骨の関節部分が骨盤から少し外れていたもんですから、骨盤の関節の上の方を切断して関節の位置を外側に少しずらして、骨盤に大腿骨の関節部分がうまくかみ合うようにする手術を受けたんです」

「ほう、そうか。骨盤を切断したのなら大変な手術だったろう」

話し方には更にやわらかさが増していた。

「立ったままなら疲れるだろうから、座らないか」。今度は側の椅子に座るように促してくれるではないか。すぐに逃げるはずだったが、邪魔をした自分を冷たくあしらうのではなく、全く逆に受け入れる姿勢を唐島さんは示してくれている。この唐島さんの反応は意外だった。僅かな時間さえも惜しんで文字に集中している人が、名前さえ知らぬであろう自分に時間を割いてくれるというのだ。これを断ったなら、邪魔をした上に更に失礼なことをするように思われた。こうなるはずではなかったが、促されるままに座ることにした。

少しばかり言葉を交わして受けた印象からすると、自分が想像していた人とは大きく違うようである。「足はかなり良くなったようだね」と言ってくれたということは、自分のことを見てくれていたのだ。無視されているとばかり思っていたが、そうではなかったのだ。それに、態度も話し方も非常に落ち着いてゆったりとしており、人を寄せ付けずに必死に学んでいる姿からは、とても想像が出来ないくらいだった。ただ見ていたのと少しではあるが実際に話してみて知ったその姿の大きな違いに、不思議な気持ちを抱いた。急に人間が変わったわけではあるまい。今目の前で自分と話している人、これが本当の唐島さんの姿なんだろう、そう思った。痩せておりそこだけ見ると間違いなく病人なのだが、目を見ると難病に冒されているといった雰囲気を微塵も漂わせてはいない。側まで歩いて行き椅子に座って本人を目の前にすると、見せているのは厳しい顔ではなかった。逆に、親しみがこもったような目でこちらを見ている。どんな人かはまだわからないが、逃げたくなるような気持ちにはさせないようである。

「いつ頃から足が悪いんだ？」。気軽そうに尋ねてきた。この雰囲気ならあまり遠慮はしなくていいようだ。

「一番初めに痛みを感じたのは小学校四年生の時でした。皆と体育館で遊んでいる時に急に痛くなって、一歩も前へ進むことが出来なくなったんです。でもその時は、少しの間立ったまま動かないでいたらすぐに痛みはなくなったんです。それが初めで、そんなことが中学生・高校生になって次第に多くなって行ったんです」

「とうとう痛みがこらえられなくなって手術を受けた、ということか？」

「そうです」

「でも、身体を見るとがっちりしてるけどねえ。何かスポーツをしてたみたいに見えるよ」

「よくそう言われます。中学・高校の時は痛くてもあまり気にはしてませんでしたが、長距離を歩いたりすると、途中で足が動かなくなることが何回かありました。それに脱臼してると足が横に充分に開かないんです。だから胡座をかけませんでした。スポーツは好きでしたけど、この足のせいで止めたんです」

「障害があると、そうなるのは仕方がないねえ」

「ただ、身体は鍛えてました。腕立て伏せやスクワットなんかは毎日してました」

「今でもか」

「手術を受けたのでその間は止めてましたが、松葉杖になってからはスクワット以外は再開しました」

「どうりでねえ。松葉杖になったんだから退院は間もなくじゃないのか？」

「そうなってほしいんですが」

「いいねえ、俺なんかと比べたら」

そこで初めて、唐島さんは自分の病気について少しばかり触れた。難病ならば訊ねるのは遠慮すべきだとは思うが、こちらのことをいろいろ訊いてきたので、遠回しにならら少しくらいはいいかもしれない、と思った。

「今どこか痛むんですか？」。先ずはそう訊ねてみた。

「特別どこかが痛いというわけではないけど、手と足の指先の神経が利かなくてねえ。足首もまだうまく動かんよ」。何てことはないといった調子で言った。聞いていて、何だそんなことか、と思った。痛みがないというのならば、それほど深刻ではない感じがしたからである。しかし、待てよ？　と思った。それだけならばこんなに痩せているはずがないからだ。痩せ方は元々からそうだったという感じではない。何か大きな原因があって今のようになったのであろう。その原因が何か知りたくはあるが、まだそれを訊いてはいけないように思った。

「いつ頃からそうなったんですか？」

「大学二年生の時だったなあ。バイクに乗っていてもペダルをまともに踏むことが出来なくなって来てねえ。自分ではあまり気にはしてなかったんだけど、その頃から体重がどんどん落ちて来たんだ。そこで初めて大学病院へ行ったら、あんたこのままなら死ぬよと言われて、そのまま入院だよ。そして今さ」

「そのままって、家には帰らないでですか？」

「そうだ。即刻入院というやつさ」

「入院の準備はしてなかったんじゃないですか？」

「そりゃそうだ。すぐ家に電話して必要な物を持ってきてもらったよ」

診察を受けてそのまま入院というのだから、かなりの重大な病気ということなはずだ。ひとみちゃんの言っていた難病という意味が、少しではあるが伝わって来たような感じがしていた。

「体重が落ちたって、どのくらい落ちたんですか？」

「三十キロくらいだったなあ。あっという間にねえ」

「三十キロって、元々は何キロくらいあったんですか？」

「八十キロはあったよ」

「それが三十キロも減ったということは、五十キロになったということですか？」

「そういうことだ」

「それじゃ、今は？」

「今がその体重だよ」

　あらためて唐島さんの姿を見てみた。今は座っているのではっきりはわからないが、廊下で見た姿を思い出すと、身長は一七〇センチに少し足りないくらいだろうと思われた。それでそれだけの体重があったということは、かなりの筋肉が付いていたのであろう。今の状態から想像しても、ぶよぶよに太っていたような体型ではない。この人が体重八十キロの時というのは、よほどがっちりしていたはずだ。それが短期間で三十キロも減ったというのだから、身体に大きな変化があったことになる。それをもたらしたのが今の病気なのだろうと思われた。

「手術は受けなかったんですか？」

「手術が出来ればいいんだけど、医者は出来ないって言ってねえ。原因がハッキリわからないんだそうだ」

「原因がわからないということは、何の病気かもわからないということですか？」

「病名はギランバレー症候群ということだ。ギランバレーという名の人がいて、その人が発見した病気なんじゃないのかなあ。先ずは身体のあらゆる末梢神経が利かなくなって来て、それが心臓まで来たら死ということなんだそうだ。俺の場合は手と足の指先からダメになって来て、それが腕まで来てねえ、腕がうまく上がらなくなって来たんだよ。その時に大学病院へ行ったからそこで病気の進行は止まって少しは良くなったけど、それからは悪くもならないし、といって良くもならなくなってねえ。あの時大学病院へ行ってなかったら、今頃はこの世に存在してはいなかっただろう。どうしてそんな病気が出てくるのか、その原因がわかれば治療法も考えられるかもしらんと医者は言ってたけど、その根本の原因がよくわからないんだそうだ」

「進行が止まったということは、何かの薬があったということですか?」

「何という薬か名前は忘れたけど、それを使っていたら少しは良くなったよ。しかし、その後はその薬を続けても何の変化もなくなったんで、医者は違う薬にしたよ。薬を止めれば悪化するみたいだし、続けていても良くなりそうもないし、今がその状態だ」

「医者はこれからどうしようとしてるんですか?」

「医者もどうしようもないと言うんでねえ。しかし、中には簡単に治る人もいるよ。医者がさっぱりわからないのに、いつの間にか治ったという患者もいたしね。しかし俺の場合は、そう簡単には行かないみたいだ」

聞いていてかなりの重大な病気だろうとは思うのだが、今ひとつピンとは来なかった。しかも、自分の病気の話をする唐島さんには、どこか他人事のように話すところがあった。難病ならいつ治るのかわからないだろうから心が暗くなると思われるのだが、それが殆ど感じられないのだ。唐島さんはテーブルの上に置いた本の上に、自分の腕を置いて話をしている。何の本かはこちらからではわかるものではない。

「いつも本を読んでますが、どんな分野の物を読んでるんですか?」。初めて唐島さんの学びのことに触れてみた。

「ああ、これかい。大した物じゃないよ」と何てことはないといった表情で、本を見せようともしなかった。反応はそれだけだった。大した物じゃないと本人は言うが、いつもの姿からして自分には腑に落ちるものではない。しかし、初めて話が出来たのだ。その内にわかるのではないかと思った。

六

その日も朝三時半頃に目が覚めた。いつもの如く暗闇の中で何もせずに過ごしていたが、とうとう起き上がることに決めた。暗い廊下に出て洗面所へ行き顔を洗って歯磨きを済ませてから病室に戻ると、再び廊下に出た。どこといって行く所はないが、詰め所だけは明かりがついているので、光に引き寄せられる夜の虫のように、無意識の内にそこへ足が向いていた。夜勤は年配者が少ないと聞いていた。家庭があるので、家族持ちにはあまりさせないのであろう。ならば独身者が多いはずだ。夜中の当番は何人でするものなのか知りはしないが、昼間よりはるかに少ない人数と思われた。

僅かばかりの薄明かりが点いている廊下を静かに歩いて行くと、まだ距離があるので誰であるかはハッキリしないが、確かに若い看護婦が一人詰め所の中で机に向かって座っているのが見えた。この暗い中にたった一人である。昼間の明るい中でも女の子と二人で過ごしたという経験は少ししかなかったが、暗闇の中でとなると皆無である。まだ距離があるし向こうはこちらに気が付いていないのだからいいが、誰が来たのかがわかって暗い中にたった二人で顔を合わせ話をすることになったらどんな気持ちになるのか、その場面が想像されると心臓が少しばかり音を立て始めた。あの女性が誰なのか、先ずはそれを確かめることである。康子さんならば頭から相手にされないだろうから、その時は気付かれないように戻った方がいいはずだ。二十代で年上の看護婦は他に三人いるが、そのどの人がいても同じようにしようと思った。一人の男としてはまともに相手にされることはないはずだからである。しかし、准看がいるなら別だ。四人の中の誰かでもいるなら話をしてみようと思っていた。

夜勤の看護婦は朝の起床の担当でもある。朝一番におばさん看護婦が病室に入って来るとがっかりするが、ピチピチのかわいい子が起こしに来てくれるとこちらの気持ちが明るくなる。ベッドに横になっていると、朝の看護婦の顔は楽しみの一つでもあった。しのぶちゃんが来てくれたのは五日ほど前だった。ローテーションがどうなっているのか知りはしないが、そのくらい前なら、今日の担当が彼女でもおかしくはないように思われた。今あそこに座っているのがもしも彼女ならば、どのように近付いて行くかが先ずは問題である。笑顔で自分を迎えてくれるように仕向けるのがいいはずだ。待っていたかのように、顔全体に喜びの表情が漂っているしのぶちゃんの顔が浮かんできた。そうなってくれればいいのだが……。彼女だとわかれば、その時点ですぐに道を考えようと思った。粗相のないようにせねばならない。

しのぶちゃんではなくひとみちゃんがいたならどうしようか？　と思った。また楽しく過ごせるかもしれないが、冗談を交えて話すのがいつものことだったので、夜中に真正面に見つめ合うとなるとどうもギクシャクするような気がしてならなかった。からかっても、ほんの少しの間である。長続きはするものではない。静寂の中に彼女がいつものように笑いながら声を出して反応すれば、その声で眠っている患者を何人か起こしてしまうかもしれない。そうなれば安眠妨害で、悪く言われるのは年上の自分の方なはずだ。ならば静かに話をしなければならないことになる。しかし、いつもと違って真面目な顔で行けばかえって変に受け取られるかもしれないし、だいたいにして彼女とそんな態度で話をするなんてことは今までに一度もしたことがないのだ。彼女はかわいいのだが、今の雰囲気にはどうもそぐわない感じがした。

久子ならばどうするか？　先日のことを思い出すが、彼女のことだから既に忘れている気がしてならなかった。男女のことに関しては自分はとてもかなわないのだ。それはわかったが、同棲とはどういう風な生活なのか、そのことは知りたくて仕方がなかった。訊いても言うはずはないが、それでも何らかの方法で探り出したかった。彼女なら声をかけやすいのでこんな夜中でも無理なく話せるし、雰囲気次第では毎日の生活に話題を持って行けるかもしれない。そこでぽろっと何かが出てくればいいのだが。

林恵子ならば、熊谷さんとの馴れ初めについて訊ねてみたかった。これもあからさまに訊くわけには行かないが、遠回しにならば話を持って行けるかもしれない。何も言わなければ、それでいいだけのことだ。彼女ならば、時間つぶしにちょうどいい。

更に何歩か近付くと、輪郭がよりハッキリとしてきた。すらっとした体型だ。ならばひとみちゃんではない。ヘアースタイルからするとしのぶちゃんに似ていた。真っ直ぐな髪を口の高さで内側にカールするようにしている。そのような髪型をしているのは、他には康子さんと橋本貴子さんの三人だけだった。俄然心臓がときめき始めた。五歩ほどまた進み、あらためて目をこらした。しのぶちゃんだ。確かに彼女だった。間違いはない。

彼女だとわかると、自然に歩みが止まっていた。先日二人で肩を並べて歩いたことを思い出した。あの時の表情からすると、少なくとも自分のことは嫌いではないように思えてならないのだ。ならば今も同じように受け入れてくれる感じがしていた。しかしこのままただ静かに歩いて行くのならば、あまりにも芸がない感じがした。何かあったんですか？　というような顔で迎えられると、かえって声をかけにくくなるような気がするのだ。自分の姿を見て喜ぶように仕向けた方がいいはずだ。そちらの方が雰囲気が良くなるように思われた。ならばどうするか？

その時、ふといたずら心がわき起こってきた。彼女をビックリさせてから笑顔を見るというのもいいに違いない。気付かれないように身を低くかがめて側まで行き、近付いたらいきなり立ってカウンター越しに顔を出すというのが面白いように思われた。詰め所の中は明るい電灯が点いているが、周囲は暗いのだ。何もない所にいきなり人の顔がカウンターの反対側に出て来たら、幽霊じゃないかと思って驚くに違いない。しかし自分だとわかれば、すぐにいつものかわいい顔に戻るような気がした。それは面白いと思うが、松葉杖をついていては不可能だ。足にはかなり筋力が付いてきたが、膝を曲げた状態で進むのには無理があった。ならば、立ったまま近付くしかない。ここは気付かれないように出来るだけ接近し、急にスピードを上げて顔を出すというのがいいように思った。誰かわからないように、俯いて行くのがいいに違いない。近くまで行ったら、いきなり顔を上げ見せるのだ。驚いた彼女が普通の顔に戻る時には、何かを言うに違いない。しのぶちゃんの方から先に話しかけてくれたら、こちらも話しやすくなるはずだ。

肚が据わると逸る心を抑えるようにしながら、気付かれないように廊下の壁近くをゆっくりと近づいた。残すところ距離は五メートルくらいである。静かに止まり呼吸を整えると、そこからいきなり全速力で突進した。顔を見られないように下を向き、上目遣いに進んだ。彼女が音を聞きつけ顔を上げた。見ると恐怖に駆られたようになっているではないか。持っていたペンをしっかり握ると胸の所で両手を硬直させ、今にも奇声を発せんばかりの表情となっている。そこへヌーッと顔を出し「おはよう」と穏やかな声で語りかけた。自分だとわかると、恐怖の顔が普通に戻り、笑顔へと変わって行った。ペンを持っていた手から急に力が抜けて行くのが見て取れた。

「何だ、井上さんじゃないですか。ビックリさせないでくださいよ」

白い歯を見せている。こんな夜中にこの笑顔を目の前で見られるのだ。今は二人だけで、周りには誰もいないのがいい。自分が彼女を独り占めに出来るような気持ちになっていた。

「そんなに怖がらなくてもいいよ。僕は幽霊じゃないから」

「急に出てこられると幽霊に見えますよ。こんなに早く、どうかしたんですか?」

「朝は毎日早く目が覚めて、寝てられないんだ」

「井上さんは睡眠時間が短いんですね」

声は既に落ち着きを取り戻している。病棟内は静かで、今、音がするのはしのぶちゃんと自分の声だけである。こんな暗い中で大きな声は出せないが、彼女と二人きりで話が出来るのだ。昼間とは全く違う雰囲気だった。彼女は自分の方に顔を向けたままである。眠たそうではない。今は嬉しそうな顔をしている。それを見られるだけで幸せな気持ちになった。

「毎日電気を消される時間が早すぎるよ。九時だなんて子供の時間さ。もう少し遅く出来ないもんだろうか？」

「消灯時間は決まってますから。井上さんは普通は毎日何時頃に寝てるんですか？」

「僕はだいたい一時頃だよ」

「そんなに遅く？　それまで勉強してるんですか？」

「そうだなあ、そうしてみたり、横になったり、いろいろさ。しのぶちゃんは？」

「その日によって違いますよ。でもいつもですと、だいたい十一時頃です」

「夜勤はきつくない？」

「きつい時もありますけど、だいたい慣れました。夜勤といっても一晩中起きてるわけではありませんから」

「途中寝るの？」

「一時間くらいは仮眠ができるんですよ」

「どこで？」

「奥の方に休む部屋があるんです」

「交代の人がいるということ？」

「そうですね。普通は二人で勤務です」

「それじゃ今は誰かが仮眠してるの？」

「そうです。今日は添田さんです」

「康子さんか。もう間もなく起きるんじゃない？」

「そうですね、もうそろそろ時間ですから」

「今日は朝で仕事が終わりなんでしょ？」

「そうですよ」

「今日の予定は？」

「何をしようかなと思ってるんです。最近は買い物も行ってないから、それもいいし」

「食べ物や服なんか？」

「だいたいそんなもんですよ。井上さんは買い物は行かないんですか？」

「僕が服を買うなんてあまりないよ。着たきりスズメだから。たまにジーパンを買うくらいかな」

「男の人ならそうでしょうね。どんなことにお金を使うんですか？」

「たまに友達と飲んだりね」

「お酒は強いんですか？」

「強くはないけど、弱くはないって感じかな。しのぶちゃんはお酒の方は？」

「年齢がそこまで行ってませんから。でも、皆でお食事会をする時なんかは、少しばかりビールを口にすることはありますよ」

「お食事会って、看護婦さんたちと？」

「それもありますけど、友達ともしますよ」

友達と聞いて好きな男がいるだろうと思い、遠回しに訊いてみようと思った。

「友達って、男の友達が一緒の時もあるんでしょ？」

出来るだけ平静を装ったつもりだが、顔は緊張したように見えたかもしれない。それはともかく、彼女がどう反応するかに心は向いていた。

「男の人だなんて、そんなことはありませんよ」

顔はにこにこしている。聞いていて、隠している感じがしてならなかった。これだけの美貌を持っているのなら、声をかける男がいないという方が不思議なことだ。

「患者が言ってたけど、ここの看護婦さんたちはどの人にもいい人がいるということだね？」

しのぶちゃん個人を取り上げるのではなく、どの人にもと対象を広げた方が差し障りはないだろうと思って言ったのだ。皆のことなら彼女も言いやすいはずだ。

「皆さん好きな人がいるみたいですよ」

皆というのだから、しのぶちゃん自身もその中に入っているはずだ。

「小野さんが言ってたけど、やっぱり本当なんだね。それなら、しのぶちゃんにもいるということか」

面と向かっては無理だったので、顔を横に向けながら、真剣ではなく何の気なしなんだといった調子をわざとつくり言ってみた。この一言に彼女がどう反応するか、今はそのことに神経が集中していた。

「わたしもほしいですけど、今は募集中なんです」

見ると、恥ずかしそうな顔になっている。本当だろうか？　と思った。それならば自分にも可能性はある気がするが……？　しかし、そうではないはずだ。彼女のかわいらしさからすると、何らかの理由があって隠していると受け取った方がいいように思われた。

今度は彼女が逆に訊いて来た。

「井上さんは彼女はいないんですか？」

嫌なことを訊ねてくるものである。顔を見ると何かを期待しているようだが、彼女が訊きたいようなことは何も言えぬのが自分なのだ。恥ずかしいことだが、正直に答えるしかなかった。

「僕かい、僕はもてないから」

声は自ずと小さくなっていた。目を伏せ気味に彼女を見ると、真面目な顔になっている。何か言いたげだ。

「そんなことはないと思いますよ」

思いもかけない言葉が彼女の口から聞こえて来た。

「本当にもてないいんだ。僕はその点はダメなんだ」

続けてそう言うしかなかった。自分のことはあまり問題にしてほしくないのだが、今の雰囲気では逃げられないようである。

「それは井上さんがそう思ってるだけだと思いますよ。井上さんはもてると思いますよ」

こんなことを言われたのは、生まれて以来初めてである。小学校から高校まで、女の子のことに関しては良いことが全くなかったのがこの自分だった。彼女の〝か〟の字さえ出来たことはない。それなのに、全く逆のことを今言われたのだ。しかも言ってくれたのはしのぶちゃんなのである。そう言ってくれるのはありがたかったが、言葉の上だけだろうとしか思わなかった。あなたはもてるはずがないと、本人を目の前にして言えるはずがないからである。彼女の言ったことに反応しなかったからであろうか、別のことを訊ねてきた。

「足の具合はどうですか？　随分良くなってきたように見えますが？」

「かなり良くなって来たよ。もう片松葉で歩けるから」

「たまには片方だけで練習してるんですか？」

「たまにね。けっこう出来るよ」

「それなら退院は近いと思いますよ」

「退院すると、しのぶちゃんにはもう会えなくなるね」

そう言ってみて彼女の様子を窺った。

「たまには遊びに来てください」

笑顔で言ってくれるではないか。そう言ってもらうと、社交辞令ではあっても嬉しかった。退院したならもう来なくていいですよと、これも患者に言う看護婦はいるはずがない。遊びに来たいのは山々だが、ただ来ても何をするでもないはずだ。もう間もなく彼女と会えなくなる。それを考えると淋しかった。退院の日が来るのは嬉しいのだが、同時に悲しくもあった。せっかく出会えたのに、どうすることも自分には出来ないのだ。熊谷さんがいれば道を教えてくれたかもしれないが、既に退院してしまっている。林恵子と結婚するということだし、二人の幸せそうな姿が思い浮かぶと、女の子のことでは何の進展もない自分が情けなかった。

彼女と話し始めてから二十分ほどすると、奥の方からかすかな物音が聞こえて来た。康子さんが仮眠から覚めたようである。それがわかると、彼女に軽く会釈をした。それには笑みを浮かべて答えてくれる。周りの暗さの中に、彼女の微笑みが明かりに照らされて輝いて見えた。いつまでもそうして話していたいのだが、非情な次のステップが近づいて来ている。背を向けたくはないが、それよりも邪魔する人が誰もいない中で思いがけなく二人で親しく話が出来たのだ。それが何よりも嬉しかった。

彼女と別れ病室に戻ろうと思い向きを変えようとすると、談話室の方に明かりが点いているのに気が付いた。ここに来るまでは詰め所ばかりが気になっていたので談話室のことまで心が向いていなかったが、自分が来る前から既に点いていたようである。昨晩消灯の時に看護婦が消し忘れたのかもしれないと一瞬思ったが、そんなことはないはずだ。消灯の時間には、詰め所とトイレと洗面所、それに廊下をかすかに明るくする電灯以外は全て消されるのだ。今明かりが点いているということは、誰かが来ているのかもしれなかった。

こんな早くから誰なのかと思い、覗いてみることにした。歩きながら窓の方を見ると、外は白んできているのがわかった。談話室の入口に届き中を覗くと、目に飛び込んできたのは、いつも食堂で見かけている人の後ろ姿である。身動き一つしない姿勢は昼間と全く変わりはなかった。今も真剣に本を読んでいる。手元には蛍光灯スタンドまで持ってきているではないか。唐島さんは早朝からもここで読書をしていたのだ。

気付かれないように近づいた。真後ろに立つと、「おはようございます」と静かに声をかけた。唐島さんは振り返り、自分だとわかると驚いたような顔を見せた。「なんだ、井上君か」と言って、すぐにいつもの顔に戻った。表情を見ると、昼間と全く変わってはいなかった。また読書の邪魔をしてしまったのだ。今度こそ怒られるのではないだろうかと内心は思っていたのだが、そんな気配は全く感じさせなかった。そのままの姿勢では話しにくいので、側の椅子に座ることにした。

「こんな早くからでも来てたんですか？」

「いつもじゃないけど、今日は早く目が覚めてしまってねえ、どうしても眠れないんでここに来たんだよ」

「こんなに早くから電気を点けて、看護婦さんから何か言われないんですか？」

「病院という所は面白いもんでねえ、消灯時間はきちっと守らせるけど、十二時を越えれば起きてきてここで電気を点けていても何も言わないみたいだよ。さすがに夜中の一時頃に来たことはないけど、四時頃に一度来た時には何も言われなかったなあ。早起きは許されるんだねえ。病室の中じゃ他の患者に迷惑がかかるから出来ないけど、ここなら何も言われないよ」

「今まで何度も朝早くここに来てたということですか？」

「そんなに多くはないけど、たまには来てたよ」

「身体に良くないんじゃないですか？」

「充分睡眠を取るように医者には言われてるけど、どうしても眠れない時があるんだねえ。そんな時は早めに起きて、ここで本を読んでるよ。さすがに早くから起きると昼間に眠たくなる時があるけど、その時は適当に昼寝をして体調を整えることにしてるよ」

毎日早くに目が覚めていたのだが、何をするでもない時間を過ごしていたのが自分だった。

しかし唐島さんは、そんな無駄な過ごし方をしてはいなかったのだ。病気がら睡眠時間は充分に取らねばならないが、夜眠れない時には昼それを取り、夜中でも目が覚めてどうしても眠ることが出来ない時には、その時間をも有効に使っていたのだ。自分とは大きく違っていたのである。

「どうしてここまでして読もうとするんですか?」。自然に訊ねていた。

「どうってことはないよ。勝手に身体が動くだけのことさ」。返ってきたのはその簡単な答えだった。顔を見ても、特別なことをしているといった心は表情に全く出てはいない。無駄な時間を過ごさないという多くの人が簡単には真似出来ない生き方をしているのに、それが当たり前になっているのであろうと思われた。

自分の生活を再び振り返ってみた。使える時間は今までに沢山あったではないか。大学の仲間たちを思い浮かべてみても、唐島さんのような姿勢で学んでいる男は一人としていなかった。中には遊び呆けたり女に現《うつつ》を抜かしたりしているのがいるが、多くはそこそこに日々を送っている。特別頑張るわけではなく皆と同じようにする、という連中が多かった。

ほんの僅かではあるが、必死に学んでる学生がいる。しかしその学生たちを見ていると、頑張っているという姿が側からでも見て取れた。ところが目の前の唐島さんには、それが見受けられないのだ。真剣なのだが、何故かしらそれが自然だった。頑張ろうという意識さえない頑張り、とでも表現した方がいいのであろうか。先日初めて話した時もそうだったが、今も変わりはなかった。貴重な時間をこの自分に邪魔されたのだ。それなのに、何ということもなしに受け入れてくれた。自分の知っている優秀な学生の真剣な姿勢は唐島さんとあまり変わりはしないが、途中邪魔されたならば怒るような男だ。どの人も雰囲気を正常に戻すまでには、少しばかりの時間を必要とした。ところが唐島さんは急激な変化を、何の無理もなく自然なことのように受け入れられるのだ。難しいと思われるこの生き様が何故いとも簡単に現実となっているのか、その理由を知りたかった。自分には経験の全くない、特別な道を経てきているような気がしてならなかった。

「今読んでるのは何の本ですか?」。訊ねるのは二回目だ。今度はどう反応してくれるのだろうかと思った。

「ああこれかい。何てことはない、こんなもんだ」。手に取って見せてくれる。見てみると、題名の中に〝ガレー船〟と書かれているのが目に入った。ガレー船というのだから船だろうが、そんな船があること自体、自分は全く知らない。呼び名からして日本の船ではないようだ。何の目的で造られた船なのかも知りはしないが、どうして唐島さんがこのような本に関心が湧くのか、それが不思議でならなかった。

「どういう内容なんですか?」

「まだ全部は読んでないけど、西洋の昔の船に奴隷の漕ぎ手として無理矢理乗せられて、多くが耐えられなくて死ぬところを、奇跡的に助かって生きて帰って来た人間が残した記録だよ。

すさまじい生き方があるもんだねえ。昔の戦いで傷ついて倒れている時に、その人間が生きてるかどうか判断するのにどんな手段を使ったと思う？」

「さあ、そんなことは知りませんが」

「そうだろうなあ。俺もこれを読むまでは全く知らなかったよ。傷口に塩や酢をかけたそうだ。それをされると、生きてればどんな気絶した人間でも痛さで飛び上がったそうだよ。やり方が甚だ原始的だけど、医学が発達してなかったんだからそうする以外どうしようもなかったんだろう。それで生きているとわかるんで助かったんだなあ。だけど、その時痛さで目が覚めた人はどう思ったかなあ……。もしかしたらその時は、早く殺してくれ！　とでも思ったんじゃなかろうか」

聞いていて想像してみた。鉛筆削り用のナイフで指を少しばかり切っただけでも、そこに塩や酢を落とされたらとんでもない痛さだ。それを刀や槍で切られた傷口にかけられるのなら、おそらく転げ回るような苦痛であろう。昔はそれをしたというのだから、甚だ野蛮なことが行われていたのだ。しかし何故唐島さんはそんな本に興味を抱くのか、その理由を知りたかった。

「どうしてこんな本を読もうと思ったんですか？」

「どうってことないよ、読んでいた本の裏の方に付いてる書籍の案内に出てたんで、取り寄せてみただけさ」

「どんな分野の物とか、決めてるんですか？」

「特別決めてはいないよ。読むまでは内容はわからんので、タイトルを見て興味が湧いたら買うくらいなことさ。まあ、強いて言えば、人間が生きて来たその足跡には興味があるなあ。実際買ってみて、想像したのとは全く内容が違うという物も結構あるよ」

「そういう時は無駄な買い物をしたと思いますか？」

「思う時もあるけど、その本を通して他の分野に導かれることがあるから、学ぶことが案外多いなあ」

「どこの本屋で買うんですか？」

「親に頼んで取り寄せてもらうことが多いよ。それでも一ヶ月や、長いもんで二ヶ月もかかるもんさ。だから、注文する時は纏めてすることにしてるよ。井上君もけっこう本は読むんだろう」

「読みますけど、唐島さんほど広くはないですから」

自分のことに話が移ってくると、唐島さんが訊ねてきた。

「井上君は大学で何を学んでるんだ？」

そういえば、今まで互いに自己紹介をしてはいなかった。しかし、いつの間にか唐島さんは自分の名字を知っていた。看護婦か誰かに訊いたのであろう。大学で何をしているか知りたくなるのは当たり前のことである。

「建築です」。そう言うと、唐島さんはすぐに興味を示した。

「建築か。いいねえ。どんな家を造りたいんだ？」

「和風建築に興味があります」

「和風か。俺の爺さんがよく言ってたよ。最近は長持ちしない家が多くなって来た、とね」

「お爺さんは大工さんだったんですか？」。自分が建築を学んでいると言うと急に関心ありげな反応を示してきたので、そうではないかと思い訊いてみたのだ。

「宮大工だったよ」

「宮大工って、北海道に宮大工がいるんですか？」

「いや、俺は元々は北海道の人間じゃないんだ。生まれは福岡でねえ。親父が転勤で札幌に来たから今はここだけど、それまでは九州さ」

「福岡！　そんな遠いところから来てたんですか！」。九州には行ったことがないが、北海道と比べたら随分と暑いであろう。しかし伝統のある家が多いだろうから、宮大工もけっこういるのかもしれないと思った。

「親父の仕事だからしょうがないよ」

「いつこっちに来たんですか？」

「俺が中学三年生の時だった。こっちに来て十年以上が経ってしまった。今じゃすっかり北海道の人間になってしまったよ」

「それじゃ、その内に九州に帰るかもしれないということですか？」

「親父は定年を迎えたらそうすると思う。しかし、俺はまだわからんよ。北海道も来た頃は寒くて不安だったけど、暖房器具を使い慣れれば何も心配がなくなったよ。札幌は住むには良いところだしなあ」

「お父さんは宮大工になる気はなかったんですか？」

「興味はなくはないみたいだったけど、もっとしたいことがあったそうだ。それで爺さんの跡は継がなかったんだよ」

「でも、宮大工とは珍しいですね。お爺さんはお寺とかお宮を何軒も造ったんですか？」

「新築はかなりしたと言ってたなあ。でも爺さんに言わせたら、新築は簡単なんだそうだ。それよりも、修復が難しいそうだよ」

　新築よりも修復が難しいというのは、よく理解が出来なかった。寺やお宮に関しては授業で習っていないが、普通の家とは構造が違うし、造るだけでも特殊な技術が必要だろうとは思っていた。しかし実際に存在する物を修復することがそんなに難しいこととは、今の自分の建築知識ではわからなかった。

「どのように難しいとお爺さんは言ってたんですか？」

「昔の家は時間が経ってるから歪んでるだろう。それを元に戻してやるのが難しいということだったぞ」

「確かにそれは考えられますね。でも、歪んでるのを元に戻すというのは、どうやってするんですか？」

「俺も詳しくはわからんけど、大きく分けて上下の歪みと縦横の歪みがあるそうだ。その歪みを順に戻して行くということだったなあ。屋根というのは勾配があるけど、平面の形は長方形だろう。それが歪むと、極端に言うなら平行四辺形みたいになるわけだ。それじゃ上にのせる瓦がうまく葺けなくなるよなあ。そうならないように元に戻してやるんだそうだ。先ずは仕事がしやすくなるように、瓦を全て剝いで頭を軽くすることから始めるんだと言ってたぞ」

聞いていて、そういうことかと思った。瓦を剝ぐというのならば大がかりな工事になるはずだ。重たいので、一枚一枚下に下ろすだけでも大変な労力を必要とすると思われた。

「唐島さんは工事現場へ行ったことがあるんですか？」

「何度か連れてってもらったよ。屋根に上らせてももらったぞ。その場で工事をしばらく見てたもんさ。職人たちとも話をしてねえ。俺は子供だったから色々教えてくれたよ。爺さんがよく言ってたなあ。手斧を使える大工が随分減って来たとね」

「手斧って何ですか？」

「どう言ったらいいか……。中腰になって本堂の梁なんかを削る道具でねえ。あれで仕事をする時は随分と疲れるみたいだぞ。そう言えば、桔木《はねぎ》の調整を出来る大工もいなくなって来たと言ってたなあ」

「桔木って何ですか？」

「桔木か？　あれも実際見たことのない人には、言ってもなかなかわからないと思うぞ。寺もお宮も壁から屋根が大きく外に出てるだろう。あんなに屋根が外に出たんじゃ、普通の家なら軒先が垂れ下がって来るよ。でも寺やお宮の屋根は逆に上に反っている感じだろう。そうさせる為の材木さ。自然の丸太を使うことが多いんだねえ。外からは見えないけど、屋根の中に沢山入ってるよ。椿や樫といった固い木を使うことが多いと言ってたぞ。梃子の原理を利用してるんだなあ」

自分が建築科の学生だというのが次第に恥ずかしくなってきた。和風建築に興味があるとも言わない方がよかったと思った。唐島さんが今言ったのは、自分の全く知らないことである。手斧という大工道具は、聞いたこともなければ見たこともない。話を聞いていても、想像さえ出来はしなかった。桔木という部材の名称も、聞いたのは今が初めてである。和風の家に携わってみたいと言いながら、実際に自分が今までしてきたことはその関係の本を読むくらいだったのだ。大学では木造建築に関してあまり教えはしない。ＲＣが中心だった。やはり現場へ実際に行って、職人から学ばねばわかることではないのだ。

「お寺の屋根の勾配の取り方も習ったよ。工事の最中に爺さんが細長いワイヤーを持ってそれを上の棟から下の軒先まで垂らしたんで何をするのかと思って見てたら、あの鎖のたら——っと垂れる曲線がお寺の屋根の勾配なんだなあ。あの屋根の美しい線というのはあのカーブから出来てるんだ。俺もその時初めて知ったよ」

「僕もそんなことは今聞いて初めて知りました。お寺やお宮は側に行って見はしますが、工事の時に行ったことはないもんですから全くわかりません」

「爺さんが言ってたよ。工事をしてる時に、全く知らない大工がたまに見に来ることがあったそうだ。そういう人を爺さんは褒めてたなあ。そんな姿勢を持った大工というのは学ぼうとする心が強いそうだ。自分の仕事時間を割いてまで見に来るんだから、そりゃそうだろう。自分がわからないことは他人から素直に学ぼうとする、この心が大切なんだ、と爺さんはよく言ってたよ。他人から学ぼうとしない人は伸びないそうだ」

自分にそれだけの姿勢があるだろうか？　と自然に振り返っていた。現場に行ってまで学ぼうとしなかったのは事実だ。学ぼうとする意欲が自分にはそれだけなかったということである。それは認めねばならないと思った。今唐島さんから聞いたことからすると、和風建築の難しさというのは図面の上には出て来ない感じがした。

「井上君はどんな和風建築を志してるんだ？」

話を聞いていて建築を専攻しているのに何も知らない自分が恥ずかしかったが、そう訊ねられると答えないわけには行かない。

「数寄屋風の家を造りたいです。高校生の時修学旅行で京都・奈良を巡ってみて、本州の家の方が北海道の家よりも重みがあるのに気が付きました。大きな違いは屋根です。北海道の家の屋根は殆どが鉄板ですが、向こうは瓦ですから。瓦を葺いた家は重厚感があります。瓦は陶器瓦もいいですけど、いぶし瓦の方が品があるように感じました」

数寄屋風という言葉を聞いてそれがどんな家であるかをすぐに想像出来るのは、建築に携わったことがある人くらいだ。関心のない人には姿形が思い浮かばないのが普通である。お爺さんに聞いて習っただけくらいなら、唐島さんもおそらく知らないだろうと思って言ってみたのだった。

「数寄屋風か、あれはいいなあ」

返ってきたのはこの言葉だった。唐島さんは寺やお宮だけではなく、他の木造建築のこともかなり知っているのだ。

「数寄屋風というのはすっきりしていいなあ。あのような家を造ってみたいということなら、井上君は仕事は本州の方に行きたいんだな?」

「そう思っています」

「田舎で入母屋造りのお城みたいな家を見たことがあったけど、言っちゃ悪いが、あれは田舎の豪邸という感じがするよ。あんなに屋根に金をかけるくらいなら、数寄屋風にした方がいいだろう。そうすれば屋根にかかる金はぐっと減るだろうから、材木はもっといい物を使えるだろうと思うよ。おれが家を造るならそうするなあ」

「唐島さんは一般の家のことも知ってるんですね。それもお爺さんから習ったんですか?」

「やっぱり爺さんの影響だろうなあ。関心が湧いてきたんで、いろいろ質問したよ」

「材木の良い悪いの見分け方も習ったんですか？」

「習ったよ。一本の木をどういうふうに割って行くかもね。木には切り時期があることもわかったよ」

「木には切る時期があるんですか？」

「あるんだねえ。爺さんが言うには、栗の木の葉っぱが自然に落ちる頃、その頃の木が一番強いそうだ。一番切っちゃいかんのが春だそうだよ。その時期の木が一番弱いということさ」

「何故そうなんですか？」

「俺も聞いた時には、そんなもんかなあ、くらいにしか思ってなかったけど、後でたまたま植物の本を読んでてわかったよ。秋に落葉樹は黄葉して葉っぱを落とすだろう。黄葉するというのは葉にある養分を幹に戻すからああなるそうだ。葉っぱを落とすのは、木が自ら活動を止めるということなんだねえ。木がそうする理由は、目の前に厳しい冬が待ってるからということだそうだ。冬の寒さを乗り越えようとして、秋には充分体力を蓄えるんだなあ。そうしておいて、活動をストップさせるわけだ。動いていたら翌年の春まで体力がもたないみたいだねえ。要するに冬眠だよ。熊なんかも冬眠するだろう。あのようにせねばならんのは、冬場には食料がなくなるからだそうだ。冬でも食べる物があったら冬眠する必要はないということさ。冬には食料がなくなるんで、来年の春まで体力が保たれるように、熊も秋には充分過ぎるほど食べにゃならんわけだ。秋の熊が一番体力があるように、木も秋が一番強いんだねえ。昔の大工はこんな理屈はわからなかったかもしれんが、経験上知ってたんだなあ。一番強い時の木を使うこともあって、昔の家は長持ちしたんだそうだ。ところが春になると勢いよく新芽を出すんで体力を消耗するよねえ。体力を使うんだから母体は弱るのさ。木の体力が落ちるんだなあ。だから春の木は弱いということだよ」

たとえお爺さんから教わったとはいえ、ここまで知識があるということは、お爺さんから一方的に聞いただけでは決してない。自分でも今言ったが、自ら進んで様々な質問をしたのだ。そうでなければ、こんなに深く知ることが出来るはずがない。質問したということは、唐島さんがそれだけ建築に関心があったということになる。建築だけではなく植物のことも学んでいるし、熊が冬眠しなければならない理由まで知っている。その上、今はガレー船の本をも読んでいるではないか。そこまで唐島さんの関心は広いのだ。何故そんなに多くのことに関心がわくのか訊いてみたかった。

「そんなに詳しく、どうやって学んだんですか？」

「特別なことじゃないよ。学ぶにはその道の専門家の話をよく聞くのが一番いいと思うなあ。俺はねえ、建築の本なんか一度も読んだことはないよ。俺が職業として選んだんなら本を読んで根本からやったろう。しかし、所詮は素人なんだ。専門書を読んだって時間がかかるばかりなはずだ。時間をかけても実りがあればいいけど、そうなるとは限ってないからねえ。その点優秀な大工や様々な職人から直接聞けば、はるかに短時間で学べるよ。聞くのが一番さ。どんな道でもこれは言えるんじゃないかなあ」

話に夢中になっていると、廊下の方が賑やかになってきた。いつの間にか六時を迎えたようである。

廊下を戻りながら今のことを振り返っていた。唐島さんの知識だけではなく、その姿勢にもあらためて強く心を引き付けられた。こちらが建築専攻とわかると、それに合わせて話をして来た。実際に話をすると、自分が知らぬことに随分と詳しいではないか。しかも、そのことをひけらかすといった態度ではなかった。話をしていたら持っていた知識が自然に出て来た、という感じだった。唐島さん自身の関心事にこちらを引きずり込もうとしたわけではない。全く逆で、こっちの関心事に自分を合わせてきたのだ。そんな唐島さんに比べるとこの自分は今までいったいどうであったろう？　あんな姿勢で、他の人の立っている所に同じように立って話をしようとしたであろうか？　振りかえると、そうではないことが多く思い出された。大学の仲間達はどうであるか。専攻が全く違う学生が集まって話をしても、他の分野の話に進んで耳を傾ける学生はあまりいなかった。話を聞いても、表面的なことで終わってしまうのが普通だった。その多くは、そこそこに学んでいる学生である。どんな分野にでも興味を示し耳を傾けてきたのは、知っているところではただ一人だけだ。一年先輩にきわめて優秀な学生がいる。この先輩は自分の専門は勿論のこと、他の学科の学生の話でも熱心に聞くのが常だった。そのくらい専門外のことも学ぼうとしていた。唐島さんは様々な分野の本を読んでいる。沢山の人たちの話が聞けているのだ。しかも夜中に目が覚めて眠ることが出来なければ、夜明けが来る前からでも起きて学んでいた。あらためてその心の広さと真剣さが思われた。自分は甚だ無駄な時間を過ごしていたのだ。姿勢もはるかに劣っていた。談話室なら朝早くからでも使えるのである。それがわかった以上、使わないという手はあってはならない。自分が悪いのは足だけだ。唐島さんよりはるかに恵まれているではないか。沢山の睡眠時間を取る必要もない。それらの思いが湧いてくると、病室に戻る足が自然に速くなっていた。

廊下には沢山の患者が歩いている。洗面所やトイレへ向かう人達だ。どの人も朝が来たことを喜んでいる。患者同士が挨拶をし、笑いながら話をしていた。いつものことではあるが、今日はいつもに増して顔に明るさが漂っているように見えた。歩くスピードをゆるめて腕時計を見ると、六時十分を指している。朝食までは一時間半ほどだ。この時間帯で一時間半は、本を読むのに充分な時間である。

七

翌日からは早朝の四時半に談話室に来て読書を始めた。唐島さんが食堂ではなく談話室を利用したのは、こちらの方が食堂に比べると狭く電灯が少ない分だけ、廊下に漏れる明かりが少なくてすむからだったのだ。このまま続けて看護婦に何も言われないようなら、四時に繰り上げようと思っていた。

その日に片松葉の許可が下りた。ここまで来れたのだから、今日からは水泳とお別れだ。早速歩行訓練をしようと思って廊下へ出た。何度往復するかは、どの程度歩けるか次第である。食堂の前を通りかかると、既に唐島さんが来ていた。後から自分もそこへ行く予定である。談話室の方へ行ってみると小野さんと山下さんが来ており、今日は患者の恵美ちゃんと里江ちゃんが一緒である。恵美ちゃんの病気は何かわからなかったが、里江ちゃんは松葉杖で歩いているので足が悪いことはわかった。しかし、足のどの部分かまではわからなかった。二人とも年齢はわからなかったが、見たところからすると、自分とそれほど変わらないようだ。もしかすると、恵美ちゃんは少し上かもしれない。四人で何か盛んに話をしている。女の子と話をするからか、小野さんにも山下さんにも笑いが見られた。この二人とは以前、小野さん山下さんを含めて話をしたことがある。しかし、恵美ちゃんも里江ちゃんもこの年上の男二人とは積極的に話をしようとしたが、自分にはそんな素振りを見せなかった。格好の良い山下さん、背の高い小野さんに比べると、やはり自分は見劣りがするのであろう。

また二人は容貌や雰囲気からして、話をしたいという気持ちを起こさせるような女の子ではなかった。小野さんの病気については初めの頃はわからなかったが、その内に結核だということがわかった。ただし菌は出ていないそうで、隔離される必要はないということだ。薬を飲みながら栄養を摂り、静養していれば治るということである。一昔前までは死の病と言われ恐れられたが、現代では薬を飲んでご馳走を食べ休んでいれば治るというので、贅沢病と言われているとのことだった。変われば変わるものである。山下さんは最近腕が上がりにくくなってきたので、本人に言わせれば気にするほどのことではないということだが、上司の命令で大事を取って検査に来ているのだという。

その程度であるから、小野さんも山下さんも一応病気ではあるものの、健常者と殆ど変わるものではなかった。今も楽しそうに四人で話をしているが、仲間に入ろうという気持ちにはならなかった。

そこを通り過ぎて廊下の端まで行き、それから引き返して反対側に戻り、それを三回繰り返して四回目に入ろうとして歩き出した時である。

「キャー！」という女の人の大きな悲鳴がいきなり聞こえてきた。

「誰か来て！　早く！」という声が続いた。

「ストレッチャーを早く！　先生呼んできて！」

違う女の人が今度は叫んだ。声からすると、渡り廊下の方である。急いでそちらに行ってみた。患者が何人か既に来ており、そこの腰窓から下を食い入るように見ていた。

どの人も顔が引きつったようになっている。悪い胸騒ぎがした。既に看護婦はそこに一人もいなかった。見ていた患者がすぐに立ち去ってしまったので空いた所に歩を進め恐る恐る下に目をやると、浄化槽を埋設してあるコンクリートの上に男の患者が倒れており、頭から血を流しているのが見えた。

看護婦が四人来ていて慌ただしくしており、医者の姿も見える。状況からして、上の階から飛び降りたことがすぐにわかった。早々に立ち去ってしまった患者と同じように、長くはとても見ていられなかった。廊下の内側に視線を移すと、既に沢山の患者が異変に気が付いて来ており、小野さんや山下さん、それに恵美ちゃんや里江ちゃんの姿もそこにあった。

いつの間にか、唐島さんや佐々木さんまで来ているではないか。どの人も沈痛な面持ちである。自分が窓際を離れると、小野さん、山下さん、唐島さん、佐々木さんが外を見に窓に近付いて来た。女の子二人は震えており、患者達の間から少しばかり外を見たが、すぐに目を逸らした。四人の男も見はしたものの、すぐに窓際を離れた。見た患者はどの人も、何も言わずにその場を離れ、俯いたまま来た方向に戻って行く。

居たたまれず自分もその場を後にしたが、どこへ向かうでもなく歩いていると、無意識の内に男四人の後について行っていた。山下さんと小野さんは談話室へ入って行く。その後を三人が続いた。皆無言である。五人が椅子に腰を下ろした。座りはしたものの、どの人も何も言おうとはしなかった。それぞれが他の人の顔色をうかがっているようである。静寂を破るように、小野さんが静かな声で言った。

「三病棟の患者のようだなあ」

小野さんは自分と同じように見ていたのだ。山下さんが続いた。

「内科の患者みたいだなあ」

この見方も自分と変わりはなかった。見ると二人とも真剣な顔つきである。唐島さんも佐々木さんも同じような表情になっていた。小野さんは続けた。

「気持ちはわかる気がするよ。内科はいつ治るかわからん病気が多いからなあ。おそらく将来を悲観したんだと思うよ」

そうかもしれなかった。二病棟にも内科の患者がいるが、目に見えて良くなっている人というのはあまり見かけはしない。外科のようには行かないようだ。

「確かにそれはあると思いますよ。外科というのは初めはひどいですよ。しかし、日ごとに良くなって行きますからね。良くなって行くのが見えると心まで明るくなって行きますよね」

そのように言う佐々木さんも、既に片松葉である。退院は間近なのだ。

「心をいかに前向きにするかということが大切なんだなあ」

独り言のように山下さんが口に出した。

「死んだら終わりだぞ。死んだら元も子もなくなってしまうんだ」

顔を見ていると、小野さんも全てを失うことは怖いようだ。

「元気な時にいかに楽しみを沢山味わうか、これが大切だと思いますね」

佐々木さんがそう言うと、山下さんがすぐに同調した。

「そうだよ。死ぬことは考えなくていいんだよ。いかに死ぬかじゃない。いかに生きるかなんだ。楽しみを味わえるのは生きている時だけなんだ」

明るい方に話が向いてくると、声まで大きくなって来る。二人の言ったことを聞いて、小野さんが更に力を込めて主張した。

「だいたい死を考えるなんてのは老人のすることだ。若者は若者らしく明るい方を見ないとなあ。年取ったらその時のことだ。若い時は二度と来ないんだから、愛を語るんだ、出会いを大切にするんだ、食を楽しむんだ。歌でもそうだろう。女の歌手が歌うのはすてきな男なんだ。男の歌手は美しい女なんだ。皆青春を楽しもうという心を歌ってるんだよ。心を明るい方に向けてるじゃないか」

その時である。皆が言うことを黙って聞いていた唐島さんが初めて口を開いた。

「それは違うと思うね。楽しみは否定せんよ。あなたがたはすぐに退院が出来るだろう。楽しみはこれから充分味わえるはずだ。それは結構だが、それなら俺なんかどうする。一生涯このままかもしれんのさ」

その言葉を聞いた瞬間、胸がドキンとするのを覚えた。自分と二人で話した時には全く触れず大して心配事がないかのようにしていたが、今の状態がそのままいつまでも続くかもしれないことを本人はしっかりと自覚していたのだ。他の人達を見ると、どの人も唐島さんの方に目をやっていた。唐島さんの顔には真剣な眼差が見て取れた。

確かに、彼以外はどの人も間もなく退院が出来るのだ。唐島さんの難病については皆が知っていた。五人の中ではただ一人だけ、退院の目途が全く立ってはいない。彼がもしも今のままの状態で進むのならば、世の楽しみとは殆ど縁がない状態で過ごさねばならぬことになるかもしれないのだ。そのことはこちらから見ていても容易に想像された。しかしどの人も、唐島さんがそんな状態であることを真剣に考えてはいなかったのだ。自分も同じだった。その唐島さんが発言すると、自分たちの立っているところと彼が置かれている状況の大きな違いにあらためて気付かされたのか、それとも厳しい立場に立たされている唐島さんの心を推し量れない自分たちの甘さと相手を思いやる心のなさに気が付いたのか、皆は急に黙ってしまった。今の一言は自分の胸にも深く突き刺さった。

唐島さんは続けた。

「喜びを味わうのはいいよ。ならば老人はどうするか。年を取ったら若い時の喜びは味わえなくなるだろう。順調に行けばいずれ我々もそうならねばならんのさ」

今唐島さんが言ったことは、自分が大学へ入ってからぶつかって、未だに解決が出来ていない問題でもあった。自分の一生を真面目に考えれば考えるほど、老いて醜くなり最後には死んで行かねばならないという己の将来の姿が見えてくると、幸せとは何なのか？ 何故そこまで生きねばならないのか？ と真剣に自問せざるを得なかった。唐島さんはこの自分がぶつかった問題でもあることを、今そのまま皆に話してくれた。少しばかりではあるが、心が通じてきた感じがした。せっかく唐島さんが話してくれたのだ。自分も遠慮がちにではあるが、心にあることを打ち明けてみた。

「僕もそう思います。今は若いからいいですよ。でも老人になったらどこに喜びがあるんですか？ かわいい女の子も皆皺だらけのお婆ちゃんになってしまうんですよ。魅力がなくなるでしょう。体力が衰えたら楽しみも味わえなくなるはずです。若い時がどんなに楽しくても最後にそうなるのなら、そこまで生きていったい何の意味があるんですか？」

小野さんと山下さんの顔を見ると、二人はすぐに返事をせず、少し間を置いてから小野さんが先に言った。

「それは俺も学生時代に考えたことがあるが、仕事をし出してからはそれどころじゃないくらいに忙しくてなあ、最近じゃ殆ど考えないよ」

それに続いたのは山下さんである。

「確かに大切なことだとは思うけど、俺も仕事に追いまくられてるから、最近はてんで考えないなあ」

二人の言ったことを聞いていて、唐島さんが再び自分の心を述べた。

「あなたがたは俺と比べたらはるかに健康だよ。それは結構なことさ。しかしねえ、肉体的快楽を味わうのが幸福ならば、我々人間は皆不幸に向かって歩いていることになるんじゃないのか？　そうならば、これ以上生きていても苦しみが増すばかりだと思われる時に自ら命を絶つという気持ちは、わからんでもないよ」

これにも頷けた。自分が経験したのと同じ心である。その思いは無意識の内に、自然に口から外に出ていた。

「僕もそう思います。先に喜びがない世界が待っているんなら、そこまで生きて行って何になりますか？　皆幸せになりたいんですね。でも、いったい幸せって何だと思いますか？　皆さんは何を幸せと思って今まで来ましたか？　このことは今までだけじゃなくて、これから先、生きて行く上でも大きな要素を占めるような気がしますが？」

それに対し「うーーん」となったのは山下さんである。「幸せが何かとは意識したことはあまりないけど、楽しいことがあると幸せな感じがするよなあ」

「彼女と一緒にいる時なんかがその気持ちになるなあ。酒を飲んでる時もいいけど、やっぱり彼女に勝るものはないいんじゃないのか？」

小野さんも山下さんとは同じ心のようだ。

「それが幸せなら、俺たちはやはり不幸に向かって歩いていることになりますよ。今あなたが言った幸せとは、欲望の満足ということじゃないですか。それが幸せならば、欲の満足されない境遇に我々は確実に進んで行かねばならないんですから、不幸の方に向いて歩いてることになりますよ。それならば、一番幸せな若い時に自ら死を選ぶというのも頷ける話じゃないですか？」

先ほど言ったこととは大きく違っていた。佐々木さんはほんの少しの間に、唐島さんが言ったことに心を動かされたようである。

唐島さんが、今度は別の角度から自分の思いを述べた。

「これ以上生きていても意味がないという思いに到る時に、人はそれより先は生きて行けなくなる感じがするねえ。生きて行くことが正しいと思えなくなってくるからだと思うよ」

内容が今までとは別の方向に向いたせいか、少し話が途切れた。しかし、今唐島さんが言ったのは自分も関心があることだ。

「正しいと思えなくなった時か……。いったい俺たちは、何を正しいと思って今まで生きて来たのかなあ？　金かなあ？　出世かなあ？　それとも女かなあ？　俺も意識はして来なかったけど、考えてみにゃいかんだろうなあ」。小野さんは物思いにふけっているような様子だ。

「自分のしていることが正しくないという思いに到ったら、何事もそれ以上続けることが出来なくなるんじゃないかなあ。俺たちは受験戦争を経験して来たよ。したいことを我慢してでも勉強せねばならなかったよなあ。あの時は正しいとか正しくないとかという意識は全くなかったけど、自分の今してることが正しいと無意識にでも思えていたからこそ勉強したし、苦しさを我慢も出来たんだと思うぞ」

山下さんは高校時代を思い出したのだ。受験勉強のことを山下さんが言ったので、大学へ入学してからのことが気になり訊いてみた。

「山下さんは大学へ入って勉強したですか?」

するとこちらを向き、

「勉強しようと思って入学はしたよ。しかし、いつの間にか遊びに走ってたなあ」

顔はにやりとしている。

「僕も入学した頃は似たようなもんです。酒を飲んだし、マージャンもしました」

「お前もマージャンはするのか?」

「そりゃしますよ。徹マンもたまには」

マージャンの方に話題が移ると、急に山下さんの顔が明るくなった。

「レートは?」

「テンイチですよ」

「テンイチか。それは安いなあ」

「山下さんは？」

「俺たちはテンピンが普通だ」

「テンピン！　そんなこと学生が出来るもんですか。箱テンをくらったら、もうその月は生活が出来ませんよ」

「まあ、学生ならそんなもんだろう。五人いるから、たまには皆でしてみるか」

するると、隣から小野さんが、

「この辺には雀荘はないだろう」。そう言って山下さんを見た。

「温泉街へ行けば、どこかにありそうな気がするぞ」

「温泉街には見かけなかったぞ。お土産屋ばかりだからなあ。温泉に泊まりに来た客がマージャンするなら、そりゃあホテルの中だろう。酒飲んでから外へマージャンをしに誰が行くもんか」

「そう言われてみればそうかもしれんなあ。病院内じゃ無理だし。酒くらいなら熊谷みたいにすれば出来るけど、マージャンは音がするからなあ」

「俺も学生時代に酒とマージャンを覚えなかったら、もうちょっとは勉強してたと思うぞ。訊いてみると学生というのは、大学に入る時には皆勉強しようと思っているよなあ。ところが、その多くがしなくなる。どうしてかなあ？　やっぱり、酒とマージャンのせいかなあ？」

「それもあるとは思うけど、熱意があまりなかったんじゃないのか？　学者になるような人達は酒やマージャンをしてものめり込まんよ。志がてんで違うぞ」

「そうだなあ。勉強しようという意欲が強かったら、高校時代からもっと勉強して超一流大学へ行ってたろうよ」

二人の話を聞いていて、自分にもあてはまるところがあるなあ、と思った。高校時代は成績は良い方だったが、三年間は楽しく過ごした方で、必死に勉強したということはなかった。中学生の時はライバルがいたので負けまいと思い徹底的にやったが、高校時代はクラスは皆仲が良く競争しようという相手は一人もいなかったので、家では真面目に勉強してはいたものの、一生懸命という表現の適用には無理があった。そこそこ、といった言い方が適当だった。そんな調子だったので灰色の受験生活とは全く逆に、明るく楽しく高校生活を送って大学へ行った方だ。大学へ入る時には勉強しようという心が強かったが、入学して新たな友人が出来、酒を飲みマージャンを覚えると、いつの間にか高校の延長のような気分になっていた。今山下さんが言ったように、自分も勉強の熱意がそれほど強くはなかったのだ。

「僕も振り返ってみると、大学に入りさえすれば何か新しい世界が開けるといった気持ちが強かったです。専門は興味があった道を選びましたが、学びたいと心の底から思ったわけじゃなかったですね。一緒に入学した仲間にも訊いてみましたが、どの人も勉強しようと思って入って来てるんですよ。皆初めは夢を持ってました。ところが教養の授業が始まると雰囲気が高校時代と何も変わらないもんですから、勉強しようという意欲が急激になくなる学生が多かったです。それに加えて、焼き鳥を食べながら酒を飲む楽しみを覚えるし、それにマージャンですね。中には女に走ったのもおりますよ」

四人を見ると、自分の言ったことにどの人も違和感を感じてはいないようだ。同じような経験をして来たのであろう。

「大学の授業に幻滅か。その気持ちはわかりそうな気がするなあ。おまえはどうだった、山下?」

「俺も遊んだ方だが、多くの学生が遊びに走るということは、それが正しいと思ったということなのかなあ?」

「それはあるかもしれんぞ。否定は出来ないと思うぞ」

聞いていて、否定はせぬものの、それだけではない感じがしていた。

「それはわかりそうな気がしますが、真剣に考えなくなって来たんじゃないでしょうか。仲間とたまに将来のことを話すことがありますが、生きて行くことに矛盾を感じている男が多いです。しかし話す度に聞かれるのは、どれほど考えてもわからないんだ、どうしようもないんだ、という諦めの言葉ばかりなんです。でも目の前で聞いていると、安易にそう結論付けてる気がしてならないんですよ。僕としては言いたかったです。そう結論付けるだけの懸命な努力をしたか！　とですね。出来うる限りの努力をして充分考えた上でそう結論付けたのならこちらに訴える力がある感じがしますが、どうも説得力に欠けてるんですよ」

今言ったことに共鳴する所があったのか、唐島さんが続いた。

「俺は病気で大学は中退したけど、振り返ってみると、多くの学生が立ってるのは正しいか正しくないかという所じゃなくて、もっと低い次元じゃないかなあ。正しいとか正しくないということが問題になる時には、人はかなり高い次元に立ってると思うよ。俺も高校時代はそれほど勉強したわけじゃないけど、こんな病気に罹ったお陰でし出したよ。それも真剣にね。この道が正しいと思って努力してた時には充実感があったなあ。ところが、それが間違いとわかった時の苦しみはひどかった。しかしだ、その時は必死になって頑張ってたんだ。いいかげんな次元とは全く違ってたぞ。だけど、今の学生の多くは安易な方向に走ってる感じがするなあ」

唐島さんは次元の違いということを言ったが、確かに同感するところがあった。しかし、小野さんは腑に落ちぬようである。

「それじゃなんだ、さっき自殺を試みた患者は次元の高い所に立っていたということか?」

唐島さんがどう答えるのか、自ずと心が向いた。

「少なくとも低くはなかったでしょう。俺も迷っている時に自殺は真剣に考えたけど、生半可な気持ちで出来るもんじゃない。それを実行するまでにはかなりの苦しみを通り抜けないとね。暗い暗いトンネルを通るのさ。毎日のんべんだらりと生活してて、さあ自殺をしましょうか、といった具合で人はしはせんよ。煩悶が続いて、どうしても生きる道が開けない時に実行する人が多いと思うよ。それ以上生きて行くことが正しいと思えないんだねえ。俺の経験から言えばそうだ」

自殺は自分も真剣に考えた一人だ。全てが暗くなって生きようとしても生きる道が開かれず、ならば死のうと思ってそれを実行しようとするのだが、その場に立ってみると死ぬのが怖くて死ぬことも出来ず、何事にも手が付かず世の中がどこもかしこも暗く見えて、一ヶ月以上苦しみ抜いたことがあった。何とかそれを乗り越えて徐々に心の平安を取り戻して行ったが、そこに到るまでの心の闇というのは、唐島さんが言ったとおりだった。それ以上生きていくことに意味を見出せなかっただけではない、正しいと思えなくなっていたのが自分だったのだ。唐島さんが今言ってくれたことで、あの時の自分の心が少しばかり見えてきたような気がした。

「正しいとか正しくないとか普段の生活の中で意識をすることはあまりないけど、仕事をしていても今していることが間違いとわかったら、もうそれ以上続かないよな。自信というのは過剰ではいかんが、大切なことだと思うぞ。今落ち着いて仕事に打ち込めるのは、少なくとも間違ってはいないと思ってるからだよ。会社から信用を失ったら、その人間はそこでは生きて行けんよ。続かんのだ」

「確かになあ。俺たちが会社で生きて行けるのは、必要な人間だと思われてるからだよ。一先ずは信用されてるんだなあ」。小野さんも同じような心なのであろう。

「信じることが出来るということが大切なのは、日常の生活の中でも言えると思うぞ。結婚するというのは勿論愛情があるからだけど、愛する心の奥底には相手を信じる心があるよなあ。この人とならば幸せな家庭を築けるとかうまくやって行ける、といった心だよ。相手を信じたからといってそこに愛情がわくとは決まってないが、愛する心の奥には信じる心があるよ」

「愛する心の底に信じる心があって結婚するのなら、相手を信じる心がなくなった時にはどうなるか？」

「その時が離婚だよ。信じてないけど愛してる、なんてことは絶対にないよ。信じることが出来なくなれば、同時に愛する心も失うのさ。愛した人から裏切られたら、愛の心は憎む心に変わるからなあ。芸能界でよくあるだろう、結婚と離婚の繰り返しが。あの人達が結婚する時は華々しいよなあ。しかし離婚する時を見てみろ。罵り合いだ。愛が深かった分だけ、憎しみもひどくなるのさ。周りに美男や美女が沢山いるからああもなるんだろう。俺たちだって美女を見ると心を動かされて来たけど、この人と結婚出来たら幸せになれるとその時は思わなかったか？　思っただろう。その場合思ったということは、信じたということさ」

「そう言われてみれば、確かにそうだなあ」

「夫婦が互いを信じ合えるというのは大切なことだぞ。それがあるから長続きするのさ」

自分はまだ仕事をしてないし彼女もいないので会社の中でのことも夫婦の関係のこともよくわからないが、二人の話には感じるところがあった。

「夫婦のことはわかりませんけど、自分自身が生きていく上でも、正しいと信じることが出来る道を持っているということは大切なことだと思います。先ほど三階から飛び降りた人も、進んで行く方向に希望が持てなかったんじゃないでしょうか。このまま生きて行くことが正しいとは思えなくなったんだと思います」

　すると唐島さんが、今問題にしていることとは全く関係がないのではないかと思われることを言った。

「あなたがたはアウシュビッツの収容所で沢山のユダヤ人が殺されたのを知ってるだろう」

　小野さん、山下さん、佐々木さんの顔を見ると、自分と同じ思いのようである。

「あの極限状態から奇跡的に助かった人が僅かばかりいてねえ、その中にV・E・フランクルという人がいるよ。この人は有名なフロイトの弟子で、本人も精神科医だ。『夜と霧』や『死と愛』といった代表作を書いてるけど、その中で言ってるよ。ガス室に送られなかった人の中でどんな人が生き残れて、どんな人が死んで行かねばならなかったかをね。自分が生きていなければだめなんだと強く信じられる人や仕事を持った人が生き残れたそうだ。逆に、信じていたことが崩れた人が死んで行かねばならなかったそうだよ」

　聞いていて驚かされたのは、唐島さんが今話した内容よりも、心理学の勉強までしていることだった。大学の教養課程にも心理学の授業はあるが、殆どの学生は興味を示してはいなかった。ただ単位を取りさえすればいいくらいの扱いだった。自分もその中の一人だったのだ。そんな学問を、唐島さんは入院しながら学んでいたのである。ところが今度は佐々木さんが、全く思いもしないことを言った。

「正しい正しくないとかで生きて行ける行けないという話をしてますけど、そんなことを意識してる時に目の前でいきなり火災が発生したら、その人はどうすると思いますか？ 生きて行くのが正しいとは思わないので、ちょうどいいこの火に身を任せて焼け死にます、となるでしょうか？」

この問いには、誰も答えはしなかった。明白だからである。どの人も、そんなことまで考えてはいなかったという顔だ。自分も同じだった。互いに顔を見合わせて何も言わないので、代表して小さな声で言った。「そりゃ、どんなことをしてでも逃げますよ」。そうは言ったものの、心は釈然としていなかった。

「じゃあ、正しいとか正しくないとかで生きて行ける行けないというのは、いったいどうなるか？」

佐々木さんはこちらを向いている。そう言われると、今皆で話したことは甚だ矛盾したことになってしまう。唐島さんはそれほどではないが、小野さんと山下さんは少し困惑したような顔をしている。すると唐島さんが佐々木さんの言ったことを補填するかのように、面白い例を示した。

「こんな話を聞いたことがあるよ。自殺しようと思った男がニューヨークにあるエンパイア・ステート・ビルディングの上から飛び降りたそうだ。あの超高層ビルだから、死ぬのは間違いなしさ。ところが折からの強風に煽られて、身体が途中の階にひっかかったそうだよ。そうしたらその男は急に怖くなって、自殺するのは止めて、それからは生きることにしたという話さ」

その話はどこかで聞いたことがある気がしたが、どういう時だったかは覚えていない。唐島さんが言い終わると、すぐに佐々木さんが続けた。

「俺には八十歳を超えたお婆ちゃんがおりますが、よく口癖のように言ってますよ。ここまで生かさせてもらったんだから、いつお迎えがきてもいい、とですね。ところが少し病気になれば、すぐに病院へ走るんですよ。いつ死んでもいいと自分で言ってるんですからそのまま自然に任せておけばいいとこちらは思うんですが、口ではそう言ってても、やはり死にたくはないんですね」

聞いていて自分は思わず笑ってしまったが、小野さん、山下さん、唐島さんを見ると、どの顔にも同じように笑みが浮かんでいた。小野さんが隣から「それも同じ心の次元だよ」と言って佐々木さんの方を向いている。面白い話ではあるが、今の二人の話には心を引き付けられるところがあった。老人の心はよくわからないが、同じような立場に立たされたなら、自分も似たようなことをする気がするのである。しかし、何故そんな心になるのか、それがわからなかった。

「聞いているとこういうことになるのだろうなあ。人間が生きる理由は、消極的に言うと死にたくはないからで、積極的に言うならば生きておりたいからだ、とな」

山下さんの言うことには〝なるほど〟と頷くのだが、それでも納得がいかなかった。

「俺もこの問題では随分と苦しんだし、考えもしたよ。しかし最近では、この世の中には人間がどんなに頭を働かせたってわからんことがあるもんだ、と思うようになってきたよ」。途中であきらめたということなのだろうかと思い唐島さんを見ていると、横から小野さんが言った。

「わからんことを一つ一つ解明して行くのが科学だろう。今はわからなくても五十年後にはわかる、といった具合にだ」

自分も一応は科学を学んでいる身である。その力は日頃肌で感じていた。今の小野さんの考えに唐島さんがどのように反応するのか、それに興味がわいた。

「それじゃ小野さんは、科学は全てを解明出来るという考えか？」

「それが科学だと思うぞ。今の人間にはわからなくても未来の人間が明らかにして行く、といった具合にだ。実際に一〇〇〇年前にはわからなかったことが、その後沢山解明されてきただろう。最近ではコンピューターというものが出てきたし、これから一〇〇〇年経った時にはかなりのことがわかってるんだろうと思うぞ」

「それじゃ訊こう。この昭和五十年の現代にいたってもまだ命の定義が定まってはいない、というのはどういうことだ？」

「命の定義が定まっていないって……？　それは本当か？」

「それが本当なんだねえ。それじゃまた聞くよ、小野さん」

「なんだ」

「人間の身体は六十兆個くらいの細胞で成り立っているそうだ。細胞というのは一つ一つ皆生きてるよ。別々の命を持ってね。これはおかしいんじゃないか。一つの命の中に六十兆個の命があるというんだね。これはどう理解すればいいんだ？」

「そうなあ、……そう言われればわからんなあ」

「中学三年生の時に細胞分裂の映画を見たことがあるけど、一つの細胞が一瞬にして二つの細胞に分裂するんだねえ。そして全く別の動きをし出すよ。だから全く別の命なんだなあ。一つの命が二つになる、四つになるというふうに、倍々に増えていくわけだ。しかし俺たちが習ってきた数学の世界では、一つが二つになれば大きさは半分になるよ。それが、大きさが変わらないでどんどん増えて行くというのもどう考えればいいんだ？」

「うー―ん……わからんなあ。お前のわからんということはそういうことか」

そこに佐々木さんが口を挟んだ。

「医者に訊いてみればどうですか？　命を扱ってるんだから一番わかってるんじゃないでしょうか？」

すると唐島さんが彼の方に向かって、「今の質問を医者にしてみたことがあるんだよ」と言うではないか。

「そうしたら、どうだったですか？」

「医学とは出来た病気をいかに治すかで、命がどんなものであるかを問うものではない、だったよ」

　すると、すぐに小野さんが言った。

「それはおかしいだろう。あの人達こそ命がどんなものであるかを先ずは知らねばならんはずだ。それにしても『わからない』とハッキリ言えばいいところをそんな風に言うだなんて、よほどプライドが高いんじゃないのか」

　唐島さんはにやっとし、また静かに言った。

「世の中には色もなければ重さもないし、臭いもなければ形もない、という存在があるんだねえ。そんな存在がこの世にあることを、俺たちが高校まで習ってきた科学の世界では全く教えなかったよ。しかし、それが命なんだ。何故そうなのかは誰もわかってないし、命が何故この世に存在しなければならないのかも全くわかってはないいんだよ」

　聞いていて、確かにそのとおりだと思った。今の今まで、命とは何かといったことは考えたことがなかった。どちらかというと無意識の内に、生きているのが当たり前みたいに思っていたのだ。いや、そうではない。思いという意識さえ自分にはなかったというのが本当だった。生きる意味がわからず苦しんだ時には、目の前に待つ死が怖かった。あの時は自分の心は死の方に向いていた。しかしどのようにして自分の今の命があるのかということに関しては、問題にさえしなかったのだ。

　考えてみると今唐島さんが言ったように、命には重さも形も何もない。しかし存在するのだから不思議である。しかも、この形も重さもないものがなくなると、人は生きることが出来なくなるのだ。

「俺たちは皆命を持ってるがそれが何かさえ全くわかってはいないということは、自分のことは根本的に何もわかってないということじゃないのか？」

自分のことは根本的になにもわかっていないって？　どうも納得が行かなかった。ところが唐島さんはこの点においては、山下さんの心と同じようである。

「何故かしらこの世には命が存在するんだねえ。誰が何のためにこんなのを存在させたのか、何もわかってはいないんだよ」

何もわかっていないということに関しては、佐々木さんも合点が行かぬようだ。反論するように言った。

「神が創造したんじゃないですか？」

すると唐島さんが、すぐに彼の方に首を向けた。厳しい顔をしている。そして訊ねた。「何という神だ？」

「エホバの神だとキリスト教の人が言ってましたけど」

「それじゃ訊こう。アラーの神じゃダメなのか？」。顔は更に厳しさを増している。

「……？」

「アラーの神ではなくてエホバの神でなければならないという明確な根拠がどこかにあるのか？　……どうだ？」

「……？」

唐島さんを見ると、いいかげんなことは言うなよ、といった顔つきだ。科学的学問をしているのなら簡単に神なんて言葉は使うな、とでも言いたげな雰囲気が感じられた。自分は宗教には全く関心がなかったので、佐々木さんが神という言葉を使った時にはやはり違和感を覚えた。唐島さんは、自分以上にこの言葉が心に障ったようである。

「そうだろう。答えられないよな。答えられるはずがないんだ」

そう言って、さらに続けた。

「エホバであろうがアラーであろうが、その神が宇宙でも命でも創造したというのなら、そのことをきちっと科学的に説明出来ねばならんよ。それが出来ないで、だからこそ信じるんだということなら、それは独善でしかないはずだ。その次元で神を認めるんなら、日本人は伊弉諾《いざなぎの》尊《みこと》と伊弉冉《いざなみのみこと》尊の二柱の神を信じるべきだろう。そう思わないか？」

伊弉諾尊・伊弉冉尊と言われても、どんな存在なのか自分には全くわかりはしない。古代史を学んだことがないのだ。佐々木さんは歴史が専門なのだから何か言うだろうと思って見ていると、今の問いに答えるような様子はなかった。どう答えていいかわからないようである。

「宗教に関しては俺は全くわからんけど、自分のことが根本的には何もわかってないというのは、どうも釈然とせんなあ」。小野さんも納得が出来ていないのだ。

「論語の中で孔子が弟子に言ってるぞ。知ったことは知ったこととし、知らないことは知らないこととする、これが知ったということだ、とね。科学をすれば何でもわかるという考え方がいかに間違ってるか、そんなことを言ってるんじゃないかなあ」

唐島さんは、今度は論語の中の孔子の言葉を引用して話した。論語は高校の漢文の時間に少しばかり習った。しかしその程度なので、読んだことは全くないと言ってもいいくらいなのだ。科学だけではわからない世界があるといったことを指摘しているということだが、初耳である。自分が習っている教授や助教授達の姿を思い出していた。皆科学者である。頭がいい先生ばかりなのだが、学生達の噂を聞いていると、家庭の中で問題を抱えているような先生もいるということなのだ。自分の大学だけでのことなのか、それとも他の大学でもあることなのか確かめようと思い、皆に言ってみることにした。

「科学で何でもわかるというのなら、科学をする者は人間の心も知らねばならないんじゃないですか。ところが僕が習ってる先生方の中には、家族問題を抱えて苦しんでおりそうなお方もおりますよ」

するとと小野さんが、それには関心があるぞといったような顔つきでこちらを見た。

「俺が学生の時、夜になると普通とは違う格好をして外へ出て行くという先生がいてなあ。それである日何人かで尾行したんだ。帽子をかぶってサングラスをかけて出かけたんだよ。そうしたら、その先生はどこへ行ったと思う?」。顔には笑みを浮かべている。何か変わったことを思い出したのかもしれない。山下さん、唐島さん、佐々木さんの三人は興味ありげな顔だ。

急に小野さんが変な話をし始めたので、関心が湧いているのは確かである。自分もその先が聞きたかった。

「ストリップ劇場だったぞ」。顔は笑みから、既ににやにやに変わっている。ストリップ劇場と聞いて、益々関心が湧いた。話は面白くなりそうである。

「そこで俺たちも後ろから入って行ったんだよ。一番後ろで気付かれないように見てたら、女の子の身体を泡で洗う場面になってなあ。女の子が客にしてくれとお願いするわけだ。ところが女の子が客に呼びかけるとその先生が真っ先に出て行ってなあ、舞台に上がって女の子の身体を洗い始めたわけだ。それもスポンジなんか使わないで、素手に泡を付けてさ。洗うというよりお触りだな。先生が泡を付けて女の子を触りまくったんで、俺たちが皆で後ろから声をかけたんだ。『先生！　頑張れよ！』てな。そうしたら先生がギョッとして俺たちの方を見てなあ。ショーが終わると、そそくさと劇場を出て行ったぞ。それからというもの、先生はストリップ行きを止めたみたいで、学生には単位を簡単にくれるようになったよ」

聞いていた皆は声を上げて笑った。学生に簡単に単位をくれるようになったというところが面白かった。学内で悪い噂が立つと簡単には消えぬものだ。良い噂ならあまり広がらないが、悪いこととなると学生から学生に代々受け継がれるものである。悪く言われ続けるのを、その先生はよほど気にしたに違いがなかった。

「男と生まれて来たばかりに女で迷わねばならんし、これは女でも同じさ。いっそのこと、女がいなかったら男の迷いは少なかっただろうよ」

　言った山下さんの顔には、まだ笑いが少し残っている。

　入院するまでの自分は男ばかりのような世界にいたので、女の子が殆どいない所の空気を充分過ぎるほど味わっていた。慣れてしまえば違和感を感じなくはなるが、高校時代、クラスの半分が女の子だった雰囲気と比べると華やかさがなかったし、やわらかみもなかった。女の子がいることでどれほど場が和やかになるかは、この病院で生活してみてしみじみと感じていた。「女というのは存在するだけでその場にやわらかみを与えるぞ。この女が若くて綺麗なのに越したことはないが、たとえ婆ちゃんであってもいいんだよ。だから、女がいるというのは大切だぞ」。小野さんの会社での経験から出た言葉のように思われた。

「でも女の子が沢山いると、また大変ですよ。しょっちゅう服は替えてきますけど、こちらが何も言わないと、何も言ってくれないと文句を言うんですよ。何か言って欲しいみたいですね。だから、たまにはお世辞の一つも言ってやらにゃならんのです。でも、いつも機嫌を取らねばならんのも嫌ですよねえ」

　佐々木さんは文学部なのだ。今言ったことからして、女が沢山いるのも問題があるのだろう。しかし自分から言わせれば、それは贅沢な悩みなのだ。聞いていた小野さんが即座に言った。「女の子とはそんなもんさ」。そんなことはわかりきったことだ、とでも言いたいような顔つきだ。

「女の子がそんなもんだということは、そういうふうに造られてるんだ、ということだねえ。何故かしらそうなってるということさ」と、唐島さんがつけ加えると、小野さんがすぐに訊ねた。

「どういうことだ?」

唐島さんはゆっくりと話した。

「女の子はそう造られてるんだねえ。彼女たちがそうなろうと自ら思ってなったわけではないんだよ。男だってそうだよ。男に生まれてきたばかりに、女の子を見ると何故かしら心を引かれるんだねえ。俺たちがそうなろうと思ってなったわけではないのさ。同じように、何故かしらこの世には生命が存在するんだよ。生命があるから、何故かしら誕生して形を持つんだよ。形を持った以上、必ずそれを失う時が来るのさ。この世には、何故かしら人間がいるし、何故かしら動物も植物も存在するんだねえ。どの生き物もそのように形を持つことを自ら選んだわけではないのさ。誰が好き好んで牛や豚に生まれて来るか。人間に食べられんがために生まれてくる生き物なんているはずがないんだよ。気が付いた時にはそんな姿をしてたんだ。人間だけが特別なわけではないんだよ。全てはそうなってるんだ。そういうことだ」

場が静かになった。簡単にはものを言えぬ雰囲気に既になっている。

「あきらめか?」

少し間を置いてから小野さんが言った。唐島さんは冷静である。

「あきらめは否定に近い。肯定だ。肯定とは、そのままを受け入れることが出来ることだ」
その発言と落ち着きからして、自分が何かを言える次元ではなくなって来ているのがわかった。

長かったが、五人が揃っての真剣な話し合いだった。廊下をゆっくり歩きながら振り返っていた。唐島さんの博学ぶりは既に知っていたが、改めて驚かされたのは、心の広さ、それに思慮の深さだった。病気のために大学は中退しているものの、知識も思考も大学に今通っている自分よりははるかにはるかに優っていた。年齢は七歳上であるが、それ以上、十五歳も二十歳も離れているのではないかと思われるくらいである。関心が何物にも偏ってはいないし、物事を深く深く掘り下げている。話すことには哲学者ではないかと思わせるような内容が含まれていた。

最後に言った「全てはそうなってるんだ。そういうことだ」という言葉には強く心を引き付けられていた。あの心には、何か大きなものが含まれている感じがしてならなかった。今までによほど勉強をしてきたのだ。それに間違いはない。難病に罹ったが故に、おそらく苦しみ迷いが多かったのであろう。だからこそそれから抜け出そうとして、必死に今まで学んで来たに違いがなかった。

工業大学の多くの学生は教養課程の文系の学問を〝ゴミ科目〟と称してバカにしている。しかし今五人で話したことからすると、そのゴミ科目が問題にしていることの中で、日頃多くの人達は悩み苦しんでいるではないか。今の話の中に自分が専攻している建築の話は全く出ては来なかった。建築だけではない、電気も電子も化学も機械も金属も、全く蚊帳の外だった。自分が知っていることなんて爪の中のゴミくらいのものなのだ。自分の知識の乏しさ、心の狭さを、まざまざと教えられた感じがした。

「よし！　教養の時に習ったことをもう一度初めから学びなおそう！」という心が自然に湧いて来ていた。どの分野も一からやり直すのだ。明日の朝からは三十分早めて、四時には談話室に行こうと思った。いや、早く目が覚めれば三時半からでもいいではないか。早朝なら許されるのだ。無意識の内に心に力が入っていた。

八

夕方になり、少しばかり外の明るさが薄らいできた。間もなく夜の帷が下りるのだ。先ほどの人がどうなったのかがどうも気になって、ベッドの上にいても文字に集中が出来なかった。無意識の内に身体が動き、気が付いた時には廊下に出ていた。行き来している患者達の顔を見ると、幾分下を向いているようである。立ち止まって話をしている人がいるが、どの顔にも笑みは見られなかった。小さな声なのでこちらまでは聞こえなかったが、内容はあのことであるような気がしていた。病院側から発表があるはずはないので、看護婦に訊けばいいと思い詰め所まで行き准看を探したが、誰もいなかった。皆どこかへ行っているようである。自分より年配の看護婦が何人かいたが、ここにも笑顔は見られなかった。詰め所の中も、いつもの様子とはどこか違っていた。訊ねるのを遠慮させるような雰囲気である。

渡り廊下の向こうには手術室があり病室はないので、患者がそちらに足を向けることはあまりない。飛び降りた患者は手術室に運ばれたであろうから、何らかの動きがあるとすればそちらの方であるはずだ。怖い物見たさであろうか。見たくはないのだが、視線がたまに渡り廊下の腰窓の方に向かう。しかし目は行くものの、足はそこへ向きはしなかった。何も変化がないので病室へ帰ろうと思いもう一度目をやると、向こうから看護婦が一人やって来るのが見えた。

薄暗がりを歩いて来るので誰なのかはまだハッキリしないが、近付いてくるとしのぶちゃんであることがわかった。途端に心臓の動きが激しくなった。様子からして、彼女もここに立っているのが自分だと気が付いたようである。

無意識の内に、足が少しばかり進んでいた。顔の表情がハッキリ見えて来ると、何か心配事があるかのような暗さが見られた。彼女も皆と同じように、あのことを気にしているのであろう。まだ准看とはいえ看護婦なのだから、血を流した患者を目の前にしたに違いない。近付いて来たので、恐る恐る訊ねてみることにした。小さな声で。彼女は伏し目がちである。すぐに反応はなかった。言いたくはないようだ。まずいことを訊いてしまったような気がした。しかし少し間を置くと、「ダメだったんです」と自分と同じような小さな声で言った。やはりそうだったのだ。そうであろうとは思っていたが、実際に聞かされるとショックだった。看護婦は仕事柄人の死に慣れているとは思うが、やはり病院内での自殺となると受ける衝撃は大きいのであろう。

「三病棟の人なんでしょ?」

「そうなんです」

やはりそうだったのだ。依然彼女は俯き加減である。明るい顔が似合うのだが、今は逆になっていた。

「よく知ってるの?」

「三病棟ですからわたしはあまり行かなかったですけど、たまに話をしたことはありますよ」

「長く入院してた人なの？」

「そんなに長くないです。半年くらいですから」

「半年で長くないなんて、長い人ってどのくらい？」

「二年や三年という人はけっこう多いです」

「そんなに長い人がいるんだね。今一番長い人は？」

「二十年という人がいますよ」

「二十年！　ここはそんなことが許されるの！　誰？」

二十年と聞いて、驚いたのは自分である。二年や三年というならわかりそうな気はするが、二十年となったら別格である。ビックリしたので、いつの間にか少し大きめの声になっていた。

しかしその声に、俯いていたしのぶちゃんの顔が少しばかり明るさを取り戻したような気がした。

「二〇八号室にいるロクさんというお爺さんです。病院の方は出て行ってと言ってるんですけど、本人が出て行かないんです。病院に住んでるんですよ。アパートを借りるのよりいいそうです」

ロクさんと聞いて、すぐに思い出した。腰が曲がっているので、年齢は八十歳くらいであろうか。二十年間の入院なら、六十歳くらいの時にここに来たことになる。何の病気かは知らないが、ここはそんなに長くいてもいいのであろう。詳しいことは知らないが、ロクさんの話をし出すと、しのぶちゃんの顔が更に明るくなって行くのが見て取れた。話が自殺した人のことから違う方に進んだからのようである。ここはいつものことに話題を移した方がいいようだ。

「おかげさんで、僕もここまで来れたよ」

「今日から片松葉ですね」

「そうなったよ。水泳のおかげだと思うよ」

「毎日どのくらい泳いでるんですか？」

「あまり数えてはいないけど、二〇〇〇メートルくらいかな？」

「二〇〇〇メートル！　そんなに泳いでるんですか。水泳が得意なんですね」

「得意というほどじゃないけど、そんなに下手でもないよ。足が悪かったから他のスポーツは出来なかったけど、水泳は体重がかからないからいいよ」

「片松葉なら、もうすぐ退院ですね」

「しのぶちゃんと話が出来るのも、あと僅かだよ」

「淋しくなりますね」

「仕方がないよ、大学があるから」

「どこかで会おうか」と言いたくてたまらないのだが、口に出すことは出来なかった。言ったなら、目の前ですぐに断られそうな気がしたからだ。そうなったなら気まずくなって、今までどおりに話すことさえ出来なくなってしまうことが頭の中に浮かんだ。片思いは今まで何度かしてきた。振られたこともあった。あの惨めな思いはもう二度としたくはなかった。ここを去っても、それで終わりなわけではない。手術した所のボルトを抜かなければならないのだ。今すぐは無理だが、年が明けて大学の授業が終わる春休みにと思っていた。

医者が言うには、その時は二週間くらいの入院ですむということである。またここに来てその手術を受けようとは思っていた。その時に彼女とはまた会えるのだ。もてない男の情けないところである。それに期待をかけることくらいしか、今の自分には出来そうもない気がしていた。

「退院はするけど、またここに来なくちゃならないんだ」

「何月《いつ》ですか？」

「来年の春休みと思ってるよ。手術した所のボルトを抜かなければならないから」

「わ――あ、楽しみです。お待ちしてますよ」

嬉しそうに言った。しかし本心からではないはずだ。どの患者にも同じように接しているに違いない。自分だけに今のような態度を取るはずがないからだ。しかし、形だけでも喜んでくれた。それだけでもありがたいと思わねばならないような気がした。

「入院する時は病棟の指定は出来るのかなあ？」

出来ることなら今の病棟にまた入りたいのだ。一階も三階も、看護婦は殆ど知らない。ここがいいのである。しのぶちゃんもひとみちゃんもいる。

「それはよくわかりませんけど、婦長にお願いしてみたらどうでしょうか？　婦長ならできるかもしれませんよ。どこの病棟に入りたいんですか？」

そのように言うしのぶちゃんの顔を見ていると、今の病棟に来て欲しいような雰囲気が感じられた。

「それは勿論二病棟さ」

「ぜひ来てくださいね。皆もまだおりますから」

顔一杯に笑みをたたえて言ってくれている。それを目の前で見られるだけでも嬉しかった。

「そうしたいよ。皆の顔が見たいからね。唐島さんはまだだいるだろうし、小野さんもいるかもしれないね」

「小野さんはそんなに病気が重たくないですから、もしかすると退院しているかもしれませんね。春休みなら二月ですか？」

「そうなるとは思うよ」

「その頃はまだまだ雪が沢山降りますよ」

「そうだねえ。寒くても春休みにしておかないと、四月からはまた授業が始まるから」

「井上さんはよく勉強しますから、何も心配はないんじゃないですか？」

「落第することはないけど、もう三ヶ月も大学へ行ってないからね。遅れは取り戻さないと」

「出席日数は大丈夫ですか？」

「専門に入れば出欠を取る先生が殆どいないから、それは心配ないんだ」

「大学は出欠を取らないんですか？」不思議そうな顔をしている。大学のことはよくわからないだろうから、そう思っても仕方がないはずだ。

「取る先生もいるよ。でもそんなことをするのは、大体がパッとしない先生だね。優秀な先生ほどどうでもいいし、単位もすぐにくれるんだ」

「大学ってそうなんですか。わたしの学校は必ず取りますよ」

「高校くらいまではそうだけど、大学へ入ったら違うんだね」

「井上さんは何を勉強してるんですか？」

「建築だよ」

「難しいんでしょうね」

「難しいというより、面白いよ。僕は図面を描いたり本を読んだりするのが好きだから、勉強は苦にならないよ」

「いいですね。わたしはどちらかというと、勉強はあまりしたくないんです」

「しのぶちゃんは看護の勉強を一生懸命してるんでしょ」

「そっちの方はいいんですけど、英語がダメなんです。あまり好きじゃないんです」

顔を見ると、確かに好きではないようだ。嫌だという気持ちが全面に出ている。しかし、彼女はその表情にもかわいらしさがあった。

「そうか、語学は好き嫌いがあるから。他の女の子達はどう？」

「英語の時間になると、けっこう眠そうにしてる子が多いです」

「ひとみちゃんや久子ちゃんも？」

「ひとみちゃんは特にですね」

「ぽっちゃりしてるからかなあ？」

「それもあるかもしれません」。そう言うと、にこりとした。自分も少し可笑しくなった。ひとみちゃんの愛嬌のある太り気味の体型が思い出されたからだ。彼女は看護婦仲間からも好かれているようである。気取らない性格が好感を持たれているのかもしれない。

自殺した患者のことを考えると誠に気の毒なのだが、自分がその人のことを全く知らないので、かえってよかったのかもしれなかった。知った人なら大きく傷ついたことだろうと思った。しかし今日のことがあったおかげで、しのぶちゃんと話が出来たのだ。彼女と二人きりで話が出来る機会をいつも探して来たのだが、なかなかいいタイミングに巡り合うことはなかった。誰かが、何かが、邪魔をして来たのだ。一人の人が命を自ら捨てたのだからそれを利用するなんてことは勿論してはならないが、たまたまこんな時に、良い機会を与えられたのだった。こんな気持ちになってはいけないと思うが、しのぶちゃんと二人だけで話をすることが出来たのだ。どんな形であれ、それはこの上ない喜びだった。

九

翌日の午後、食堂へ行ってみると、既に唐島さんは来ていた。こちらに向けている背中には、痩せているにもかかわらず人を寄せ付けぬ威圧感がある。目の前の文字に神経を集中させているからこそ出てくる、自然な姿なのだろうと思った。既に何度も話をしていたので遠慮なく入って行くと、すぐに気が付いて振り向いた。背中越しにでも様子からして、自分とすぐにわかったのであろう。こちらに顔を向けた時には、既にゆったりとした顔になっていた。側に座ると、すぐに話しかけてきた。

「昨日の人は死んだということだねえ」。その一言で、唐島さんもそのことが気になっていたことがわかった。

「僕も聞いておりました」

「ああいうことをする前の心境はどう思う？」

自分も老いて死ぬまで生きて行かねばならぬことの意味が見出されず、精神的に追い込まれて真面目に自死を考えた一人だ。昨日の患者ともしも話が出来ていたら、共鳴する何かがあったような気がしていた。今唐島さんに訊ねられて、自分が経験した心をそのまま口に出した。

「喩えようもなく苦しいです」。正直に言ったのだが、唐島さんは不満そうな顔だ。

「そんなことはわかりきってることだ。俺が聞きたいのは、死のうと思ってそれが出来る人と、それさえ出来ない人間の気持ちの違いなんだ」

もしかすると唐島さんは、自分が経てきたのと似たような道の経験があるのかもしれない、と思った。罹った病気が病気である。自分よりはるかに苦しんで来たことが想像された。今口にしたことからも、自死を真剣に考えたことに間違いはない。しかし病院内で毎日見せている表情と生き方、それに今言ったことからすると、死ぬことさえ出来ない道をも乗り越えて来て今があるような気がしてならなかった。大きな大きな山を越えて来たのであろう。

「どちらも苦しいですが、あっさりと死ねる方が幾分楽な感じはします」

「そう思うか。俺もそう思うよ。簡単に死ねたらよかったんだがなあ。自ら死を選択した時の心というのは、確かに暗黒のまっただ中だよ。しかしなあ、振り返ってみると、自死が出来る人には死ねるという道がまだ残されているんだねえ。甚だ矛盾した表現だが、自死というのは死ぬことに生きる道を見出している感じがするよ。でも、その死ぬ道をも奪われたら、どうしようもなくなってしまうなあ。こんなことは今だからこそ落ち着いて言えるんだけどねえ」

そのように言う唐島さんの顔には苦しさは全く見られず、味わった苦悶がいかにすさまじいものであったかを懐かしむような、穏やかな表情が出ていた。今に迷いが残っているのなら、こんな顔で居られるはずがない。今自分に示した言葉と表情からしても、越え難い苦しみを乗り越えて来たことに間違いはないはずだ。どのようにして越えることが出来たのか、何が体得されて今の生き方・落ち着き・威厳となって現れ出ているのか、それを知りたくてしかたがなかった。

自分が生と死の矛盾の問題で苦しんだ時のことを思い返していた。あの時は、死んでしまいさえすれば苦しみからは解放されるように思っていた。その時までは死んだ先の世界のことをそれほど深く考えていなかったが、少なくとも楽にはなれるような気がしていたのだ。唐島さんは「自死というのは死ぬことに生きる道を見出してる感じがするよ」と言ったが、あの時の自分の心理を振り返ってみると、その表現は的を射ている感じがした。

簡単に死ぬことが出来ていれば良かったのだ。ところがいざ実行しようと思い死後に待つ世界を真面目に考え出すと、自分が行こうとしているのは楽などころか、落ちてくる人間の肉を貪り食おうと待っている無数の獣がうごめいている所に見え始めた。自分の手が、足が、内臓が、生きたまま獣に食いちぎられる有様が想像された。血が噴き出し、八つ裂きにされるのである。その地獄へただ一人で落ちて行かねばならぬことが見えてくると、恐ろしさに慄き、死ぬことさえ出来なくなってしまっていた。死後の世界が楽と見えていた内に実行しておけば良かったのだ。その機会を逃したばかりに、生きるに生きられず、死ぬにも死ねなくなって、生まれて初めて心の底から「助けてくれ！」と叫んだのがその時だった。苦しみ悶える日々が続いたが、時間がかなりかかったものの徐々に精神状態が回復して行って、気が付いた時には、その苦しみはいつの間にか消え去ってしまっていた。しかし、そうなれた理由はさっぱりわからなかった。今でもそうである。何故あの苦しみや迷いが消え去ってしまったのか、全くわかってはいないのだ。

「唐島さんもそんな道を経てきたんですね」

「井上君も同じような経験があるみたいだねえ」。そして続けた。「今はどうだ？」

「苦しんだ時と比べたら、今ははるかに楽な気持ちです。でも、何故こうなれたのか、その理由がわからないんです。何かが解決したという気持ちはないし、目覚めたという感じでも何でもないんです。ですから説明してみろと言われても、どう言っていいのか自分でもわからないんです」

自分の今の心をそのまま口にしたものの、唐島さんがどう受け取ってくれるのか、それが心配だった。

「俺もねえ、今だから言えるんだよ。世の中には人間の力ではどうにも出来ないことがあるってことをね。俺はこんな病気に罹ってしまった。一時は親を恨んだよ。何故俺を産んだんだ！てね。『この糞婆が！　お前のお陰でこうなったんだぞ！』とお袋を怒鳴りつけたこともあるよ。しかし、そう言った後に残ったのは惨めさだけだった。何が原因でこの病気になったのか、俺本人が先ずはわからないし、親だってそれは同じことなんだ。しかし、なってしまったんだねえ。そのことがいつの間にか、俺にはキチッと受け止められていたよ」

どういうことなのか、その意味するところがわからなかった。

「キチッと受け止められていたって、どういうことですか？」

唐島さんは少し間を置いた。

「何故俺がこんな病気になったのかと親を恨んだって、それはどうしようもないんだなあ。親だって子供を病気にしようと思って産んだわけじゃないのさ。病気なんだから何かの原因があったんだろうとは思うよ。原因がわかればそれに越したことはない。しかし、なってしまったという現実は今さら変えられはしないんだ。怒鳴りつけた時には、お袋は泣いてたよ。苦しかったろう。自分の責任だと思ったろう。しかし、それ以上に苦しかったのが俺自身だった気がするなあ。これも今だから言えることだよ。親を恨んだり怒鳴りつけたりしたということは、この病気になってしまったという現実を受け止めることが出来てなかったんだ。だからこそ俺は必要以上に苦しまねばならなかったのさ。しかし気が付いた時には、こうなってしまったことがそのまま受け止められていたよ。そうするといつの間にか気持ちの上では非常に楽になっていたなあ」

聞いていて、大学病院で手術を受けた時に、母が自分に言ったことを思い出していた。ベッドに横たわって苦しんでいる姿を目の前にして、一言「母さんを恨んでるだろう」と言ったことを。あの時は母がどうしてそんなことを言うのかと不思議に思ったが、親を恨んだりしなかったのは、股関節が脱臼して生まれてきたことに関しては、自分はキチッと受け止められていたからなのだ。そうだったのだ。今唐島さんが言ってくれたことで、ようやく理解が出来た。

唐島さんは更に続けた。
「苦しんだ時には、何故人間に生まれて来たのかと真剣に考えたよ。一生を障害を持って生きて行かねばならんのなら生きる意味がないようにもね。しかしあの時の苦しみも、このような人間としてこの世に生まれて来たことをキチッと受け止められてなかったからだったんだ。人間だけじゃない。どんな生き物だって、誕生することは自分の意志じゃないんだねえ。親だって子供を選べないんだ。昨日は五人で話したけど、あの時も言ったよ。何故かしら我々は人間に生まれて来たんだ、とね。自分の意志で生まれて来たわけじゃないんだから、人間に生まれて来た意味なんて誰もわかるはずがないんだよ。わかるはずがないことをわかろうとして苦しんだんだねえ。もがきにもがいて全てが崩れたら、いつの間にか問いを発すること自体がなくなっていたよ。こんな人間に生まれて来たことを、無意識の内にキチッとそのまま受け止められていたんだなあ」

自分の経験してきたことが、今目の前でそのまま語られたように聞こえていた。あんなに苦しんだのに、何故それがいつの間になくなってしまったのかを今の今まで理解出来ないで来たが、自分も気が付かぬ内に、キチッとそのまま受け止められていたのだ。唐島さんが今言ったとおりだった。問いを発すること自体がなくなってしまっていたのだ。漸く自分のことが少しばかりわかりかけてきた感じがした。しかし、どのようにしてそのことが唐島さんには理解が出来たのか、それがわからなかった。

「今の話で、漸く僕も自分のことが少しばかりわかりかけて来ました。でも唐島さんは、どのようにして心の整理が出来たんですか？」

このことはどうしても聞かねばならないと思った。生まれて来てから今まで、あれほど苦しんだことはない。何故あの苦しみがいつの間になくなってしまったのか、その理由が更に詳しく示されるかもしれないのだ。気が付かぬ内に、自然に身を乗り出していた。

「必死に本を読んでいる時にはわからなかったねえ。本を読んでいる時には何かを学ぼう、覚えよう、という気持ちが強かったけど、本を置いて自分の心を振り返るようになったんだ。そうすると、次第次第に理解が出来てきたよ。不思議なもんだねえ。自分の心でありながら、じっくりと振り返るまでそれがよくわかってないんだから」

自分を振り返るだって？　聞いていてそれがどういうことなのか、すぐには理解が出来なかった。しかし、唐島さんが今言ってくれたことで自分の心が少しばかり見えてきたことから、このことかもしれない、と思った。ということは、自分も自身を振り返る心が甚だ薄かったのだろう。だからこそ自分のことでありながら今の今までよくわからなかったのではないか、という思いが湧いてきた。その時、教養課程で履修した心理学の授業の内容を思い出した。あの時は自分の進む道に関係がないどうでもいい学問だと思っていたのでそのくらいにしか聞いてはいなかったが、そんな心が自分自身さえ見えなくしていたような気がしてならなかった。

「人間は苦しむと様々な物に縋《すが》るんだねえ。神や仏にもね。宗教もいろいろ勉強してみたよ」

今度は宗教のことを唐島さんは話し出した。昨日五人で話している時に佐々木さんが神という言葉を使うと急に厳しい顔をして諌めるような態度を取ったので、その道には関心がないと思っていたのだが、そうではなかったのだ。その道も学んだ上での昨日の態度だったのだ。宗教からいったい何を学んだのか、少しばかりではあるが関心がわいてきた。

「宗教って、キリスト教をですか?」

「勿論、キリスト教は勉強したよ。聖書だけじゃない。コーランをもね。それに仏教書も読んでみたよ。一時は真剣に祈ったものさ。しかし後から振り返ってみると、祈るというのは代表的な非科学的行為だと思うよ。祈って自分の希望がかなうんなら、誰だってするよ。でもその心というのは、神や仏を利用しようとしてるんじゃないのか? 俺の叔父さんの家の座敷に額がかけられていてねえ、その中に〔不幸への道〕と〔幸福への道〕というのが書いてあったので、面白そうなんで読んでみたんだ。中学生の頃だけどね。こんな人が幸福になれる、こうすれば不幸になると、二十項目くらいずつ書いてあったよ。その中にたった一つだけ印象に残った文句があってねえ、今でも覚えてるよ。〔不幸への道〕の中に書いてあったんだ。こうすれば不幸になる、という道さ。何だったたと思う?」

「さあ、そう言われてもさっぱりわかりませんが」

「そりゃそうだろう。〈神仏に無理なお願いをする人〉と書いてあったよ。面白いと思わないか」

自分は今まで、宗教に関しては全くと言っていいほど関心がなかった。社会主義の本をよく読んでいたので、アヘンくらいにしか考えてはいなかったのだ。科学を志す者が心を向けるべきものではない、とも思っていたのである。今でもその考えに変わりはない。しかし、今唐島さんが言った〈神や仏に無理なお願いをする人は不幸に向かう〉という言葉には頷く所があった。誰がそんなことを言ったのかにも関心が向いた。

「俺の心を強く打ったのは、聖書でもコーランでもなかったよ。越後の良寛さんの言葉だった。このお方は江戸時代のお坊さんだけど、厳しいことを言ってるねえ。

　災難に逢う時には災難に逢うがいい
　死ぬ時期が来たら死ぬがいい
　これが災難を乗り越える最高の道だ

と説いてあったよ。俺はその言葉を目にした時、これだ！　と思ったね」

良寛さんという名前はどこかで聞いたことがあるような感じはしていた。しかしどんな人かは全く知らなかった。

「僕は宗教に関心がてんでありませんが、どうしてそんなのを学ぼうと思ったんですか？」

「俺も初めは関心がなかったよ。しかし、人間の弱みだろうなあ。藁にでも縋りたい気持ちの時があったけど、その時に、いつの間にか本を手にしていたよ。しかし祈りの宗教には、最後には関心が向かなくなったなあ。その点、良寛さんは全く違った」

「どう違ったんですか？」

「祈るとか、頼むとか、といった心は説かないんだなあ。良寛さんはキチッと受け止められる世界を述べているよ。今の文句だけど、越後で大地震が起こった時に友達に見舞い状を書いたんだねえ。その最後に書いた文句だよ。大地震で沢山の人が死ぬし、家は潰れるし、火事も起こってるんだなあ。大惨事で多くの人びとが苦しみのどん底にいるわけだ。その時に、災難に逢わねばならんのなら逢うがいい、死ぬ時期が来たなら死ぬがいい、なんて誰が書けるか。その辺にいる坊さんじゃ無理だよ。良寛さんだからこそ言えたんだと思うぞ。自分によほど厳しいお方だったんだろう。なってしまったことは受け止めるしかないんだよ。こうなってしまったという現実はどんなことをしたって変えることができないのさ。これも受け止められるからこそ、人間は苦しさの中にも新たな道を切り開いて行ける、これを述べたんだと思うよ。俺もねえこの言葉に出合ったとき、深いやすらぎを感じたよ。やはり歴史に名を残す名僧はすごいなあ、と思ったなあ」

初めて聞くことなので、そんなもんかなあと思ったが、奥深い精神世界があるような気はしていた。宗教というと、困った人が縋る程度の甚だ低い心の世界かと思っていたが、今唐島さんから聞いた良寛さんの教えが本当なら、自分の考えていた教えとは全く違うようである。心理学をなおざりにするような、そんなちっぽけな心しか自分にはなかったのだ。機会を見つけて、自分も良寛さんを学んでみようという気持ちになっていた。

唐島さんは続けた。

「世の中には大きな流れがあるような気がするよ。人間がどんなに頑張ったって止められないようなのがね。その代表が、誕生があるなら必ず死んで行かねばならぬ、ということだろう。いつ何のために誕生と死が始まったのかは誰も知らないけど、大昔の彼方からこれは続いて来たんだよ。そしていつ終わるのかも誰にもわからないんだなあ。このような動きが世の中には厳然として存在するのさ。俺が苦しんだ時は、この動かし難い流れに乗っかっていなかったんだねえ。これも今だから言えることさ。現実がキチッと受け止められたということは、この奔流にそのまま乗っかったということだったんだ。乗っかれたお陰で、気持ちが非常に楽になったんだねえ。良寛さんだけでなく親鸞も学んでみたよ。まだまだ理解なんてとても出来てないけど、親鸞が説いた他力本願というのも、この大きな流れに乗っかる教えみたいな感じがしてるよ。他の人の力を借りるだなんて、そんな程度の低い教えじゃないはずだ。歴史に名を残したんだから、かなりの高度な精神世界に到達したんだろうなあ。現実がキチッと受け止められて大きな流れに乗っかることが出来るということだけでも、様々な飾りを剥ぎ取られるような苦しみを味わった人でなければ、とても無理だよ。頭が良いから悪いから、という世界ではないんだ。親鸞は浄土往生を説いたけど、浄土に往生するというのは、奔流に乗っかった人がその力のままに次の世界に辿り着く、ということじゃなかろうかと思っているよ。現実がそのまま受けられる、その元に説かれてる気がするなあ。

現実をキチッと受け止められるとねえ、それなら残された部分を充分に活かして生きてみようという気持ちも自然に出て来ていたよ。それからというもの、何も無理をしないで自然に本を手に取るようになっていてねえ。一つを学べば次を求めるという気持ちにもなっていたし、今では頑張ろうなんていう気持ちは全くと言っていいほどないんだけど、身体が自然に動いてしまうんだ。今は沢山の時間眠らなければならないというのが苦痛でねえ。これはベートーヴェンも言ってるよ。ベートーヴェンは耳が聞こえなかっただろう。そこで充分睡眠を取りなさいと医者に言われたそうだ。でも自分にはそれが苦痛なんだと、ちゃんと言ってるよ。睡眠時間を削ってでも作曲したかったんだなあ」

宗教に関心がないどころか、親鸞まで勉強しているではないか。話の内容からして、とても自分にはついて行けるものではない。良寛さんや親鸞に関しては学んだことがないので全くわからぬが、ベートーヴェンならば音楽を聴いていたので、少しではあるが身近に感じられた。

「ベートーヴェンがそんなこと言ってるんですか？」

「手紙の中に書いてるよ」

食堂を出て帰りの廊下を歩きながら、今の会話を振り返っていた。何故唐島さんがあのような姿勢で学ぼうとしているのか、その理由が今日初めて少しばかり理解が出来たように思った。あのように落ち着きがあり、威厳を持ち、しかも無駄な時間は出来るだけ少なくして読書に没頭するという生き方が自然に出来ているのは、現実がキチッと受け止められているということが原点だったのだ。「全てはそうなってるんだ。そういうことだ」と昨日は五人の中で最後に言ったが、その意味が漸くわかりかけて来たような気がしていた。早朝から文字に集中していたのも偶然ではなく、早く目が覚めてどうしても眠れない時にはそうしようと、予め決めていたことなのである。そんな生活が無理なく自然に出来るというのだから、自分の心とは大きく違っていた。自分は頑張らねば、時間を無駄にしてはならぬ、という気持ちが強い。意識をしているのだ。しかし、唐島さんにはその意識さえなくなっているのだという。立っている次元が、自分とは大きく違っていたのだ。どうしたならそういう境地に至れるのか自分にはわからないが、今は少しでも唐島さんから習おうと思った。

二人で話してみて何より嬉しかったのは、七歳も年下のこの男に、他人の追随を許さぬような知識を持ち生き方を送っている唐島さんが、自身の個人的なことを話してくれたことだった。知っていることといえばたかだか知れており、経験も少ないこの自分をそこまで信用してくれたのだ。今までよりはるかに心の距離が近まった気がした。これからも機会があるなら何度でも話を聞こう、学ぼう、と切に思った。お陰で自分の迷い苦しんでいた時に抱いた疑問が、大きく解決して行くような気がしていた。

十

朝四時から文字に向かうようになって六日目のことである。退院は四日後と決まった。既にステッキは出来ていた。松葉杖は病院の物だから置いて行かねばならない。二十一歳にしてステッキをついて歩くというのはどうも格好がつかないが、しばらくはどうしようもない。状態からするとまだ病院にいていいのだが、大学の方が心配だった。これ以上授業をなおざりにすることは出来ない。山下さんは自分の知らないうちに退院してしまっていたし、佐々木さんは四日前だった。そろそろ自分の番なのだ。室蘭市内の実家から大学に自家用車で通って来ている同級生がいるので、彼に頼んで迎えに来てもらうことにした。その日の午後、退院の日が決まったことを唐島さんに報告に行くと、ベッドに寝転びながら本を読んでいた。入って行くと、ゆっくり起き上がった。

「今日はどうした?」

「実は、退院の日が決まったもんですから、報告に来ました」

「ほう、それはよかったねえ。ところで何日だ?」

「四日後です」

「また一人いなくなるか。淋しいねえ。大学へ戻ったらかなりやるんだろう」

「唐島さんのお陰で学問をする基礎を教えてもらいました。大学へ帰るのが楽しみです」

「井上君は今の大学生としては珍しいよ。最近は朝の四時から毎日勉強してるという話だねえ」

「誰がそんなこと言ってましたか？」

「看護婦さんたちだよ」

「たちっていうと、一人じゃないんですか？」

「准看たちだけじゃなくて年配の人たちも言ってるぞ。最近、井上君の生活態度が急に変わった、とな」

「年配の人たちもですか？」

「今時、入院患者の誰が朝四時から勉強するか。それが出来るだけでも珍しいんだよ。その年齢でそれが出来るんだから、大学へ戻ったら俺が出来ない分までやってくれ。こんなことを俺が言う必要はないと思うけどね」

「来年はまた来ますので」

「また来るって？　何しに？」

「手術した所のボルトを抜かなければならないんです」

「ほう、そういうことか。何月頃？」

「春休みと思ってます」

「そうか、また会えるわけだ。そりゃ楽しみにしてるよ」

あとは世間話をし、病室を後にした。翌日には松葉杖を返し、ステッキでの生活が始まった。ステッキに代わると、足が更に軽くなったような感じがした。ステッキがなくても歩けたが、今しばらくは大事にしていた方がよさそうである。これなら談話室に物を持っていくのがより楽になりそうな気がした。

その夜も十時に床に就き、翌朝はいつもの如く三時半頃に起床した。杖をつきながらスタンドと本を持って詰め所まで行くと、今日に限って看護婦の姿が全く見えなかった。どこかの病室へ行っているようである。昨日は手術があったのかもしれない。そのまま談話室へ入った。

十分ほど経った時だった。かすかな物音がしたので振り向くと、しのぶちゃんが入口に立ち笑みを浮かべてこちらを見ているではないか。今日は彼女が夜勤だったのだ。周囲に誰もいない中にまた二人で見つめ合いながら話が出来るのかと思うと、それだけで心が弾んだ。こんな夜中に楽しいことがあるとは思われないが、表情を見ると良いことでもあったかのような雰囲気だ。いつも以上に明るい。両手で胸の前に何かを持っている。「おはよう」という挨拶が自然に口から出ていた。そうは言ったものの、とっさのことなので、その先をどう続けていいのかわからなかった。心臓の鼓動は、既に音を立てるほどになっている。「おはようございます」。彼女もにこやかに返してくれる。

「少し休んだらどうですか」

そう言うと、こちらに近寄って来た。胸は更に高鳴った。側に来ると立ち止まり、胸の前に両手で持っていた物をやさしく差し出した。

「これ、飲んでください。疲れが取れますよ」

何かと思って見ると、缶コーヒーではないか。一階にある自動販売機までわざわざ買いに行き、持ってきてくれたのだ。女の子からこんな親切な行為を受けるのは初めてである。何かの間違いじゃないかと思い一度目を閉じ再び開けて見ると、状況は変わっていなかった。今起こっていることは夢ではないのだ。彼女が両手で差し出したので、自分も気が付かぬ内に両手で受けていた。受け取る時に、彼女の手が自分の手に僅かに触れた。温かかった。やわらかかった。ほんの少しではあるが、彼女の手に初めて触れることが出来たのだ。

「ありがとう」

お礼の言葉が自然に出ていた。顔を見ると嬉しそうだ。

「今日も四時前からですね」

言い方には、いつもに増したやさしさが感じられた。四時頃には自分がここに来ることを、他の看護婦から聞いていたのだろう。教えたのはひとみちゃんだろうか？　それとも久子だろうか？

「退院したらもうこんなことはしないよ」

「早起きはしないということですか？」

「大学へ帰ったら夜は十時になんかに寝ないからね。だから起床も遅くなるよ。今は病院だからこんなことをしてるんだ」

「そうだったんですね、寝るのは一時頃だと言ってましたですね」

「今までは一時だったけど、これからはもう少し遅くなるかもしれないなあ」

「遅くなるって、二時か三時ですか？」

「そうなるだろうとは思うよ」

「こんなに早くから起きて途中眠たくならないですか？」

「そうなる時もあるよ」。そう言いながら、今貰った缶コーヒーに口を付けた。早朝から談話室に来るようになって、外がまだ暗い中に温かなコーヒーを飲んだことは一度もなかった。暗い廊下を一階まで歩いて行かねばならない。飲みたくなることはあったが、そこまでして飲もうという気持ちにはならなかった。しかし、しのぶちゃんは行って買ってきてくれたのだ。いつにない特別な味がした。首を後ろに反らし一気に飲んでしまった。そうすると、幾分心臓の鼓動が和らいだ。

「あ――美味しかった」。自然に言葉が出ていた。

「よかった、井上さんはコーヒーが好きなんですね」。彼女は目を細めている。

「好きだよ。しのぶちゃんは？」

「わたしは疲れた時にたまに飲むくらいです」

「僕もそんなもんさ。気晴らしに飲むことが多いよ」

「井上さんは勉強以外何もしないんですか？」

「ここではこんなことしか出来ないよ。大学に帰ったらまた別のことがあるからね」

「別のことって？」

「部活があるんだ」

部活の話をすると、しのぶちゃんの顔は更に明るさを増した。関心を寄せていることがわかった。

「部活って何をしてるんですか？」

「ギターだよ」

「ギターって、エレキですか？」

「エレキじゃないよ。クラシックの方さ」

「クラシックのギターってどんなのですか？」

「〝禁じられた遊び〟を知ってるでしょう。あれの方なんだ」

「〝愛のロマンス〟ですね。弾けるんですか？」。彼女は目を輝かせている。かなり興味があるようだ。ギターと聞いただけでそんな表情を浮かべるなんて、思ってもいなかったことだ。急に嬉しくなった。

「弾けるよ。あまり上手じゃないけどね」

「わ――っ、聴いてみたいです」

あたかも既に聴いたかのように、喜びを顔全面に表している。しかし弾けるとは言ったものの、入院してからは全く触れてはいないのだ。かなり腕が落ちているような気がしていた。

「でも、三ヶ月も弾いてないから、今は無理かもしれないよ」

「井上さんなら、練習すればすぐ出来るんじゃないですか」

「そうだといいけどね。三ヶ月のブランクは大きいと思うよ。来月は演奏会があるけど、それにも出られるかどうかわからないんだ」

「演奏会があるんですか。それも聴いてみたいです」

さも聴きたそうに彼女が言ってくれたのでここぞとばかりに誘ってみようかと思ったが、今の自分の実力では合奏に参加するくらいが関の山で独奏は全く無理だ。彼女が来てくれれば自分としては鼻が高くなる。先輩からだけではなく、同輩からも後輩からも羨ましがられるであろう。女の子がてんでいないのがいつもなのだから、そんな中にしのぶちゃんが来るなら、部員全員の関心を集めるはずだ。それも、女の子の噂が全くなかった男がいきなりしのぶちゃんを連れてくるとなると、皆が驚くのが容易に想像された。

しかしそうなっても、一時的なことなはずだ。演奏会で一番目立つのは独奏者なのだ。仲間が弾けば、彼女の心はそちらへ行くに違いない。部員の中には格好が良い男がいる。連れて来たのはいいがその男たちにしのぶちゃんの心が動くのなら、自分が笑われるだけではなく、居場所さえ失う感じがした。それを考えると、誘うことは止めた方がいいように思った。自分にはそれだけの実力がないのだ。ここはそこそこに受け答えをしておく方がいいように思った。

「その内に聴いてもらえる機会があるかもしれないよ」

「来年の春にまた入院するということですね。その時はどうですか？」

「病院にギターは持ってこれないよ。音が出る物はダメだから」

「屋上なら何とかなるかもしれませんよ」

「二月の屋上じゃ雪だらけだよ。外には出られないよ」

「ああ、そうですね。雪のことは忘れてました」。今は九月なので、彼女は雪のことまで頭の中にはなかったのだ。自分の言ったことのとんちんかんさに気が付いたのであろう、少し声を上げて笑った。

「それじゃ、この部屋はどうですか？」

「ここで？　響くよ。うるさいくらいになるよ」

「そんなに大きな音が出るんですね。でも、一度くらいは聴いてみたいです」

「しのぶちゃんに聴いてもらうには、かなり練習しないとね」

「勉強の合間にするんですか？」

「合間も使うけど、これからは時間を決めて練習するよ。しなきゃならないことが沢山あるから」

「井上さんみたいに勉強する人がギターも弾くなんて、すごいと思います」

「しのぶちゃんは楽器の方は？」

「ピアノを少しくらいなら弾きますよ」

「ピアノ、それはいいなあ。一度聴いてみたいよ」

「でも、上手じゃないんです。ほんの少し弾けるだけですから。井上さんに聴いてもらうなんて、とてもわたしには無理です」

にこっとしている。表情を見ていると、ほんの少しというのは本当のことのようだ。

「寮にピアノはあるの？」

「ありませんよ。寮の部屋は狭いですから、ピアノは置けないんです」

「狭いって、広さはどのくらい？」

「六畳なんです」

「いいなあ、六畳もあるなんて」

「井上さんの所はどうですか？」

「学生は殆どが四畳半だよ。六畳間に入ってる男がたまにいるけど、少し古くなった所が多いよ。でもそこがマージャンする場所なんだ」

「帰ったらマージャンをするんですか？」

「最近はあまりしてなかったんだ。三ヶ月以上休んでるんだから、しばらくはしちゃダメだろうなあ」

昨日は手術があったのかと思ったが、そうではなかったようだ。けっこう長くしのぶちゃんと話が出来た。何よりも嬉しかったのは、彼女の方から来てくれたことだった。しかも、缶コーヒーを持ってである。周囲に誰もいない真夜中に彼女と二人だけで話が出来たのは、これで二回目だ。今日は前回に比べて、はるかに多くの笑顔が見られた。こんなことがまた起こるのなら、退院はもう少し遅くしてもいいように思った。しかし、今更変えられるものではない。後悔の念がわき起こって来るのはどうしようもなかった。

十一

退院の日が来た。同じ建築科の高島が自家用車で迎えに来てくれた。会うのは三ヶ月半ぶりである。彼はワンダーフォーゲル部に入り、山登りをよくしている。しかし背の高い美男子で、山男というのにはほど遠い印象を与える。彼が病室に入ってくると「おい、元気か」とすぐに声をかけてきたものの、他の五人の患者に遠慮してあまり大きな声で話そうとはしなかった。自分の姿を見て、「退院して本当にいいのか?」と心配そうに言った。「大丈夫だよ」と言い目の前を杖で歩いて見せたのだが、少し前までは当たり前に歩いていた男が杖で歩かねばならないようになっているのを見たせいか、まだ心配気な顔をしている。荷物といってもたいした量はなかったが、全て彼が車まで運んでくれた。同室の患者たちに歩ける人は二人しかいなかったので、一人一人ベッドの所へ行き最後の挨拶をした。どの人も喜んでくれた。

詰め所へ行き、看護婦たちにも最後の挨拶をせねばならない。高島が一緒についてきた。

「けっこうしっかり歩いているなあ」

「まあ、何とかここまで来れたよ」

「今日は皆で退院祝いでもするか」

「それもいいなあ。しばらくぶりにビールを飲みたいよ」

「病院の中じゃ飲めなかったろうなあ」

「そうなんだ。やっぱり娑婆がいいよ」

廊下を歩きながら、今心配なのは高島が一緒にいることだった。彼は背が高いし、自分よりはるかに色男だ。見るからにもてそうである。彼がついてくれば、准看たちの心が彼の方になびくような気がしてならなかった。しかし今の状態では、そうなったとしてもどうすることも出来るものではない。

ところが詰め所に近付くと何人もいる看護婦に圧倒されたのか、高島が少し自分から離れた。遠慮しているようでもある。彼のその行動が少しばかり自分を安心させた。皆とは詰め所の前でお別れである。今日はいつものパジャマ姿と違いジーパンをはいている。私服姿を看護婦たちに見せるのは今日が初めてだった。しのぶちゃん、ひとみちゃん、林恵子、久子が揃っていた。康子さんもいたが山崎礼子の姿は見えなかった。高尾さんはいつものやさしそうな眼差しでこちらを見てくれている。婦長も他の年配の看護婦たちも、今日はどの人も喜んでくれていた。皆に向かって挨拶をすると、婦長が皆を代表して言った。

「退院おめでとうございます。よかったですね」

普段は見せない晴れやかな顔だ。患者が元気になって退院して行くのを見るのがとても嬉しいようだ。彼女たちの仕事の喜びなのであろう。続いたのが、顔を見れば婦長よりも年配じゃないだろうかと思わせる田中佳枝さんだった。

「また来てくださいと言いたいけど、病院という所はそれが言えないものねえ」

若い看護婦からは、田中さんは婦長よりも信頼されているようなところがあった。おそらく婦長よりも年上なのであろう。資格を取らなかっただけのようである。その田中さんがそう言うと、准看たちが口を開けて笑った。手で口を覆う仕草をする子は一人もいない。笑えばどの子も、まだまだ高校三年生なのだ。その笑顔を見ていると、もう少しここにおりたいという気持ちがまたもや起こってきた。確かに田中さんの言ったとおりなのだが、気持ちとしては「また来てくださいね」と言ってほしかった。形だけでもいい、特に准看の女の子たちには。笑った顔を見ていると、皆表情が明るいではないか。今日でこの女の子たちと別れねばならないのかと思うと、とても淋しかった。

二日前の早朝を思い出していた。しのぶちゃんが暗い中に缶コーヒーをわざわざ買いに行き、それを持って話しに来てくれたのだ。振り返ってみると、あの時が誘える絶好のチャンスだったのかもしれなかった。しかしこの足の状態では同情はかけてもらえても、誘ったとて断られるのが落ちであろう。准看たちが寄ってきたのは、自分に男としての魅力があってのことではないはずだ。仕事だし、同情があったからに違いない。どう考えても自信がなかった。いつになったらきちっと歩けるようになるのかわかりはしないが、来年ここに来る時に期待をかけるしか自分に道はない感じがした。

しのぶちゃんに最後の声かけをしようと思った。しかし皆が見ているのだ。真っ先にしたのでは自分の心がバレてしまう。先ずは安全パイの久子にかけた。

「来年、また来るよ」

彼女も今日は皆と同じように喜んでくれていた。

「待ってますよ」。にこにこ顔だ。

次にしのぶちゃんに目を移した。言いたいことは沢山あるのだが、口から出て来たのは「また来るから」の一言だけだった。このかわいい顔をこれからしばらく見られないのかと思うと、とても淋しい。彼女の反応が気になった。

「必ず来てくださいね」。目を細め、白い歯を見せて言ってくれた。たとえ社交辞令ではあっても、その言葉がしのぶちゃんの口から出て来たのだ。嬉しくなったが、自分の気持ちが顔に出るのを他の看護婦たちに気付かれたくはなかった。急いで彼女から目を反らし、関心があまり向かぬ林恵子を見た。彼女にもその隣に立っているひとみちゃんにも最後の挨拶をした。どの女の子も、同じように返してくれる。玄関までは小野さん、唐島さん、恵美ちゃん、里江ちゃんが来てくれた。小野さんは「次に会う時には飲もう」と言ってくれたし、唐島さんは「また会おう」の短い一言だった。恵美ちゃんも里江ちゃんも別れの言葉をかけてくれた。彼女たちとはあまり親しく話はしなかったが、最後なので見送りをしてくれるようだ。車の助手席に乗りドアを閉めて窓を開け皆に手を振ると、高島が運転席から「行ってもいいか?」と訊ねたのでオーケーのサインを出すと、車はゆるやかな坂を勢いよく降りた。あっという間に見送りの人達の姿が見えなくなった。身体を横にずらしてサイドミラーを見てみたが、皆の姿は小さくなってしまっていた。車での別れとは何という呆気ないものであろうか。郷里の函館では青森へ渡る連絡船の桟橋で、数えきれない人達の別れの涙を長年見てきた。関係がないこちらまでもらい泣きすることが幾度となくあったものだ。ああなるのは連絡船が簡単には岸壁から離れず、その上離岸してもいつまでも姿が見えるからなのだ。それに比べたら、車での別れとは何という味気ないものか。

皆の姿が見えなくなって淋しくはあったが、それよりもこれからは良い環境の中で充分な勉強時間が与えられることを思うと、その喜びの方がはるかに大きかった。

十二

三ヶ月半ぶりに帰ってきた。遠くにいるとちっぽけに見えたが、大学の沢山の建物を目の前にすると、その大きさに圧倒されてしまう。構内全体の雰囲気が、入院する前よりはるかに明るくなったような気がした。杖をついて歩いていると、知った顔が何人も声をかけてきた。そんな歩き方をしている学生は他には全くいないし、ほんの少し前まで当たり前に歩いていた男が急に足を引きずり、杖の助けを借りて歩いているのだから、何かがあったのだと思ったのであろう。

生活の仕方は、入院していた時のそのままが自然に出て来た。就寝は二時とし、起床は七時半に設定した。朝食をきちんと摂り、八時には机に向かった。専門の方は三ヶ月半の遅れがある。夏休みの二ヶ月を引いても一ヶ月半は学べなかったのだ。先ずはそれを回復しなければならない。授業の合間には図書館をよく使った。静かだしあまり人がいないので、学ぶ場所としては最適だからである。少しでも時間が出来た時にはすぐ読めるように、手にはその程度の本を常に持ち歩いた。三ヶ月半ギターを弾いていなかったので、それもすぐに練習に取りかかったが、時間は一日に一時間と決めた。文系に回す時間は一時間半とした。あとは専門の勉強に集中するのみである。退院して二週間ほどすると、唐島さんに手紙を書いた。近況の報告である。一週間ほどすると返事が来た。小野さんも退院してしまい、知った人がいなくなって淋しいという。それはそうかもしれない。しかし、すぐに新しい話し相手が出来るはずだ。

退院から二ヶ月ほども経つと、杖を使わなくても全く困らなくなっていた。友達に歩く姿を後ろから見てもらうと、足の悪いのが殆どわからなくなっているという。

もう十二月を迎えようとしており、外はかなり冷え込んで来ていた。雪が降る日が次第に多くなって来ている。周囲が真っ白になり土が見えなくなるくらいになってくれれば良いのだが、降雪があまりなく道路の土が冷え込んでガチガチに固まり、あちこちに少しばかり残っている水に氷が張っている頃が最も嫌な寒さを感じさせる時期である。しかし杖を使わずに歩けるようになっていたので、寒さがそれほど気になってはいなかった。足がこれだけしっかりして来たのだ。

もうそろそろ、来年の入院の予約に病院まで行っていい頃である。その思いが湧いてくるとすぐに唐島さんに手紙を書き、来月の初め頃に行くことを告げた。今回も返事がすぐに来て、楽しみにしていると書いてあった。唐島さんのことだから、単なるお世辞ではないはずだ。会って話が出来るのを楽しみにしているのは自分の方なのである。病院のことが頭に浮かぶと、すぐにしのぶちゃんの顔が思い出された。あれから二ヶ月である。まだ忘れられてはいないだろうが、自分は会うのが楽しみでも、彼女はそうではないかもしれない。行って前と同じように接してくれればいいのだが、少しでも態度が冷たくなっているようなら、もう望みは全くないと思っていいはずだ。そのことを思うと、心が沈んだ。

東室蘭駅近くにあるバスセンターへ行き、そこから登別温泉に向かうバスに乗り換え病院を目指したのは、十二月四日の木曜日だった。モスグリーン色のトレンチコートを着、スラックスは自分が持っている内の一番いいのを身につけた。靴は兄貴から貰った物ではあるが、牛革のブーツである。この格好が、普段は長靴だが、特別な時にはブーツがいい。これを履くと身が引き締まる感じがする。今自分が出来る最高のおしゃれだった。彼女がいつもどおりの出勤なら、二ヶ月ぶりに会えるのだ。しかも自分の足は健常者と殆ど変わらぬくらいになっている。彼女がどのように反応してくれるか、それを見るのも楽しみだった。手には紙袋に入れた本を持ち、胸には赤のボールペンをさした。重要な部分にそれで線を引くためのものだ。道中は充分な時間があるのだから、それを無駄にしてはならない。

国道三十六号線を海沿いに走って鷲別、幌別、富浦を抜け、登別駅の近くから左折して山の中の温泉を目指すのである。一時間半ほどの旅だった。登別の町を抜け渓谷に入って行くと、懐かしい風景が広がって来た。間もなく病院が見えて来るはずだ。その思いが湧いてくると、文字に集中が出来なくなっていた。本を紙袋にしまい込むと自然に身体が動き、無意識のうちに座席を前の方に移していた。しばらく走ると、見えてきた、見えてきた、あの懐かしい病院が。バスが次第に近づいて行く。病院のすぐ近くにバス停があり、そこで下りなだらかな坂を上って大きな建物を前にすると、入院した時のことが思い出された。初めてここに運ばれて来た時には全く歩けなかったので、車から玄関に真っ直ぐ降ろされ、そのまますぐにストレッチャーに乗せられてしまった。おかげで外観を見ることは出来なかったし、玄関内は少し薄暗かったので、あまり良い感じのしない病院に思われたものだ。しかし予想に反し、それから二ヶ月半ほどをここで有意義に過ごすことが出来たのである。唐島さんとの出会いは、何よりも価値があることだった。それまで心の中にもやもやしていたことの多くがスッキリし、生きる原点のようなことを教わったのだ。大学に帰ってから無駄な時間を全く使わないような充実した生活に自然に移り変われたのも、唐島さんに教えられたからのように思っていた。

准看が四人いたこともよかった。しのぶちゃんを初めて目にした時は、自然に心が魅き付けられていた。彼女は派手な感じでは決してない。どちらかというとおとなしそうなのだが、話してみると明るく朗らかなのだ。色が白くふっくらとした頬に大きめの目が印象的だった。自分を見る時にはどこか甘えるような目つきになった。そんな目で女の子に見つめられたのは初めてのことだ。心臓の鼓動が自然に高ぶったのは、高校の初恋の時以来のことだった。そのようにこちらがなっても、おそらく独りよがりであろう。彼女は自分の手の届くような所にいる女の子ではないはずだ。高望みをしてはならないと思うのだが、会いたいという気持ちは自然に湧き出て来る。

退院した時はまだまだ外気に暖かさがあった。あれから二ヶ月を少し過ぎたほどである。今日ここに立ってみると登別も寒々とした風景だが、それに反するように自分の心は高鳴っていた。受付で入院の予約を済ませると、早速唐島さんの病室に向かった。途中で誰かに会うのではないかと思うと胸がドキドキしたが、一階の廊下で二階の看護婦に会うことはなかった。病院に来るのが十二月初旬とは手紙に書いたが、それが今日だとは知らせていなかった。驚くかもしれない。

エレベーターの二階の降り口近くに詰め所がある。覗いてみれば会いたい看護婦がいるはずだ。今日は誰が来ているのだろうかと思うと楽しみではあるが、自分がどのように扱われるのかを考えると、少し不安でもあった。それらが入り交じった心で二階に上がりそちらに足を運ぶと、中にしのぶちゃんと久子の姿が見えた。久子はこちらにすぐに気が付き、笑顔で手を振った。入院していた時の姿のままである。自分も自然に手を上げていたが、しのぶちゃんを見ると下を向いたままで、まだこちらに気付いてはいない。何とかならないかとは思ったが、そこに長く立っていればおかしく思われてしまう。帰る時に期待をかけるしかないようだ。

長い廊下を左に進むと、向こうから康子さんが来るのが目に入った。こちらを見て、すぐに彼女は気が付いたようである。しかし喜ぶわけではないし、驚くでもない様子だ。入院していた時に見ていた姿のままである。近付いて行くと、「あら、井上君じゃない。今日はどうかしたの?」。彼女の方から声をかけてきた。しかし、相変わらずの無愛想さである。ツンとした雰囲気は前のままだ。二言三言形どおりの話をすると、そのまま立ち去ってしまった。二ヶ月ぶりに来たのだからもう少し愛想があってもいいと思うのだが、彼女には期待しても無理なようだ。

唐島さんは食堂にいるのではないかと思い行ってみたが、そこには誰もいなかった。今日は病室のようである。ドアを押して足を踏み入れると、唐島さんはベッドの上に正座をし、普通は食事やお茶を置くのに使う前後可動式のオーバーテーブルに向かい、原稿用紙に何かを真剣に書いているのが目に入った。自分が入って行っても、気が付く様子は全くない。ベッドの頭側の壁の幾分上の方に設置されている棚を見ると、少なくても一〇〇枚はあるのではないかと思われる原稿用紙の束が置かれていた。きちんと揃ってはいなかったので、文字が書かれた物のようだ。いつの間にか、唐島さんは執筆を始めていたのだ。目の前の様子からして邪魔をしてはならないと思ったが、せっかく遠方から来ているので、申し訳ないとは思いながらも恐る恐る声をかけた。すると頭を上げ、鋭い目でこちらを睨みつけた。しかし自分だとわかると、急に顔が和らいだ。

「よう、誰かと思ったら井上君じゃないか。今日だったんだね」。喜んでくれている。唐島さんのこの顔も見たかったのだ。

「お久しぶりです。お変わりはなかったですか」

「俺は変わりはないよ。それより足は大丈夫か?」。もう杖さえ要らなくなっていることを知るはずがなかった。

「お陰様で、もう杖は要らなくなりました」

「もう、足は引きずらなくなったのか？」

「殆どなくなりました」

「それはいいなあ。今日は入院の予約に来たんだろう？」

「そうです。でも今度は簡単ですから、すぐ済むということです。唐島さんは執筆を始めたんですか？」

「何か書いてみようとは前から思ってたんだけど、こんな俺に出来る仕事といったらこんなことぐらいだろうと思ってね。作家の真似事を始めたんだよ」。そう言って、にこっとした。

「どんなものを書いてるんですか？」

「小説さ」

「小説って、芥川賞とか直木賞の？」

「まあ、その分野だなあ。あんな立派な賞なんて貰えるはずはないけど、書けるところまでは書いてみようかと思ってねえ。小説は読む時は簡単なんで自分にでも書けるんじゃないかなと思ったけど、実際に書いてみると難しいよ。ものすごく神経を使うなあ」

「今までで何枚くらい書いたんですか？」

するとテーブルの上にある原稿用紙を手に取り渡してくれた。下の方に数字が書いてあり、見ると一二一となっている。既にこんなに沢山書いていたのだ。教養課程の時に文学の授業で、作家論を原稿用紙に十枚書かなければならなかったことを思い出した。まともに書けない学生が殆どだったが、自分としては作者の本文を沢山引用して、何とか十枚にした。指定された枚数にすればよかっただけのことである。書くことがないのだ。それを一二一枚だなんて、とても自分に出来ることではなかった。

「もうこんなに書いたんですか？」

「何とかねえ」

「どうすればこんなに書けるんですか？」

「文学作品を書くなんてことは誰にも習ったことがないんで、それこそ真似だなあ。自分の今まで読んだ物を参考にしてだいたいの構想を練ってみてねえ、それを元に書き始めたんだ。しかし、その程度じゃダメだよ。途中まで書いたけど、初めからやり直しだった。目次を書いてからにした方がいいだろうと思ってそれを先に書いてみたんだけど、そっちの方がスムーズに行くなあ」

「小説を書くのに目次なんて要るんですか？　今まで読んだ小説で目次があったのなんて一冊もなかったですけど」

「有名な作家がどうやって書くのかよくわからんけど、俺の場合は、目次を先にきちんと書いてから本文を書き始めると、何とか進んで行ったよ。目次は本に付けるもんじゃなくて、自分が書くためのものさ。人に読んでもらうもんじゃないんでね」

「あと、どのくらい書くつもりですか?」

「それが、書いてる本人がわからんのさ。何枚くらいになるかなあ? 少なくとも二五〇枚くらいにはなるんじゃないかなあ?」。二五〇枚と聞いて、自分の立っている次元とは全く違う、と思った。これが人文科学を学んできた人の持つ力なのだ。

「書いてどこかに提出するんですか?」

「小説は懸賞金付きでけっこう募集してるよ。それに応募しようと思ってるんだ」

「そんなに沢山あるんですか」

「あるよ。探せばけっこうねえ」

「締め切りは何月ですか?」

「年内というのもあるし、来年の二月末や三月末というのもあるよ」

「どれに間に合わせる予定ですか?」

「出来れば来年の三月までには出したいなあ」

「あと四ヶ月しかないですよ」

「間に合わなかったら、次のに延ばすか、違うのに応募するさ」

「完成したら僕にも読ませてください」

「井上君なら特別に見せようか。但し、コピー代は自分で持つんだぞ」

「それは承知してますよ」

唐島さんが書くのだから、かなり高度な内容が含まれるに違いない。あとは雑談をしばらくした。小野さんも退院してしまったのだから、あの時真剣に話をした人たちは一人もいなくなってしまったのだ。唐島さんは淋しいだろうが、ここに来る自分もそうだった。

　四十分ほどいたであろうか。唐島さんに別れを告げ廊下に出た。歩いて行くと、詰め所の中に婦長の姿が見えた。よく見ると、しのぶちゃんもひとみちゃんもいる。しかし、今の状態ではしのぶちゃんと二人で話をするのは無理なようだし、寄ってみたところで殆どの看護婦から、何しに来たの？　と変な目で見られそうな気がした。自分には今病院内に居場所がないのだ。何か用事でもなければ、以前のように容易に詰め所に寄れるものではない。淋しい話だが、これはどうしようもなかった。しのぶちゃんとは話をしないで、そのまま帰らねばならないかもしれない。彼女が気付いて近寄って来てくれればいいのだが、今の状態ではそれを期待するのは無理なようだ。しかしその時、入院していた時にしのぶちゃんから、再入院で二病棟に入りたいなら婦長に頼んでみてはどうか、と言われたことを思い出した。そうだ！　その手があったのだ！　そう思うと早速詰め所に近付いた。

　入口に立つと何人かの看護婦が自分に気が付いたが、その殆どは、あら、久しぶりね、といったような表情を浮かべたものの、近寄って来て話しかけるような素振りは示さなかった。足がかなりよくなったようですねくらいの言葉は期待したのだが、そんなことを言ってくれそうな人もいなかった。中で忙しく仕事をしているし多くは年長者なのだからしょうがないが、その態度にはやはり淋しさを感じた。嬉しそうな顔をしたのは、しのぶちゃんとひとみちゃんだけである。二人のその姿が自分の心を慰めてくれた。婦長も気が付いたが、少し頭を下げただけでにこりともしない。その表情を見て、何も用事がなくて来たなら、同じかもっと悪い目で迎えられたであろうと思った。

「あの――」。婦長の方を見てそう言うと、この忙しい時に何の用事か、といった顔でこちらを向いた。しかし近寄ってくると、少しばかり笑みを浮かべた。

「足は良くなったみたいですね。今日は何か用事があったんですか？」

気持ちがそれほど入ってはいない言い方だ。きれいに化粧はしているが年齢は五十代であろうから、自分からすればはるか年上のおばさんである。言いたいことがあるなら早くしてくれ、といった態度だ。自分の希望をそのまま言った。

「実は来年の二月に足のボルトを抜くので再入院することになったもんですから、できることなら二病棟に入れさせていただきたいと思いまして」

それを聞くと、婦長は急に表情が崩れてにこやかになった。変に思って見ていると、

「お目当ては誰ですか？」

全く予想していなかったことを言われたのだ。自分の心を見透かされたようで、途端に婦長の目をまともに見ることが出来なくなってしまった。右横に顔を向ければ看護婦たちに見られてしまうし、下を向いたなら婦長の言ったことを認めてしまうことになる。残されたのは左側

の廊下の方だけだった。しかし、ここで黙っていて何も言わなければかえってまずい。

「二病棟の方が知った人が多いもんですから」と、何とか言いつくろった。

「そういうこともありますね」

婦長は依然としてにこにこしている。既に赤くなっているであろう自分の顔が婦長の目にどう映っているのかと思うと、益々顔をまともに見ることが出来なくなっていた。平静を装いどうにかして誤魔化そうとするのだが、どうあがいても既に見抜かれてしまっているのだ。もじもじしていると、

「わかりました、事務所の方へ言っておきます」

笑った顔はまだ続いている。

「よろしくお願いします」

それしか言葉が出て来なかった。頭を下げ逃げるようにして背を向けると、エレベーターの方へ真っ直ぐ向かった。しかし、まだ婦長に見られ続けているようで、後ろだけではなく、右にも左にも顔を向けることは出来なかった。エレベーターでは待たねばならないので階段を使おうかと思い急いでそちらへ行くと、下の方から話し声が聞こえてきた。看護婦が上がって来ているのかもしれぬ。ここは戻るしかない。詰め所からは見えないようにエレベーターのすぐ前に立ち、扉の下の方だけを見て、自分の顔が真正面からまともに見られないようにした。扉が開けば、中に乗っている人に自分の姿は丸見えになってしまう。それは仕方がないが、赤く

なっているだろうと思われる顔をそのまま曝け出したくはなかった。出てくるのは看護婦ではなく、患者であってほしかった。女よりも男が出てくることを望んだ。

たとえ何十秒かではあっても、待たねばならない時には長く感じるものである。目の前の扉が早く開いてほしかった。じっと待っていると、後ろに人の気配を感じた。誰かが来たようである。男か女かわからないが、振り向いて誰なのかを確かめようという気持ちにはなれなかった。その時、「井上さん」と呼ぶ若い女の人の声が後ろから聞こえた。響きがしのぶちゃんに非常に似ている。まさかと思ったが、恐る恐る後ろを振り向くと、そこに立っていたのは、まさにそのしのぶちゃんだった。先ほどの婦長との会話を彼女は聞いている。彼女の顔を見ると、また婦長の笑った顔が思い出され、気まずい気持ちが再びわき起こってきた。彼女にも何か言われるのではないかと思うと、真っ直ぐに目を合わせることが出来なかった。声をかけたいのだが適当な言葉が見つからず、

「やあ、しのぶちゃん」

出て来たのはその一言だけだった。それ以上続くものではない。

「二月にまた入院なんですね」

喜んだように彼女が話し掛けてきた。その一言が助けてくれた。

「うん、その予定だよ」

「足はずいぶん良くなったんですね。もう全然引きずってませんよ。それに、井上さんはトレ

ンチコートが似合うんですね」

彼女は自分が一番見てほしいところを見てくれていたのだ。胸囲は一メートルを越えているし、ウエストは七十六センチくらいだ。コートは一着しか持ってはいないが、これを選んだのは逆三角形の体型がそのまま出てくるからだった。それを着た姿をしのぶちゃんが褒めてくれた。その意識が出てくる言葉をなめらかにした。

「いつまでかかるのかと思ったけど、意外に早く良くなったよ。歩くのが一番のリハビリみたいだね」

「いつもそんなに沢山歩いてたんですか？」

「けっこう歩いたよ。今まではね。でもかなり良くなってきたから、スクワットもそろそろ始めようかと思ってるんだ」

「運動は適度はいいですけど、しすぎたら良くないみたいですよ。急に強い運動はしない方がいいと思います。井上さんは身体ががっちりしてますから、今のままでも充分な気がしますよ」

「そんなに無理はしないよ。出来ることから始めようと思ってるんだ」

「二月は何日に入院するんですか？」

「二十三日の月曜日だよ」

「ボルトを抜くだけでしたよね」

「うん、それだけ」

「それなら簡単ですよ。すぐ済みますから」

「でも、手術を受けるのは嫌だよ。手術台の上に付いてる、あの大きな丸い電気が嫌だなあ。あの下に横になると、まな板の上に寝せられる魚みたいなもんだよね。さあこれからお前を切り刻むぞ、みたいな雰囲気で医者に見られるのは良い感じはしないよ」

「そうされる人は嫌だと思います。でも今度の手術は本当に簡単なんですよ。何も心配はないですよ」。しのぶちゃんは笑みをたたえながら話している。この顔を見たくてしかたがなかったのだ。先ほど味わった恥ずかしさはまだ残っているが、今は嬉しさの方が多くなっていた。

「どのくらい時間がかかるのかなあ?」

「よくわかりませんけど、二十分か三十分くらいじゃないでしょうか。前にいた患者さんがそうでしたから」

「手術してから退院までは一週間くらいなんでしょ?」

「たぶんそのくらいだろうと思います。抜糸したらすぐですよ」

「ギターは持って来れないよね?」。ダメなのはわかっていたので、話のついでくらいの気持ちだった。

「音が出る物はですね。いつもギターの練習はしてるんですか?」

「一日に一時間と決めてるんだ」

「一度聴いてみたいです」

「そりゃ弾くよ。しのぶちゃんが聴いてくれるならね。でも沢山の人の前ではダメだよ。緊張するから」

「持って来れればばいいけどね」

「病院に持って来れればいいけどどね」

「私の前だと緊張しないですか?」

「緊張はするけど、しのぶちゃんなら間違っても許してくれる感じがするんだ」

「そんなに間違うんですか?」

「沢山の人の前だと、指が震えるよ。気楽に弾ければいいんだけど、人前だと緊張するよ」

「いつかわたしの前で気楽に弾いてください」

「うん、チャンスがあればね」

話している内に、エレベーターの扉が後ろで二回開いた。背中越しなので自分が井上健三だということに気が付いたかどうかはわからないが、しのぶちゃんと話しているのを他の看護婦たちが見ていた。これ以上長く話し続けると、自分の気持ちが彼女たちにバレてしまう恐れがある。そうなったら来年入院する時に、気まずい気持ちになることが予想された。そのことを思うとしのぶちゃんに軽く会釈し，三回目に来たエレベーターに足を滑り込ませた。今度は恥ずかしさもあせりもそれほどなかった。中から廊下側を見ると、しのぶちゃんがこちらを向いて嬉しそうに胸の前で小さく手を振ってくれている。気が付かぬ内に、釣られて同じように手を振り返していた。一緒に乗ったのが患者だけで、看護婦がいなかったのが幸いだった。誰も何も言うわけではない。扉は彼女の顔をすぐに見えなくした。しかし自分の心の中では、扉が閉じてしまってもしのぶちゃんは同じように手を振り続けていた。

病院の玄関から外に出ると、冷たく澄んだ空気がおいしく感じられた。雪は少しばかり道の両側にあるが、このくらいでは根雪になるものではない。外気は冷え込みを感じさせるが、自分の心は温かかった。婦長の一言で穴があれば入りたいほどの恥ずかしい思いをしたが、それが逆に幸いしたのかもしれない。予想もせぬ形でしのぶちゃんと話が出来たのだ。忘れるどころか、話をしに追いかけてきてくれたではないか。これで二月の入院に少しばかり楽しみが出来た。再入院したとて二週間ばかりなので何の進展もないとは思うが、忘れられていないだけでもよかった。来たバスに勢いよく乗り込み座席に座ると、今日起きたことはそれだけのこととし、紙袋から本を取り出すと、すぐに心を文字に集中させた。

昭和五十一年のお正月を郷里で迎えて室蘭の学生街に戻って来たのは、一月の五日である。アパートに戻ると、唐島さんから官製はがきの年賀状が届いていた。専用の年賀状を買えなかったのだろう。あの状態ではどうしようもないかもしれない。書いてあることは、二月を待っているということだった。それを読むと、すぐにでも出かけて行って原稿のことを訊ねたくなった。あれから一ヶ月である。かなりの量になっているはずだ。しかし、今は自分の学業の方を優先させねばならない。あと一ヶ月半しか時間がないのだ。ここでしか学べないことに今は集中した方がいいはずだ。文系の勉強は入院した時でいい。

十三

　ボストンバッグと大きめの紙袋を持ち登別の病院の玄関に立ったのは、二月二十三日の午後のことだった。受付を済ませると係の人が、今迎えの人が来る、と言った。一病棟か二病棟か、これで決まるのだ。事務所の前で待っていると、ほどなくして廊下の向こうから、背のあまり高くない太り気味の看護婦が一人こちらに向かって歩いて来るのが見えた。身長の割には足の回転が速く小走りのように歩く姿はひとみちゃんに似ていた。近付いてくると、確かに彼女である。何か用事でもあったようだ。寄って来たので、自然に声をかけていた。

「やあ、ひとみちゃん」

　すると、

「何だ、誰かと思ったら井上さんだったのか」と、期待してない人にでも会ったような反応だ。自分が再入院のために今ここに来ていることに関しては、知らずに来たようである。

　事務所に用事があったのだろうと思ったので黙っていると、「荷物、一つ持ってやる」と、笑みをたたえて下から見上げるようにして言った。両手に持っている荷物の一つを持ってくれると言うのだ。「持って上げます」や「持ちましょうか」ではなく、「持ってやる」だった。言うことも言い方も、去年のままの子供である。しかし、それが彼女の良いところなのだ。前と

変わらない姿を見て、途端に嬉しくなった。まさかと思ったが、

「持ってやるって、ひとみちゃんが僕を迎えに来たの？」

自然に訊ねていた。入院していた時に何人かに訊いてみたことがあったが、どの患者も入院の時の迎えの看護婦は年配者が多かった。病院の事情を熟知した人が案内に遣わされたのである。それはそうであろう。だからこそ准看が迎えに来るだなんて、全く予想さえしてはいなかったのだ。

ひとみちゃんは自分の問いに「うん」と返事して、こくりと頷いた。「はい」じゃなくて、これまた「うん」である。これも前のままだ。その姿を目の当たりにすると半年前の雰囲気に今のまますぐに入って行けそうな気がして、病院の中が急に明るくなったような気がした。ひとみちゃんを遣わしたのは、おそらく二病棟の婦長であろう。十二月に予約に来た時に「お目当ては誰ですか？」と言われたが、そのことをまだ忘れないでいて、自分の好きな女の子はひとみちゃんだと婦長が判断した上でのことだろうと思った。顔が浮かんできた。二階の詰め所ではおそらく十二月の時のように、にこにこと笑っているに違いない。しかし、婦長になら笑われてもいい。ひとみちゃんの迎えなら上等である。考え過ぎかもしれないが、婦長は自分にそこまで気を遣ってくれたように思えてならなかった。その思いが湧いてくると、恥ずかしいどころか、お礼を言いたい気持ちになった。

ひとみちゃんが紙袋を持ってくれると言うので渡すと、手にぶら下げるのではなく、胸の所

に両手で大切そうに持った。そのまま歩くという。どうしてそんな持ち方をするのかと思ったが、背がそれほど高くないひとみちゃんが手にぶら下げると、紙袋が床について引きずるようになる恐れがあるからに違いない。自分は左手にボストンバッグを持ち、その右側にはひとみちゃんが胸に紙袋を抱きしめるようにして持って、広い廊下を二人で並んで歩いて行くことになった。これまた僥倖である。入院していた時に肩を並べて歩けたのは、しのぶちゃんと久子の二人だけだった。ところが思いもかけずに、ひとみちゃんとも同じようにして歩けることになったのだ。これから病室まで一緒に歩くことを想像すると、自然に笑みがこぼれてきた。楽しくはあると思うが、相手はまだ子供っぽさが充分残っている女の子なのである。

ところが歩き始めると、頭は子供と思っているのだが、身体はそうではなく、いつの間にかむずむずし出していた。話をしながら顔をのぞき込むと、「うふふ」と言い甘えるような目でこちらを見上げている。その顔にはかわいらしさだけではなく、美しさも出ているではないか。頭とは裏腹に、心臓はいつの間にか音を立て始めていた。ひとみちゃんと並んで歩いてこんな気持ちになるとは、思ってもいなかった。

ひとみちゃんが迎えに来てくれたのだから、病室は二階であろう。エレベーターで上がって詰め所の前を通ると、中から婦長がこちらを見てにこにこしている。その顔を見ると、去年ほどではないが、やはり恥ずかしさがこみ上げてきた。どこの病室に入れられるのかと思ったが、ひとみちゃんが案内した室に入ってみると、またもやおじさんばかりである。

しかし、これは仕方がない。おじさんばかりだと話し相手がいなくて淋しいが、自分のことに干渉する人は殆どいないという利点がある。窓際のベッドだった。

「ここに置きますね」。ひとみちゃんは紙袋をベッドの横に置いた。

「夕食はどこ?」。食堂だろうとは思っていたが、入院初日なので、もしかしたら? と思ったのだ。

「井上さんは元気ですから、食堂です、はい」。はきはきした返事が返ってきた。言い方は子供に戻っている。その様子にがっかりしたが、同時に安心もした。

「ご飯は大盛りだよ」

「それはわかってます。今日はわたしがつぎますね」

「ひとみちゃんがついでくれる? それじゃおかずも大盛りがいいよ」

「それはできません、はい。決まってますから」

「ご飯だけか」

「はい、そうなんですね」。既に半年前の雰囲気に戻っていた。手術を受けるのだが、心はわくわくしていた。

ベッドが決まり落ち着くと、早速唐島さんの病室へ挨拶に行った。ドアを開けると、珍しく昼寝をしているではないか。頭の上の棚を見ると、原稿用紙の枚数が十二月初めに比べて二倍くらいの量に増えているのに気が付いた。唐島さんはあれから書き続けていたのだ。二〇〇枚を超えているように思われた。眠っている間に見てみたい気がしたが、それをすることは書いた本人に対して失礼になるはずだ。あの状態で書き続けたのだから、盗み見はしてはならないことだと思った。少なくても十日くらいはここにいるのだから、その内、本人に見せてもらえる気がした。

眠っているなら仕方がない。後からまた来ようと思い、自室に戻って本を持つとすぐに食堂へ向かった。ベッドの上よりは、やはり椅子がいい。三十分ほどすると、久子が入って来た。「また入院ですね」。表情を見ると、自分に気を遣うような素振りは全くない。その方が、こちらも親しみが持てた。例の如く、冗談交じりに会話を楽しんだ。

夕方もう一度唐島さんの所へ行ってみると、ベッドの上にまだ横になっていた。二ヶ月半前と比べると、どうも様子が変である。ただ横になっているわけではなさそうだ。よく見てみると、十二月に会った時とは確かに違っていた。顔の肌に艶がなくなっているし、前より更に痩せた感じがした。

声をかけてみようと思った。名前を呼ぶと、かすかに目を開けた。天井を見ている。呼んだのが自分であることには気が付いていないみたいだ。「僕ですよ、井上です」。すると、弱々しい目をこちらに向け、「おお、…………いのうえくんか」。声に力がなく、辛そうな感じだ。ほんの少しの間にこんなに弱ってしまっていたのだ。その姿に、思わず涙が出そうになった。自分だとわかると上半身を起こそうとした。手伝おうかと思ったが、自分一人で起きることは出来そうだ。何とか起き上がったので、幾分心が安らいだ。

「ずいぶんときついようですが、大丈夫ですか?」

「だいじょうぶじゃ、ないよ。………しょうがつを過ぎてから、しだいにからだがだるく、なってきてねえ」

何事が起こったのだろうかと思ったが、今はそんなことを問うよりも元気を取り戻してもらうことが先である。

「食事は行けてますか?」

「食べにゃならんとは、おもってるけど、………あまりすすまないんだ」

「食べたい物がありますか?」

「食べたいという、よくが、あまり起きては、来ないんだよ」

「でも、食べないとダメですよ。先ずは食べることからです。僕はここに二週間近くおりますから、食べたい物があったら言ってください。買ってきますから」

「そうか……… そのときは、たのむよ」

「原稿書きに無理をし過ぎたんじゃないですか?」

「おれもそれは、おもってるよ………」

「しかし、随分とハイペースで書いたんですね」。棚の上の原稿を見ながら言った。

「いまで、にひゃくまい、くらいさ」。原稿の話になると、少しばかり力が入ったような気がした。

「まだまだ書くんですか?」

「………その、よていだよ」

「でも、しばらくは休んだ方がいいんじゃないですか?」

「いしゃにも、そう、言われてるよ」

医者もそう言っているというのなら、やはり精神を集中し過ぎたのが原因なのではなかろうかと思った。二〇〇枚もの原稿を書くというのは並大抵なことではないはずだ。神経を研ぎ澄ませて本を読んでいる時には何ともなかったのに、原稿を書き出したら変調を来したということがよく物語っているように思われた。少し話して様子を見ていると、身体を起こしているのが長くなると辛くなるようだ。今日は一先ずこれだけにして、明日また来てみようと思った。

廊下に出ると、すぐに詰め所に向かった。誰でもいい、唐島さんのことを詳しく訊いてみようと思ったのだ。

行ってみると、やはりしのぶちゃんはいなかった。何かあったようである。久子がいたので、すぐに訊いてみた。

「唐島さんはいったいどうしたんだ!」

怒ったように言ったので、いつもとは違う自分の態度に久子は面喰らったようだ。

「原因は先生もハッキリわからないんです。お正月まではいつもどおりだったんですけど、その後急に弱りだしたんです」

「食欲がないと言ってたけど、本当にあんまり食べないの？」

「前から沢山食べる方じゃなかったですけど、急に細くなりました」

「これからは回復するんだろう？」

「気持ちを楽にしてちゃんと食事をしてると良くなるんじゃないか、と先生は言ってます」

「本当に良くなるんだろうなあ」

「そう先生は言ってますよ。読んだり書いたりしているのを見たら止めるように、と言われてますから」

医者が良くなると言っているのなら、おそらくそうなるのだろう。それを聞いて、一先ずは安心をした。

翌朝はきっちりと三時半に起き、四時前には談話室で読書を開始した。建築の専門書と文系の書物を、半々くらいの割合で持って来ていた。疲れた時には軽い物を読もうと思っていたのだ。

朝食が終わって三十分ほどベッドの上で読書をしてから唐島さんの病室に行ってみると、横になっていたが食事が終わって休んでいるところだった。入って行ってもすぐにわかりはしなかったが、ベッドの脇に立つと気が付き、目をこちらに向けた。様子は昨日と変わってはいない。そこに置いてあった椅子を引っぱり腰をかけた。

「今日の食事は全部食べたですか？」

「ぜんぶじゃないけど、なんとか食べたよ」。声には、やはり元気がない。

「昼間寝てたら、夜は眠られないんじゃないですか？」

「ひるとよるがぎゃくてんするというのは、からだにはよくないよ」

「夜中に目が覚めたら、何をしてますか？」

「…………ラジオを聞いてるよ…………………。それしかすることがないんだ」

「本読みは禁止されてると聞きましたが、かえって苦痛じゃないですか？」

「そうだよ。なにも出来ないというのも……………くるしいよ」

「唐島さんなら、少しくらいなにかしてた方が身体には良い感じがしますが」

「たしかに…………そうだ…………………。なにもしないのは、かえってくつうだよ。それがまたストレスになるんだ。それをいしゃがわかってくれないんだ」

「医者に言ってみたらどうですか」

「言ったけど…………、なかなか聞いてはくれないよ」

「今までがやり過ぎてたからでしょう」

「そうはおもうが、なんとかしてほしいもんだ」

「僕が医者に言っても力にはなりませんけど、会ったら聞いたことを言っておくくらいはします」

「そうしてくれ…………」

「しばらくは書けないみたいですから、よかったら今まで書いたのを僕に読ませていただけないですか？」。どんな反応をするのかと思い、じっと見た。スムーズに貸してくれればいいのだが。

「いいよ」。唐島さんはゆっくりと後ろを振り返り、棚の上に置いてある自分が書いた原稿を見上げた。

「いのうえくんが読みたいなら、持って行っていいよ…………。おれはしばらくは書けないみたいだから」

「是非読ませてください。僕も十日くらいはここにおりますので」

「ボルトを抜くんだったねえ」

「明日が手術です。今度は簡単ということです」

横になって話をしているのだが、唐島さんは楽ではなさそうだ。口から出る切れ切れの言葉は、全てゆっくりだった。棚の上に置いてある原稿に手を伸ばすと摑んで下ろし、両手で綺麗に整えた。一枚目を見ると、真ん中に大きく〔明けがらす〕と書いてあった。これがタイトルのようである。恥ずかしいことだが、自分はその言葉の意味自体を知らなかった。病院には小さな図書館があるが、国語辞典があるなら、先ずはこの言葉の意味から調べなければならない。「それじゃ貸していただきます」。その言葉を最後に病室を出た。これ以上話をしていたら、唐島さんが更に苦しくなるように思われたからだ。

廊下を歩きながら、二〇〇枚ほどの原稿の重さを腕に感じていた。よくもこれだけの量を書けるものである。健康な人でも書けないのに、唐島さんは難病を背負った状態で書いたのだ。生きる姿勢が、自分を含めて知っている人達とは大きく違っていた。何かが唐島さんを突き動かしているのだ。大きな何かが。

自分の病室に帰りベッドに腰を下ろすと、早速原稿を読み始めた。何枚かめくってみると、赤線が多く引かれており、書いた文章の上に赤のボールペンで大きな×を書いてる所もあれば、行間や上や下の余白に文を書き、それを挿入するであろう箇所に線で示したりと、書きながら読み返して修正していることがうかがわれた。読みにくい箇所はあるが、三枚ほど読んでみると、唐島さんが以前に言っていたとおり、中身は小説だった。本物の作家が自分の間近にいる感じがした。小説とはこのようにして書いて行くもののようである。先を読むのが楽しみとなった。腰を据えて読もうと思い食堂へ行こうとしていると、「おはようございます」という朗らかな声が聞こえた。見ると、しのぶちゃんである。笑顔で病室に入って来ていた。会いたくてたまらなかった女の子が、今来てくれたのだ。目が合うと笑みが更に増し、おじさんたちの方は殆ど見ないで小走りにこちらへ向かって来た。おじさんたちははるかに年上なので、しのぶちゃんがそんな行動を取っても気にする人は一人もいない。白い肌は輝いており、今朝の顔は今まで見て来たのよりはるかに光沢があるように思われた。去年よりかわいらしさも美しさも増した感じがした。その女の子が今自分の前に立っているのだ。

「また入院ですね。今日はどんな具合ですか?」

「僕はボルトを抜くだけだから、痛いところはどこもないよ」

「そうでしたね。ボルトを抜くだけですから、訊く方がおかしいですね」

しのぶちゃんは自分で言って笑った。工業大学では見られない笑顔である。手術だから嫌なのだが、反面ここに来るのを楽しみにしていた。自分の心をくすぐるこの表情を見たかったのだ、声を聞きたかったのだ。

「もしかしたら一病棟かなと思ったけど、二病棟に入れてよかったよ」

「みんなも楽しみにしてましたよ」

「みんなって?」

「ひとみちゃんや久子ちゃんです」

「そんなに楽しみにしてくれてたの」

「それはそうですよ」

「僕もみんなに会えるんで楽しみにしてたよ。昨日はいなかったけど何かあったの？」

「昨日はわたしの休日だったんです。私服では病院に来られませんから」

「ああ、そういうことだったんだね」

しのぶちゃんはにこにこ顔だ。その子を前にしていると、近付いて抱きしめたくなるような気持ちになってしまう。彼女に対し何も出来ない自分は確かに情けないのだが、その女の子と二人だけで話が出来るその幸せを今感じていた。

「早速明日が手術ですよ」

簡単な手術だからであろう。何も心配してはいないといった様子だ。

「検査はどうなの、しのぶちゃん？」

大学病院では手術を受けるまでに、一週間近く毎日検査があった。今回の手術は軽いといっても、一つくらいはあるのではないかと思っていたのだ。

「簡単な手術ですからありませんよ。すぐ終わりますから」

短時間の手術と聞いてはいたが、検査が何もないのなら、まさにそうなのだ。手術自体を受けたくないのだから、軽く出来るのならそれに越したことはない。昨日は久子に唐島さんのことを訊いたが、本当かどうか確かめようと思い、しのぶちゃんにも訊ねてみることにした。

「ところでさ、しのぶちゃん。唐島さんの病気が随分悪くなってるけど、どうしてああなってしまったの？」

「お正月過ぎくらいから急に悪くなり始めたんです。それまではいつもどおりだったんですけど」

「原稿をずっと書いてたからじゃない？」

「それはあると思いますよ。先生からは、文字を見ないように今は言われてるんです」

「神経を使いすぎたんだろうけど、さっき病室へ行って話したら、何もしないのも苦しいと言ってたよ」

「しばらく心を楽にしていれば良くなると思うと先生は言ってましたけど、苦しいなら楽じゃないですね」

「本人も先生に言ったということだけど、聞いてくれないそうだ」

「わたしが先生に言っても聞いてはもらえないですから、婦長に言った方がいいかもしれませんよ」

「そうか、婦長なら力があるかもしれないね。あんなに悪くなってるんだったら、僕はもっと早く来るんだったよ」

「井上さんには知らせたかったんですけど、住所も何もわたしは知らないですから、出来なかったんです」

「住所を知ってたら知らせてくれた？」

「勿論ですよ」

「それじゃその内に教えるよ。僕が退院してから容体に変化があったら、その時はお願いね」

「いいですよ」

　オーバーテーブルの上に置いてある唐島さんの原稿を手に持って、しのぶちゃんに見せてみた。

「これは唐島さんが書いたもんだよ。すごいだろう。こんなに書けるんだ。読もうと思って、実は今借りてきたんだよ」

「すごい量ですね。いつも書いてましたから。でも、井上さんを見てると、その内に同じように書くように思いますよ。昨日入院したばかりなのに、今朝は早速暗い内から談話室で勉強してたと聞いてましたから」

「僕には無理だよ。唐島さんにはとてもついて行けないよ」

「そうでしょうか。わたしにはそうは思えませんよ」

「僕にはとても出来ることじゃないよ。レベルが違うから」

「でも、朝早くから毎日勉強するのはすごいと思います。そんな患者さんは今までいませんでしたから。唐島さんもすごいですけど、井上さんもすごいと思いますよ」

　すごいと人から真面目に言われたのは初めてのことだった。しかもそう言ってくれたのは他の人ではなく、しのぶちゃんなのだ。そう見てくれても、今の自分はしのぶちゃんが思っているような男ではない。それは充分わかってはいるが、悪い気はしなかった。自分の姿勢が大きく変わったのはほんの少し前からであり、長年続けて来た唐島さんにはとてもかなうものではない。しかし、しのぶちゃんがそのように自分を見ていてくれたことは何にも増して嬉しかった。

十四

再入院してから二回目の朝を迎えた。今日が手術である。短時間ですむ軽いものだとは聞いていたが、手術という言葉自体の響きがよろしくない。またあの室に入らねばならないのかと思うと、良い気持ちはしなかった。手術の日は朝食抜きだ。空腹のまま病室にいると、康子さんと林恵子がストレッチャーを押して入って来た。

「井上君、ここに乗ってください」

そうは言われたが、簡単な手術ならストレッチャーに乗って行くほどではないだろうと思った。手術室は近いのだ。

「僕は歩けるから手術室までは歩いて行きます」

するとどうであろう、

「歩いて行くのはダメなんです」

康子さんはにこりともせずに言った。言い方を聞いていると冗談ではないようだ。

「でも、これはおかしいよ」

「決まりですから乗ってください」

「これは大げさだよ。乗らねばならないんなら手術室の手前で乗るよ」

「それがダメなんです。病室から乗らなければならないんです」

「どうしてもダメ？」

「ダメです」

康子さんの言い方は命令調である。林恵子は口元に笑みをたたえて頷くだけだった。どうしても乗れと康子さんは言う。それが手術を受ける者の決まりらしい。仕方がないので乗ることにした。しかも座って行くのはダメで、横になれと言う。仕方がないので横になった。これならば大がかりな手術を受けるようではないか。乗せられ運ばれて行くと、廊下を歩いている患者が心配そうに自分の顔をのぞき込んだ。上からのぞかれる度に、枕から頭を持ち上げた。重病の患者と同じように見られるのはまっぴらご免である。

廊下から手術室に向かう一つ目の入口に入った。昨年の大学病院では、二つか三つの室を通った先に手術室があった。ここは大学病院に比べたらそれほど大きくはないが、手術室はやはり奥の方にあるようだ。

三つ目の戸を抜けストレッチャーが進むと、いきなり白覆面の忍者のような格好をした二人の人が、自分の顔に覆い被さるように上から見下ろした。見ると片手にメスを持っている。もう既に用意されているではないか。これで切られるのかと思うと、身体はいきなり硬直した。二人はそのメスを持っている方の腕を上げると、小刻みに手を左右に振った。《ああ！　やられる！　やられる！》

「死ぬぞ！」

「痛いぞ！」

「血が出るぞ！」

「今夜は寝られないぞ！」

　交互に言う女の声が聞こえてきた。その言葉に強ばりは更に増し、身震いしそうになった。しかし、声が非常に若いので下から二人の目を恐る恐る見てみると、笑っているのがわかった。首から上は当に忍者である。肌が出ているのは目の部分だけだった。あとは真っ白の布で覆われている。目だけしか出ていないので誰かさっぱりわからなかったが、よくよく見てみると、久子とひとみちゃんではないか。途端に身体全体の緊張がほぐれた。

「なんだ、お前たちか」という言葉が自然に口から出ていた。十八歳の准看がいるようじゃ大した手術ではないのだ。手術台の上には大学病院と変わらない大きな丸い電灯が点いていたが、その真下に横にならねばならないのは嫌ではあるものの、今回は幾分余裕を持って見ることが出来た。

　手術台に乗せられると、医者に「局部麻酔でするから」と言われ、身体を横向きにさせられた。手術が始まり、「メス」、「鉗子」、「ドライバー」と言う医者の声が聞こえた。メスや鉗子なら当たり前とは思うが、ドライバーと聞くと、大工工事か電気工事でもされているような気がした。その格好では、何がどうされているのかさっぱりわかるものではない。

時計を持ってはいなかったが、手術は十五分か二十分くらいの時間だったであろう。いとも簡単にすんだ。終わってストレッチャーが手術室を出ようとする時、久子とひとみちゃんがまたもや上から脅した。

「今夜は痛むぞ！」

「今日はご飯は食べられないぞ！」

「本は読めないぞ！」

「お風呂も入られないぞ！」

「おりこうにしてなきゃダメだぞ！」

「うろうろ動いちゃダメだぞ！」

にこにこしながら久子が先に言うと、それにひとみちゃんが続いた。今度は聞いていて面白かった。ひとみちゃんが子供らしいのは今始まったことではないが、久子も同棲はしているものの、やはりまだ十代の女の子なのだ。それが今の態度と言葉によく出ていた。

手術前は白い覆面のように見えたが、よく見てみると口を覆っていたのは大きめのマスクだった。それに気が付かなかったということは、たやすい手術とは思っていたものの内心は恐れていたのだ。ストレッチャーが廊下に出ても、今度は横になったままで身体を動かそうとは思わなかった。廊下を歩く患者達がどの人も心配そうに自分を見下ろしたが、そうされると自分が中心人物か何かになったような気持ちになっていた。ひとみちゃんの言ったことからして食事は出来ないのかと思ったが、食堂ではなく自分のベッドの上でいつものとおりに食べることが出来るではないか。メスを入れられたので痛みは少しくらいあるものの、行動に支障を来すほどではない。

その翌朝は、早く起きるのは止めにした。その日だけは、眠たくなくても六時までベッドに横になっていた。そうすることが手術を受けた者の取るべきエチケットに思ったからだ。朝になっても、傷口には少しばかり痛みがあった。しかし、読むのに差し障りがあるほどではない。食堂での朝食を終えると病室に帰り、早速唐島さんから預かった原稿の続きを読み始めた。一時間ほど経ってから休息がてら様子を見に行ってみると、いつものように横になってはいたが、眠ってはいなかった。

「おはようございます」。そう声をかけると、すぐこちらに目を向けた。

「きのうのしゅじゅつは、うまく行ったか？………」

「何てことない手術でした」

「それはよかった。………きのうはよくねむれたか？」

「局部麻酔だったですから、眠らせる薬も何も入っていなかったので、夜の睡眠には全く影響はありませんでした」

「おれも………しゅじゅつが出来ればいいよ………」。少し悲しそうな顔をしてそう言った。唐島さんにしては珍しいことだ。そんなふうに言われると、手術をされた自分の方が何か悪いことをしたかのように思ってしまう。内科の患者が主で重病の人が割と多い三病棟とは違い、二病棟は整形外科の患者が多く雰囲気は明るいものの、中にはどうしようもないくらい重たい人もいる。唐島さんもその中の一人だった。手術を受けるのは確かに苦しいが、中には手術して欲しくても、それさえかなわない患者がいるのだ。そう言われても、返す言葉が見つからなかった。

「いのうえくんは　じゅんちょうに行ってるみたいだなぁ」

「今のところはですね。もう少しで三月ですし、四月になれば雪は溶けますから、その頃になったら、外に出て散歩してもいいんじゃないですか。気分転換が出来るようになれば、また違って来るようには思いますが」

「もうさんがつか。しがつになればさんぽでもしてみるか」

「それはいいと思います。ところで、小野さんからは連絡がありますか?」

「まったくなしさ………。いのうえくんにはあるか?」

「こちらも梨のつぶてです。佐々木さんも山下さんもどうしてるんでしょうか」

「おとこかられんらくがないのは、うまくやってるということだよ」

「どういうことですか?」

「じぶんを振りかえってごらん………。たまにおやにでんわでもするか?」

「しません。用事があるときくらいです」

「それがおとこさ。そのてんおんなはちがうんだ」

「そんなに違うんですか?」。男兄弟ばかりの自分には、唐島さんの言っていることがよくわからなかった。

「おんなとおとこじゃ、つくられかたがちがってるんだよ」。そう言われても、どうもピンとは来なかった。男と女では身体は勿論違うが、その他がどう違っているか同じかといったことは、今までに問題にすること自体が自分にはなかったのだ。

「おとこはねえ、くつはいっそくかにそくあれば、それでいいだろう」

急に話題が変わったので何のことかと思ったが、そう言われてみれば、確かにそうだった。自分が持っている靴といえば、長靴と冬用のブーツを除けば、普段履きが一足と余所行き用が一足あるだけだ。それ以上必要はない。

「でもおんなは、そうはねえ行かないんだ。じっそくもじゅうごそくも持ってるもんだよ」

「女ってそんなに持ってるんですか?」

「はるとあき、なつよう、ふゆよう、それぞれに持ってるもんさ」

「季節によって替えるんですか?」

「それがおんなだよ。そうつくられてるんだ」

ここでもまた、造られてる、という言葉を唐島さんは使った。その言葉が気になった。

「そうつくられてるということは……そうなってるということだよ」

聞いていて、昨年五人で議論した時に唐島さんが言ったことを思い出した。あれは三病棟の患者が飛び降り自殺した時のことである。話は生と死の問題が主だったが、その中で唐島さんが、そう造られてるんだ、そうなってるんだ、と何回か言った。今も同じことを言ったのだ。

「そうなってるということは、むかしもいまも変わらないということだねえ」

「そういうことなんですね」。そうは言ったものの、何のことかよくはわからなかった。

「おとこもねえ、おとこのつくられかたをしてるのさ」

その言葉を口に出すと、少し苦しそうな表情になった。長く話させてはいけないと思い、そこで失礼をすることにした。

帰りに廊下を歩きながら、今唐島さんが言ったことを思い出していた。そう造られてるんだ、そうなってるんだ、という二つの言葉には、自分が理解出来ない深い意味が込められているように思われてならなかった。他人の追随を許さない唐島さんの生き様は、その精神が元になっているようだ。書いた原稿にはその心が込められているに違いない。その思いが湧いてくると、病室に帰る足が自然に速くなっていた。

原稿を全て読み終えたのは次の日の午後だった。

主人公は上条竜也という、柔道で世界を目指している猛者である。高校時代から三枚腰と言われ全国的に注目されていたが、大学に入ってから胃に癌が見つかり三分の二を切除されてしまう。食が細くなったおかげで体重が落ち体力も衰えて、退院後はどんなに鍛えても元に戻ることは出来なかった。病気になる前には相手にならなかったような連中にも、もうかなわなくなってしまっていた。

周囲の自分を見る目は急激に変わって行く。本人は落ち込む。生きる希望を失い自殺まで考えるが、入院中に読書に耽ったのが幸いし、勉強の道へ進んで行く。文学に興味が湧くようになり、アルバイトをしながら小説家の道を本格的に目指す。しかし作家への道は容易に開けるものではない。

彼を陰から応援してくれたのは、山田朋美という女性だった。派手さは特別ないが、高校時代から上条竜也を慕っていたのだ。多くの女性が離れて行く中、彼女だけが主人公に寄り添い続けた。ある出版社の新人賞に第三作目が選ばれる。本人以外では、一番喜んでくれたのが彼女だった。

そこまで書かれていた。これから主人公は更に進んで、作家として成功をおさめることを書こうとしているのだろう。上条竜也という人物には、唐島さんが自分自身をかなりの程度投影しているように思われた。柔道の猛者というのは自分のことのようである。柔道をしていたと聞いてはいたが、詳しく話そうとはしなかった。難病でその道を絶たれたので、触れられたくはなかったのであろう。大きな挫折を経験した人間が、別の道で再起して行くことを書こうとしているようである。主人公が希望を失い、生きるべきか死ぬべきかを迷うところの描写には、大きく心を引き付けられた。自分が苦しみ迷った時のことが重なって思い出されたからだ。主人公の苦しみ迷いというのも、唐島さんが実際に経験したことをそのまま描いたのであろう。

気になったのが山田朋美という女性である。唐島さんの所に女の人が見舞いに来たということは、今までに聞いたことがない。自分が知らないだけかもしれなかった。この病院の看護婦さんの誰かを特別な目で見ているといった様子は、今のところ感じられはしない。話をしていても、そんなことを唐島さんが話題に出すこと自体がありはしなかった。小説の中に主人公を思う女性を登場させたということは、唐島さん自身が今思いを寄せている女の人がいるのかもしれない。いないのならば、理想とする女性にそのように接して欲しいという、自分の心がにじみ出ているような気がしてならなかった。

ストーリーはだいたいわかった。どう続くか興味をそそられるところだ。もう一度初めからゆっくり読み直してみようと思った。

二回目を読み終わり、原稿を返しに行ったのは、日曜日の午後だった。病室に入ると、相変わらず横になったままだ。そこにあった椅子をベッドの横に置き座ると、唐島さんもこちらに顔を向けた。自分の感想を聞きたいようである。

「原稿は全部読ませていただきました」

「どうだった…………？」

「すばらしい作品だと思います。僕にはとても書けません」

「お世辞は要らないんだ。ほんとうのところをおしえてほしいんだ」

「唐島さん自身が主人公になっている感じがしました。自分の身体で学んだことを書いているように思いました」

「んん…………それがわかったかい。びょうきはつらいけど、びょうきにでもならなきゃ見えないせかいが　にんげんにはあるもんだよ」

「僕もここに入院して大切なことを学びました」

「そうか。ここに来てなにかをまなんだなら　…………、にゅういんも無駄じゃなかったということだよ。いのうえくんはころんでも、ただでは起きて来なかったということだ」

「病気もそうですけど、失敗も大切なことを教えてくれる感じがします」

「それもまなんだかい…………。しっぱいもしたくはないなあ。…………でも、しっぱいしておくというのは、これもたいせつなことさ。いろんなかざりを剝がされてみて、おれもおしえてもらったよ。たいせつなことをね……………」

「この作品は是非完成させてください。最後まで読みたいです」

「さいごまで書けるか……………、それはわからんよ」

「しばらく静養すれば、また書けるようになるんじゃないですか」

「せいようはひつようだけど、なにもしないというのもくるしいもんさ……………。じぶんのペースでしたいなあ」

「医者にもう一度お願いしてみたらどうですか」

「そうしてみようかと　おもってるよ」

「たまには朝早くからどうですか?」

「してみたいが、おれがしたら、いしゃがなんて言うか……………そっくたいいんだとでも　言われるんじゃないかなあ」

顔は笑っている。こんな冗談を言えるのなら、その内に回復して来そうな感じがした。自分は文学に関してはよくわからないが、〔明けがらす〕は読んでいて、確かに心を引き付けられた。

月曜日の早朝、いつものように談話室で本を読み耽っていると、誰かが入って来たのが背中越しに感じられた。今夜は誰かと思い振り向くと、何と、あの康子さんではないか。彼女が入って来るなんて、何かを言われるような気がした。先日久子に聞くと、彼女は二十六歳になっているという。その年齢なら多くの女性は結婚している。彼女ほどの美貌の持主なら既に相手が決まっていてもいいはずなのだが、その噂さえ聞いたことがない。大学病院からたまに派遣されて来る医者と仲良くしていると聞いてはいるが、レベルの高い男を狙っているのかもしれない。

「今日も夜中から勉強なのね」

側に来ると、椅子を引いてそこに座った。准看の女の子は立ったままで話をしたが、康子さんは座るではないか。そこが既に違っていた。こちらを見ている。何を言われるのかと思うと、少しばかり心臓がドキドキした。彼女に目の前に座られると、こちらはかしこまってしまう。

「井上君はどうしてそんなに勉強するの？」

何のことかと思ったら、自分が夜中からでも読書をしているので、そのことを訊ねてきた。全く関心を持たれていないとばかり思っていたが、生活態度をちゃんと見てくれていたのだ。彼女がそう真面目に訊いてきたので正直に言った。

「早く寝ると早く目が覚めるからですよ」

実際、自分にとってはそれだけのことなのである。

「それはあるでしょうけど、姿勢が普通じゃないよ。何か特別な目的があるんでしょ？」

「特別な目的というものはないですけど、今のような生活になったのは最近のことですから、異常でも何でもないんです」

「専門は何なの？」

「建築です」

「そんなに勉強するなら、医者か弁護士でも目指した方が良かったんじゃない」

「医者ですか。僕は医学に興味がないわけではないですけどそれほどではないですし、それよりあんな狭いアルコールの臭いのする部屋に一日中閉じこもってるなんて、まっぴらご免です。法律も学ぶのはいいですけど、弁護士を仕事にしようという気持ちにはならないんです」

「でも、貰うお金が違うでしょう」

「お金が多いのはいいですけど、気の乗らない仕事に就こうという気持ちにはならないんです」

「社会的地位も名誉もあるよ」

「それも同じで、立派に成功してみたいとは思いますが、したくもないことをしてそうなっても、僕には満足出来そうもない感じがするんです」

「その辺が普通の男の人とは違うのね。高校で成績の良い子は医学部に行くことが多いでしょう」

「成績が良いだけで特別興味がないのに医者になろうとするから、ヤブ医者が沢山出来るんじゃないですか」

「そうね、確かにそれは言えると思うよ。医学部に入ったのはいいけど、勉強しないで遊んでばかりいる医者の卵は沢山いるしね。私でも問題に思う人がけっこういるから。井上君は建築が好きなのね」

「面白いですよ」

「好きな道で生きて行けるなら、それがいいよね。ところで、好きな女の子はいないの？」

康子さんから女の子のことを訊かれるとは思わなかった。自分がもてないことを知っていて、面白半分に言っているのかもしれなかった。しかし、顔を見ると真面目そうだ。ここも正直に答えるしかないようである。

「工業大学には女の子は殆どいないですし、僕はもてる方じゃないですから」

「そう？　准看の女の子たちの話を聞いてるとそうじゃないみたいよ」

聞いていて、お世辞を言ってくれているような気がしてならなかった。准看の四人の女の子の顔を思い浮かべても、自分に心を寄せている子がいるとは思えなかった。出来ることならそうあってほしいのだが。いつも親しげに彼女たちに話しかけるので、会話の中でたまに話題に出るのであろう。そのことを康子さんは言っている気がした。

「そうですか。僕にはそうは思えませんが」

「誘ってみたら？」

「そうですねえ」

「女の子は案外待ってるものよ」

「はあ、そういうもんでしょうか」

「勉強もいいけど、ほどほどがいいんじゃない」

言いたいことは言ってしまったのだろうか。康子さんは立ち上がると、談話室を出て行った。お姉さんが弟に言い聞かせる、という言い方だった。彼女らしくはある。あんな調子で話をするのなら医者とはどんなふうにデートをしているのか見てみたいものだ、という気持ちが自然にわいて来た。はるか年上の男が相手だと、彼女もかわいい女の子のように振る舞うのかもしれない。あのように彼女が自分に話しかけに来るとは予想さえしてはいなかった。今日は暇だったのであろう。

十五

翌日の午後だった。食堂に行きいつもの如く本を読んでいると、いつの間にかうとうとしてしまっていた。物音がしたような気がして目が覚め横を見ると、そこにしのぶちゃんが立っていた。何か用事があったのかと思い顔を見ると、「疲れていたんですね」と声をかけてきた。にこにこしている。

「いつの間にか眠ってしまってたよ」

「勉強のし過ぎじゃないですか？」

「し過ぎというほどしてないよ。昼ご飯の後は眠気がさすことがたまにあるんだ」

「これ飲んで目を覚ましてください」。見ると、両手で缶コーヒーを持っているではないか。

昨日から三月に入ったが外にはまだ沢山雪が積もっており、寒さはまだまだ厳しい。病院内はスチーム暖房で廊下でもどこでも暖かくなっているが、それでもガウンを着ていないと寒さを感じる。厚手のガウンをまとって座っていると気持ちがよくなり、いつの間にか軽い眠りに入ってしまっていたのだ。しのぶちゃんはそれを見てわざわざ一階の自動販売機へ行き、買ってきてくれたのだった。前回は半年前の夜中で、今度は二回目だ。寒いときに温かなコーヒーは美味しい。受け取ると蓋を開け、一気に飲み干しフーと一息ついた。

「足りないようなら、もう一缶買ってきますよ」

「それはいいよ、いいよ」。彼女は働いているとはいえ、まだ十八歳の看護学校生なのだ。持っているお金といっても、自分と同じで僅かであろう。二本も買わせるわけにはいかなかった。

「たまにはゆっくり休むのもいいと思いますよ」

「そうだね。でもこの寒さじゃ遊びに行くところはないし」

「寒いですけど、外は気持ちが良いですよ」

「そうか、足は何ともないし、たまには外へ食事に行ってみようかな」

「それもいいと思いますよ。温泉街へ行ったらけっこう食堂がありますから」

「美味しい所はある？」

「ラーメンの美味しいお店があります」

「何という店？」

「寶来《ほうらい》というんですよ」

「寶来？　そういえば小野さんがその店のは美味しいと言ってたよ。たまには病院を抜け出して行ってみようかな」

「行ってみたらいいですよ」

「寒い時に熱々のラーメンは美味しいだろうなあ。ついでにビールでも飲んで来ようかな」

「ビールも置いてありますよ。おでんもですね」

「医者に見つかったら怒られるだろうね」

「少しくらいならいいんじゃないでしょうか」

入院患者は院内は勿論、外でもアルコールは禁物なのだが、この男が店でアルコールを飲むなんて、しのぶちゃんは頭から思っていないのかもしれない。

「しのぶちゃんはビールを飲んだことがあると言ってたね」

「皆で食事をする時に、少し口を付けるくらいです。飲むなんてほどじゃありませんよ」

「他の看護婦さんも飲むの？」

「どの人も、飲む真似をするくらいですから」

「その程度なんだね。ああ、そうそう、僕は二日後には退院だけど、もしも唐島さんの容体が大きく変わることがあったら教えて欲しいんだ」

「いいですよ」

「それじゃ今は紙がないんで、この栞《しおり》に僕の所の住所と電話番号を書いておくよ」

栞は一枚しか持ってきていなかったが、今手元にある紙といったらこれだけである。それに住所と電話番号を書き、彼女の手にそっとのせた。珍しい物でも見るように、彼女はのぞき込んでいる。

「水元町という所なんですね」

「近くに水源があるんだ」

「明日が抜糸ですから、明後日には帰れるんですね。早いですね」

「でも唐島さんが気になるから、たまにはここに来てみるよ」

「また来てくれるんですか。楽しみにしてます」。喜んだように言った。

その時、廊下から「上田さん！」と呼ぶ声が聞こえてきた。他の看護婦が探しているのだ。

それを聞くと彼女は軽く手を振り、急いで出て行った。


彼女と話をしている時には気が付かなかったが、見ると室の端の方で他の病室の患者がゆったりとお茶を飲んでいた。確か、寺﨑さんという名字だったはずだ。自分が居眠りしている間に来たようである。食堂には掃除のおばさんが薬缶で沸かしたお茶がポットに入れられ置かれているので、それを飲みに来ていたのだ。ここで会うのは今日が二回目だ。年齢は五十代であろうと思われた。こちらを見ていたので、軽く会釈した。また本に向かおうと思い姿勢を正すと、「君は井上君といったなあ」と、不意に声をかけてきた。話を一度もしたことがないはるか年上の男の人から声をかけられると、自然に身構えてしまう。

「はい、そうですが」。首をそちらへ向け返事をすると、「君は彼女と仲が良いんだねえ」

何を言うのかと思ったら、そんなことである。今の会話を聞いていたのだ。傍目からはそのように見えるのかもしれない。

「たまたま話しただけです。それ以上でも以下でもないんです」

「今見ていて、たまたま話したという感じじゃなかったよ。彼女は君に気があるようだねえ。まんざらじゃないだろう」

あのしのぶちゃんが自分にまんざらじゃないって？　聞いていて、変な見方をする人だなあ、と思った。そんなことはあるはずがないのだ。そう言われても何と言っていいのかわからず黙っていると、

「君のその生きる姿勢が良いんだよ」

自分がここで毎日本を読んでいる、その姿勢のことを言っているようである。しかし、そのこととしのぶちゃんは関係がないはずだ。見ていると、寺崎さんは立ち上がった。自分の病室に帰るのだろうと思ったが、こちらに近付いて来るではないか。何事かと思って、姿勢を正したのは自分の方である。寺崎さんは側に来ると、置いてあった椅子に座った。何かを自分に言いに来たようである。少しばかり緊張した。

「昼間はここでいつも勉強しているのを俺は見ていたが、聞くところ、君は朝の四時前から毎日談話室に来てるという話だねえ。今どき君のような姿勢で生きてる若者は極めて少ないよ。真剣に何かを目指している、その姿勢が彼女を引き付けてるんだと思うよ」

自分の勉強している姿がしのぶちゃんの心を引き付けているって？　考えたこともないことをこの寺崎さんは言った。自分のことを殆ど知らないだろうし、しのぶちゃんのこともわかっていないはずだ。それだからこその見方のような気がした。ここは彼女のことを少し説明した

方がいいように思った。

「でも、彼女には付き合っている人がいるということです。それは聞いておりました」

「付き合ってる男に満足してるなら、君にあんな態度は取らないよ。付き合ってるかもしれんが、今は君の方に魅力を感じてるんだ」

そう言われても、俄《にわか》には信じ難かった。寺崎さんは続けた。

「君は女の子の経験が多くはないみたいだねえ」

一番言われたくないことを言うではないか。まさに図星である。今言ったのが女の人なら、その一言で赤面したであろう。しかしお陰と言っては語弊があるかもしれないが、相手はおじさんなのだ。おじさんならば恥ずかしさがないわけではないが、それほどではなかった。年配の人には本当のことがわかるのかもしれない。ここまで見抜かれては正直に言うしかなかった。

「そのとおりなんです。僕は女の子にはダメなんです」

恥ずかしいので、まともに寺崎さんの顔を見ることが出来るものではない。

「しかし、見た感じはもてるような気がするけどねえ」

自分がもてるように見えるだなんて、おかしなことを言うものである。

「でも、ダメなんです。本当に僕はもてたことが一度もないんです」

語調を強めて言った。すると寺崎さんは、男の魅力とはどういうものなのかを話し始めた。

「男の女に対する魅力というのはねえ、固定してるわけじゃないんだよ。年齢によっても生き様によっても変わって行くんだ。若い頃には格好のいいのが確かにもてる。しかし年齢を重ねれば、格好の良かった男でもどうしようもなくなるのが沢山いてねえ。逆の場合だってあるんだよ。

大切なのは、その人間の生きる姿勢なんだなあ。どのように仕事をするかは大切だけど、いかに自分の一生を全うしようとしているか、これが大きく影響するんだ。自分の死ぬまでを充分考えて真剣に今を生きてる男というのは、普通の男とは生き様が大きく違うよ。格好いいのに任せて遊んでばかりいれば次第に顔に締まりがなくなって来てねえ、いつの間にか男としての魅力を失ってしまうのさ。しかし姿勢のしっかりしてる男は違うよ。遊びたくても飲みたくても、その欲に振り回されずに努力をし続けるからねえ。こういう男というのは子供の頃にはもてなくても、次第に男らしくなって行くのが多いなあ。目は光ってるし肌は輝いてるよ。五十代・六十代になっても女性を引き付けるのは、こういった男たちさ。

女の子というのはねえ、成長して行くに従って男の見方が変わって行くんだよ。格好が良いのに越したことはないけど、生きる姿勢をよく見てるもんさ。君が毎日見せている姿勢は簡単には誰も出来ないよ。それを女の子たちはちゃんと見てるんだ。彼女だけでなく、他の看護婦さんたちも君に関心を持ってるんじゃないかなあ」

そう言われてみても、やはりピンとは来なかった。あのしのぶちゃんがこの自分に魅力を感じているだなんて、どうしても考えられなかった。

「君はうちの会社に来る気はないか？」と、今度は全く関係ないことを寺崎さんは言った。

「会社を経営してるんですか？」

「大きくはないが、監視カメラなんかを設置する会社なんだ。よかったらうちの会社に来ないか？」。再度誘ってきた。そう言ってくれるのは有難いが、今学んでいることは全く違うのだ。それを言えばわかってくれるはずだ。

「僕は専門が建築ですから」

「建築か。それならはずれるが、君の姿勢ならすぐ学べるよ。大丈夫だ、問題はないよ」

寺崎さんは言葉を強くして言った。四月から四年生になるので就職のことは考えていたが、急に言われて、しかも専門外の監視カメラの会社というのだから、答えに窮してしまった。

まごまごしていると、「後で君の病室に名刺を持っていくよ。考えておいてくれないか」。そう言うと寺崎さんは腰を上げ、食堂を出て行った。


姿が見えなくなってから、しばらく考え込んだ。寺崎さんは社長だったのだ。確かに目つきが普通のおじさんではなかった。監視カメラに関心がないわけではないが、やはり建築の仕事をしたかった。誘われたのは有難いが、どうも乗り気にはなれなかった。

仕事のことはさておいて、大きく心に残っているのは寺崎さんが言ってくれたことだ。しのぶちゃんが自分に魅力を感じているだなんて、どう考えても本当のこととは思えなかった。そんなことがあるだろうか？　と何度も何度も自問した。

今言われたことが気になって、本を読んでいても集中が出来なくなっていた。場所を変えようと思い、病室に戻ってベッドに横になり考え込んだ。寺﨑さんの言ったことからして、しのぶちゃんは少なくとも自分を嫌いではないらしい。それならば誘っても断られることはないかもしれない。しかし問題なのは、それをどう続けるかなのだ。今までも続かないからこそ失敗して来た。同じことを繰り返したくはない。同じような結果になるのなら、初めから誘わない方がましである。意識して誘おうとするとコチコチになってしまうのが常だった。真剣になればなるほど自然に振る舞えなくなってくる。これが今までの自分だったのだ。しかし、どう考えても良い道は浮かんで来なかった。

明後日には退院をしなければならない。二日間で何が出来よう。このままだと悲しい話だが、今回も諦めねばならぬのはどうしようもないような気がした。しかし唐島さんが気になるので、退院しても出来るだけここに来ようとは思っていた。少なくとも、その時にはしのぶちゃんに会えるはずだ。それで道が開けるとは思わないが、それくらいしか今の自分には出来そうもないではないか。熊谷さん、山下さん、小野さんの顔が浮かんで来た。相談をしたいのだが、今は連絡が取れない。彼らには遠く及ばないのだ。どう考えても明るい道は見えては来なかった。自分には溜息をつくことしか出来ないのだ。

気を取り直すと本を持ち、再び食堂へ向かった。残り二日間で一冊くらいは読めるはずだ。

食堂で本を開くと、いつの間にか無意識の内に文字に没頭していた。

十六

退院の日、朝食を終えるとすぐに準備にかかった。荷物は昨日ボストンバッグと紙袋に詰め込んでおいた。来た時と量は変わっていない。十日ばかりの入院だったので病室の年配の人たちと仲良くなれたわけではなかったが、形どおりの挨拶をすませると唐島さんのところへ向かった。いつものように横になっていた。

「おはようございます」

「おはよう」

見ると、今日はいつもより元気そうである。ゆっくりと身体を起こし、

「そういえば、きょうがたいいんだったねえ」

声は低いが、話しぶりは昨日よりなめらかだ。

「ただボルトを抜いただけですから」

「こんかいもあさはやくからがんばってたんだねえ。だいがくでもかなりしてるんだろう」

「おかげさまで、昨年の入院で休んだ分は取り戻しました」

「いのうえくんはなあ、取りもどすくらいじゃダメだよ。きみははるかう

えを行かないとなあ」

「そう見ていただけるとありがたいです。これからも精一杯やります」

「そのいきおいでやってくれ。おれが出来ないぶんまでたのんでおくよ。きみなら出来る」

「唐島さんも原稿を完成させて下さい。読みたいです」

「良くなってきたら、さいかいするよ」

「その内に顔を見に来ますから」

「来てくれるか。それはありがたい」

「雪が溶け始めたら来てみます」

「もうさんがつにはいったんだから、あとすこしのしんぼうだなあ」

「そうです。あと二ヶ月で桜が咲きますから」


十分くらい話をしてから病室を出た。詰め所に行って挨拶すると、准看たちが笑顔で迎えてくれた。どの子も明るい。久子が寄ってきた。

「また来るかもしれないよ」

「また入院するんですか?」

「もう入院はしたくないよ。でも唐島さんの顔は見に来るつもりだから」

「それじゃ、何度か会えますね」

「何度会ってもいいよ」

「会いましょうか」

「いつでもいいよ」

顔を見ると、いたずらっぽく笑っている。話だけならまともに応対が出来るのだが、彼女に対してはこれ以上は無理なのだ。反応からして自分の未経験のことはまだバレていないようである。それだけでもよかったと思っていた。ひとみちゃんも寄ってきた。林恵子はどこかへ行っているようだ。今日は婦長も機嫌が良いように見えた。いつもより顔にはやわらかさが増している。しかし簡単な手術だったからであろう。「おめでとうございます。これでもう大丈夫ですね」と一言言っただけだった。自分も簡単に挨拶をした。しのぶちゃんは他の看護婦に遠慮してか、少し後ろの方にいた。最後だから話をしたいのだが、無理にすると怪しまれる可能性がある。でも何とかしたかった。これで話すのは最後というわけではないが、今回は最後なのだ。しかし、今の状況ではどうすることも出来そうにない。皆の笑顔は嬉しいのだが、このままここを去らねばならないのかと思うと、やはり淋しかった。でも仕方がない。

皆に挨拶を済ませ後ろ髪を引かれるような思いでエレベーターの方へ向かうと、後ろからしのぶちゃんが追いかけて来るのがちらっと見えた。嬉しくなったが、看護婦たちが皆見ているのである。自分が彼女を待っていたとわかるような姿は決して見られてはならない。何とかせねばならなかった。顔だけでも隠すことが出来ればいいのだ。先ずは、しのぶちゃんが後ろから来ていることに気が付いていないように歩くことである。そう考えると、歩調を早めてエレベーターに向かった。前にもしたことがあるように、出来るだけエレベーターの扉に近付くことだ。そうすればしのぶちゃんは詰め所から見えても、自分の姿は何とか隠せるからだ。エレベーターの扉が開いたなら、その時は横の方へ少しずれればいい。

エレベーターの扉に顔が接するように立つと、しのぶちゃんが近付いて来るのが横目に見えた。彼女の方が来てくれるなんて、思いもしなかったことである。いつ目の前の扉が開くかわからない。時間がないのだ。急がねばならなかった。彼女がすぐ側に来ると、初めて気が付いたような振りをし向きを変えた。しかし、何をどう言っていいのかわからなかった。とっさに出たのが、「ああ、しのぶちゃん、僕はこれで帰るけど、唐島さんに何かあったら教えてね、頼むよ」だった。唐島さんのことなら話がスムーズに出てくる。「また会いに来るから」と声を大にして言いたいのだが、その言葉を出せなかった。しかしそう話しかけると、「わかりました。何かありましたら必ず連絡しますよ。また来てくださいね」と言ってくれるではないか。「また来てくださいね」。この言葉を待っていたのだ。

「その内に来るよ」

「お待ちしてますよ」

「暖かくなったらね」

「もうすぐですよ」

その時、後ろの扉が開く音がした。出てくる患者の邪魔になるので横にずれ、出終わったところでゆっくりと乗り込んだ。しのぶちゃんは以前と同じように、胸の前で手を振り見送りをしてくれる。その姿を見ていると、昨年退院した時と同じように、もう少しここにいたいという気持ちがまたもや湧いて来ていた。しかし非情な扉が、いとも簡単に彼女の顔を見えなくしてしまった。後戻りは出来ないのだ。

一階の廊下を歩いていても、まだしのぶちゃんの顔が脳裏から離れなかった。彼女だけがエレベーターまで見送りに来てくれたのだ。昨年の十二月に入院の予約に来た時も、帰り際は彼女だけだった。そのことを思い出すと、二日前に食堂で寺崎さんから言われたことが浮かんできた。しのぶちゃんの自分に対する態度からすると、寺崎さんが言ってくれたことは本当かもしれない。ならば、先ほどが誘える絶好のチャンスだったのではなかろうか？　と思った。その思いがわいてくると、己の腑甲斐なさ、度胸のなさがあらためて思われた。しかし、「その内に来るよ」と自分が言うと「お待ちしてますよ」と言ってくれたのだ。その言葉がしっかりと心の中に残っていた。

病院の玄関の前に立ち外を眺めると、外は真っ白だった。取り除かれた雪が道路脇のあちこちに積まれ、小さな山をなしていた。これからは次第に溶けて行く。二週間後くらいには唐島さんの様子を見に来ようと思っているが、その頃になると雪の量はかなり減っているはずだ。間もなく春の彼岸である。これからは雪が降るといっても、二月ほどではない。昼間の時間が次第に長くなって行く。何事も明るい方に心を向けた方がいい。そう思いながら来たバスに静かに乗り込み、座席に座ると、道中読もうと紙袋に入れておいた本を取り出した。

十七

唐島さんの見舞いに病院を訪れたのは、十八日の木曜日だった。二週間ぶりである。しのぶちゃんに会えると思うと、嬉しさを抑えることは出来なかった。詰め所の前を通ると、准看ではしのぶちゃんと林恵子が見えた。しのぶちゃんはすぐに気が付き、にこやかに手を振ってくれた。久子とひとみちゃんはどこかの病室へ行っているようだ。唐島さんの所へ行くと、いつものように横になっていた。目はつぶっている。顔の側に耳を近づけてみると、鼻息からして眠っているのがわかった。ここは起こすわけにはいかない。しばらく待つことにした。

近くに置いてあった椅子を出しそこに座って持ってきた本を読んでいると、十分ほど経った頃である。しのぶちゃんが病室に入って来た。いつもの笑みを顔一杯に湛えている。自分が一番見たかった表情だ。近付いてくると小さな声で、「今日はお見舞いですか?」と声をかけてきた。「うん、気になったもんでね」

すぐに廊下に出た。二人の声で唐島さんを起こしてはいけないと思ったからだ。彼女も一緒についてくる。

「唐島さんは様子はどう?」

「二週間前と殆ど変わっていません」

「変わらないか。そうか。良くはなってないんだね」

「そうですね。良くなってるようには見えません」

「まだ寒いから、外への散歩は無理だよね」

「もう少しなんですけど」

「あと二週間で四月だから、その頃には外に出て新鮮な空気を吸えばまた違うんじゃないかなあ」

「そうかもしれません。その頃に、また来るんですか?」

「来てみるよ。唐島さんには大切なことを学んだから、まだ話を聞きたいんだ」

「勉強の話ですか?」

「それもあるけど、なくてもいいよ。何故かしら会いたいんだ」

「恋人みたいにですか?」

「それとは違うけど、僕を引き付ける魅力みたいなものを唐島さんは持ってるよ」

「男の人同士がですね」

　唐島さんが自分を引き付けているのは当にそのとおりだが、しのぶちゃんに会いたいという気持ちはそれよりはるかに強かった。しかし、ここは唐島さんのことを中心にした方がいいはずだ。そちらの方が話がしやすかった。

「生き方が今まで見てきた人とは全く違うんだ」

「そうですね。難病に冒されてるのにあんなに勉強するんですから、他の患者さんとは全く違います」

「あんな生き方は普通の人には真似が出来ないと思うよ。家族はたまに見舞いに来てるんでしょ？」

「お母さんはよく来ますよ。たまにはお父さんも来ますし、お姉さんや弟さんも時々顔を見せます」

「他には？」

「知り合いみたいな女の人が来たことがあります」

「何歳くらい？」

「唐島さんとあまり変わらないくらいだろうと思います」

それを聞くと、すぐに小説〔明けがらす〕の中の山田朋美を思い出した。ここは訊ねてみた方がいいはずだ。

「どんな感じの女の人？」

「おとなしそうな綺麗な人です」

「髪型はどんなだったか覚えてる？」

「少し長めのサラッとした感じでしたよ」

「背の高さは？」

「高くはないですけど、低くもないといったところです」

「話はしたの?」

「話さなかったですけど、感じの良い女の人だったですよ」

「一人で来たの?」

「一人でした」

「来た時には長くいた?」

「いつ帰ったかまでは知らないんです」

やはりその女性であろう、と思った。今しのぶちゃんが言った彼女の姿は山田朋美に似ているからだ。自分と話していても女性のことに関してはおくびにも出さなかったが、おそらく深く思っているのであろう。何度かは知らないがその彼女が来たということは、彼女の方も唐島さんに気があるのかもしれない。単なる同情だけではないような気がした。気丈な唐島さんも、たまには気弱になることがあるのであろう。彼女の存在が精神的支えになっているのかもしれなかった。唐島さんにそんな女の人がいるのに、自分のこととなると全くダメなのだ。しのぶちゃんがなってくれればいいのだが、とてもそれは無理である。

「もうすぐ春休みだけど、しのぶちゃんはどうするの?」

「特別予定はないんです。井上さんはどこかへ行ったりしないんですか?」

「まだ出るには寒いよ。実家には正月に行ってきたから、三月には帰らなくていいよ。四月からは四年生になるし、しなければならないことが沢山あるんだ」

「井上さんの実家ってどこなんですか？」

「函館だよ」

「良いところですね。私も一度行ってみたいです。夜景が綺麗だということですね」

「綺麗だよ。一〇〇万ドルと言われてるから」

「何度も見たんですか？」

「そりゃ、何回も見てるよ。函館山には遠足でも行ったし」

「夜に遠足をするんですか？」

「遠足は昼間さ」

「遠足のコースなんですね」

「コースとは決まってないけど、コースでもある、くらいかな。登別温泉にも良い所があるんでしょ？」

「ありますよ。もう少し雪が少なくなったら行けますすよ」

「へー、そんなところがあるんだ。行ってみたいなあ。教えてくれる？」

「教えてもいいですよ」

「もう少ししたらまた来るから、その時はお願いね」

「いいですよ」

二十分くらいも話していたろうか。しのぶちゃんが言った良い所とはどこのことなのかわからないが、教えてくれるというのだから、当てにしないで待つくらいがいいだろうと思った。二週間後に来たって、会えるかどうかさえわかりはしないのだから。

彼女と別れ病室に戻ってもまだ唐島さんは眠っていたが、それから二十分ほど経つと目を覚ました。

「おお、来てたのか。わからなかったよ」

気が付いたら自分がそこにいたので、ビックリしたようである。自分が退院した日は少し体調が良さそうだったが、今様子を見ていると、また、元の状態に戻ったようだ。

「来たら眠ってたもんで、しばらく待っておりました。調子はどうですか？」

「よくもわるくも　ならん、というやつさ。いのうえくんは　あいかわらず　がんばってるんだろう」

「お陰様で順調です。足は痛さも何もないですし、今じゃ手術を受けたこと自体が、そんなことがあったのか、といった感じです」

「だいがくのほうは、どうなんだ？」

「四月から四年生ですから、そろそろ就職を考えねばなりません」

「いのうえくんみたいにゆうしゅうだと、引く手があまただろう」

「ところがそうではないんです。オイルショックの影響で、去年までは何とかなってましたけど、今年の卒業生からはかなりひどいと聞いてます」

「オイルショックか…………あれはたしかに　ひどかったなあ」

「悪いときにぶつかったもんです」

「たまには、あんなことも　起こるんだねえ」

「今までが順調すぎたのかもしれません」

「それはあるかも　しれないよ。しかし、こんなときだからこそ、かいしゃはゆうしゅうなじんざいを　さがすだろう」

「それはあると思います」

「いのうえくんにとっては、チャンスかもしれない」

「そうだといいんですが」

二十分くらい話をすると、またその内に来ます、と言って病室を後にした。帰りに詰め所の前を通ると、中からしのぶちゃんが手を振ってくれている。先ほどのことを思い出すとまた話をしたくなったが、わざわざ病室まで自分と話をしに来てくれたのだ。今日はそれだけでも満足していいように思った。

十八

　漸く三月が終わり、四月一日を迎えた。来週から授業が始まるので、今日唐島さんの様子を見に行こうと思った。あれからちょうど二週間である。午前中はせねばならないことがあったのでアパートを出るのが遅くなり、病院に着いたのは夕方の四時半頃だった。詰め所の中を覗いてみると、中島さんという中年の看護婦が一人いるだけだ。

　ちょうど患者の夕食時間である。殆どがそちらの方へ行っているのであろう。患者ではなくなっている自分が食堂へ入って行くことは出来ない。ならば、今日はしのぶちゃんと会うのは難しいということになる。距離が離れればこうなってしまうのだ。一般の家より夕食時間が早いのは、後片付けの時間を考えて厨房の人たちの帰りが遅くならないように、病院側が患者の食事時間を調節しているからのようである。唐島さんも自分のベッドの上で今は食事をしているに違いない。邪魔をしてはならないと思い、二十分ほどしてから病室に行ってみた。

　表情を見ると、前回と変わりはなかった。今までどおりの顔を見られただけで安心である。前回のように無理がかからぬ程度に話をし、大丈夫なのを確かめると暇を告げた。

　帰ろうと思い一階の廊下を歩いていると、ちょうどそこでしのぶちゃんにバッタリ出会った。

「しのぶちゃん、今から帰るところ？」

「はい、そうです。今日は来てたんですね。ぜんぜん知りませんでした」

「これから学校?」

「今は春休みですから、学校はありません」

いつも見せる嬉しそうな顔で話してくれる。こんな所で会えるとは思いもしなかったが、やはり今日は来てよかったんだ、そう思った。しかも他の人と一緒ではなく、彼女一人である。そのことも出てくる言葉をなめらかにした。

「四時半近くに着いたんだ」

「今日は遅かったんですね」

「午前中はすることがあったから、出てくるのが遅れてしまったよ。でも、僕は遅くなっても大丈夫だから、いいんだ」

「もう唐島さんと話して来たんですか?」

「今終わったところさ。変わりはなかったよ」

「いつも井上さんが来てくれますから、唐島さんも心強いと思います」

「僕に出来ることといったら、これくらいだから」

「去年入院してた人で唐島さんの所に来るのは、井上さん以外誰もいないんです。井上さんはやさしいんですね」

「他の人は皆遠いからだよ。僕は近いからすぐ来れるし」

「近くても来ない人は沢山いますよ。これから真っ直ぐ帰るんですか？」

「せっかく来たから、しのぶちゃんが教えてくれたラーメン屋に寄ってみようかと思ってるんだ。美味しいんでしょ？」

「美味しいですよ。是非行ってみるよ。よかったら一緒にどう？」

「それなら行ってみるよ。よかったら一緒にどう？」

　話の流れの中で出て来た言葉ではあるが、自分としてはかなり勇気を持って言った。彼女がどう返事をしてくれるか、何気ないような素振りをして次の言葉を待った。心臓は音を立てている。

「一緒にいいんですか？」

「気が向くようならね」。顔は見れなかった。見たなら、今の言葉は口に出来るものではない。

「それじゃわたしも行きます」。その一言に飛び上がるほど嬉しかったが、気付かれないように、左腕をわざと上げて時計を見た。五時十五分を指している。

「それじゃ五時四十五分に待ち合わせよう。場所はどこにしようか？　僕はこの辺はよく知らないから」

「井上さんが知ってる所といったら？」

「バスターミナルなら知ってるよ」

「それじゃそこへ行きます。五時四十五分ですね」

「うん、それじゃ待ってるよ」

別れて廊下を歩く時には、「ヤッター！」と声を出して叫びたいほどだった。抑えようと思っても、笑みが自然にこぼれてくる。前の方から病院関係者が一人歩いてきたが、自分の顔を見られるのが恥ずかしくて、自然に下を向いていた。玄関に立つと、自分の顔をつねってみた。今日はエイプリルフールである。嘘かもしれないからだった。しっかり痛い。本当のことなのだ。あと三十分ほど時間があるが、余裕があるので温泉街を少しばかり散策してからターミナルに向かおうと思った。

待ち合わせの場所に着いたのは、約束した時間の十分前だった。しのぶちゃんはまだ来ていなかったが、待っていると、本当に来てくれるのだろうか？　という不安がまたもや頭をもたげて来た。

四月を迎えたとはいえ、夕方になってくると外はまだ寒い。雪は道には全くなくなっているが、端に積み上げられた山は小さくなっているものの、表面を薄黒くしてまだ残っていた。十一月は同じように寒いが、たまに積もる雪は真っ白だ。純粋さを感じさせる。しかし、目の前にまだ残っているのは汚さを帯びていた。春に向かっているのでそのことを思うと心は温かくなる感じはするが、現実をそのまま見れば十一月より心を寒からしめるほどだ。おまけに、自分が今立っているターミナルは吹きさらしだ。

心配が増幅されてくると、吹く風が更に冷たく感じられた。五分前になっても姿は見えなかった。やはりダメなのかなあ、という思いが高まった。先ほどの喜びは独りよがりだったのかもしれない。約束の時間までに来なかったら帰ろうか、という思いが湧いてきていた。しかし反面、五分か十分くらいは待ってもいいか、という思いも起こっていた。帰るにしても、東室蘭行きは一時間に一本しかないのだ。ここは待つしかないようである。

三分前になった。向こうから急ぎ足で歩いて来る女の人の姿が見えた。薄暗がりの中にコートを着ているので体型はよくわからないが、歩き方からして若い人であることに間違いはない。もしや、と思うだけで心は弾んだ。更に近付いてくる。しのぶちゃんだ、確かにそうだ。やはり来てくれたのだ。気が付かぬ内に足はそちらに向かって進んでいた。十メートルくらいの距離になると、

「ごめんなさい遅くなって」

先に声を発したのは彼女の方だった。すぐ目の前にして立ち止まると、

「ちょうど今が五時四十五分さ」

腕時計を見ると、確かにぴったりである。一分たりとも遅れてはいない。

白衣の時とは全く別人のようだ。緑色のコートは腰の辺りで少しばかり細くなっており、下の方は裾に向かうに従って広がっている。均整の取れたしのぶちゃんの体型をそのまま活かしていた。女の子の衣服に関してはよくわからないが、コートの下にもおしゃれな服を着ている

のであろう。初めて見るしのぶちゃんの私服姿だった。この女の子とこれから並んで歩けるのだし、食事を共にすることが出来るのだ。登別温泉はだらだらな上り坂の両側に広がっている。そこがメインストリートだ。お土産屋さんが沢山並んでいるが、食べたり飲んだりする店もある。しのぶちゃんが勧める寶来というラーメン屋がどこにあるのか知りはしないが、ここは急がずゆっくり向かう方がいいようだ。意識をせずとも、自ずから会話は弾んだ。

「看護婦さんはみんな毎日忙しそうだけど、何人かが一緒に休むなんてことはあるの？」

「それが難しいんです。一人か二人はだいたいはずれるんです」

「土日も出勤があるんでしょ？」

「土曜日や日曜日はゆっくり休みたいんですけど、なかなかうまく取れないんです」

「それじゃ遊びに行くのは空いている人と？」

「正看の人もいますから、その人達とも行きますよ」

「登別市内へ？」

「それが多いです。でもたまには遠くへ行くこともありますよ」

「遠くって、室蘭へ？」

「室蘭へ行く人もいますが、苫小牧が多いです」

「苫小牧か。僕は行ったことがないよ。あそこは駅を降りたこともないんだ。用事がないからね」

「遠くへは行かないんですか?」

「一年に一回、札幌へ演奏会に行くよ」

「演奏会って、ギターのですか?」

「そうだよ。札幌の大学の人達と一緒にするんだ。十二月の初めが多いよ」

「井上さんのギターを聴いてみたいです」

「いつか聴かせるよ」

「本当ですか。わ——、楽しみだな」

並んで歩いていると、たまにしのぶちゃんの肩が自分の肩の下の方にぶつかってくる。それが何とも心地よかった。坂道を半分ほど上り横に入ると、そこにしのぶちゃんの勧める店があった。外に見せている姿はそれほどきれいではない。しかし、ラーメン屋の雰囲気は出ていた。入ってみると十人ほど座れるカウンターがあり、あとは四人がけのテーブルが三脚あった。店内には客が七人おり、ラーメンを食べてる人もいれば、ビールを飲んでる人もいる。テーブル席が一つ空いていたので、そこに座ることにした。先ずはしのぶちゃんが勧める塩ラーメンを注文した。自分は大盛りである。ラーメンが出来るまでは少し時間があるので、おでんとビールを一本もらうことにした。注文すると店の人がすぐに持ってきたので、自分のコップに先ず注ぎしのぶちゃんにも勧めたが、自分は水でいいという。女の子に無理に勧めるのは遠慮した方がいいはずだ。一気にコップのビールを飲み干した。美味しかった。こんな美味しいビールを飲んだのは初めてのことだ。

「いつもビールを飲んでるんですか？」

「毎日飲むなんてことはないよ。たまに友達とね」

「友達となら、楽しいでしょうね」

「そりゃ、そうだよ」

「沢山集まるんですか？」

「沢山じゃないよ。クラブの仲間が多いね。練習が終わってからとかね」

「大学の側にはお店が沢山あるんですね？」

「沢山じゃないけど、あるよ。焼き鳥屋がね。でも、そんなに行けないよ。けっこうお金がかかるから」

「井上さんは勉強ばかりしてますから、そんなことはあまりしないのかと思ってました」

「一年生の頃は多かったけど、最近は減ったよ。三年生にもなれば専門の方が忙しくなるから」

「アパートでは毎日勉強ですか？」

「それはするよ。僕は机に向かうのは苦にならないから」

「井上さんは本当によく頑張りますね」

「でも、唐島さんにはかなわないよ」

「唐島さんはすごいと思います。あんな難病なのにあれだけ本を読み続けるんですから」

「唐島さんのおかげで、僕は大切なことを教えてもらったよ」

そこへ店の人がおでんを持ってきた。湯気が立ち美味しそうである。熱々のを口にすると、勢いよく二杯目のビールを流しこんだ。しのぶちゃんも喜んで食べている。三杯目を自分で注ごうとすると、しのぶちゃんが急いで箸を置き「わたしに注がせて下さい」と言うと腕を伸ばして、瓶をつかみこちらに向けて傾けてくれる。女の子と二人だけでビールを飲むのは初めてのことだが、その上しのぶちゃんから注いでもらうのなら格別だ。

「おでんにビールは合うよ」。注がれながらそう言うと、

「そう思います」。様子を見ていると、飲んでもいいような雰囲気だ。試しに勧めてみた。「一口くらいどう？　喉にギュッときて美味しいよ」

「それじゃ、ちょっとだけ飲んでみようかな」

いたずらっぽく笑っている。店の人が置いていったもう一つのコップを手に取り、彼女に渡した。それに少しばかり注いであげると、それを口へ持って行きゆっくりと傾けた。どうかな？　と思って見ていると、顔を少ししかめている。

「やっぱり苦いです」。しかし口ではそう言っているものの、表情は嬉しそうだ。そこへラーメンが届いた。これまた熱々である。一口食べてみると、麺に弾力があった。塩加減もちょうど良い。しのぶちゃんも美味しそうに口に入れている。

「しのぶちゃんが勧めるだけあって美味しいよ」。一口目を飲み込んでから言うと、

「井上さんの口に合ってよかった」。食べる手を止めて彼女も喜んでいる。ラーメン屋へ一人で行く時には息をつがぬくらいに早く食べるのがいつもの自分だが、女の子と一緒だとそうは行かない。普段よりはスピードをゆるめて食べながら、その合間に話をした。しのぶちゃんも同じようにしてくれる。

「病院の人はよくここに来るの？」

「あまり来ませんよ。正式な職員の人はもっと高級な所へ行きますから」

「それじゃ、ここに来るのは准看の女の子ばかり？」

「そんな感じです」

「それじゃ、今日も誰か来るんじゃない？」

「今日は平日ですから来ないと思います」

「休日に来るんだね」

「はい、でも、本当にたまになんですよ」

大盛りで量ははるかに多いのだが、先に食べ終わったのは自分の方だった。見ると、彼女の丼にはまだ半分くらい麺が残っている。

「食べるのが早いんですね」

「僕は昔から食べるのが早いんだ」

「どうしてですか？」

「僕は男四人兄弟の末っ子なんだ。子供の頃はねえ、カレーライスなんかをお袋が夕食に作ると、つぐのは親父が一番でしょ。子供は後だし僕は末っ子だから一番最後さ。早く食べないと兄貴達に残りを全部食べられて二杯目を食べられなかったんだ。だから自然に早くなったんだよ」

「そういうことだったんですか。井上さんは末っ子なんですね。それじゃ家は継がなくてもいいんですね」

「小さな頃から親父には言われたよ。お前は何をしてもいいってね。末っ子だから家のことなんか期待されてなかったんだ」

「それじゃ、どこへ行ってもいいんですね」

「そういうことさ」

「自由なんですね」

「自由だから、自分の思った方向に行くだけさ」

「井上さんくらい努力するなら、良いところへ行けると思いますよ」

「そうなれればいいけどね。しのぶちゃんはきょうだいは？」

「姉が二人おります」

「お姉さんがいるの。それじゃしのぶちゃんも僕と同じで自由なんだね」

「そうなんですよ」

ラーメン屋を出たのは七時過ぎだった。外に出るとすっかり暗くなっていた。そろそろ帰る準備をせねばならない。八時を過ぎた頃に最終バスが出るが、それに乗ろうと思っていた。まだ時間には余裕があるので、彼女を寮まで送ることにした。ちょうどいい時間になるはずだ。

「今日から四月だから、あと一ヶ月でゴールデンウイークだよ。連休の温泉は忙しいんでしょ？」

「それは天下の登別温泉ですから、人出は多いですよ」

「たまには温泉へ入りに行くの？」

「行きませんよ。温泉は病院にありますから」

「病院のお風呂に入ってるの？」

「寮にはお風呂がないんです。寮に入ってる人は皆病院の温泉に入るんです」

「へー、そういうことなの。皆あそこに入ってるんだね」

「そうなんですよ」

「毎日？」

「毎日です」

「この辺の温泉水はどこも地獄谷から引いてるんでしょ？」

「それもあるということですけど、もう少し奥の方に大湯沼という所があるんです。そこからも引いてきてると聞いてます」

「そんな沼があるんだ。見てみたいなあ」

「見れますよ。そんなに遠くはないんです」

「歩いて行けるの？」

「地獄谷からすぐですよ」

「地獄谷の近くにそんな所があったかなあ？」

小学生の時の修学旅行を思い出しても、沼らしい所があった記憶はない。しかし、しのぶちゃんはあるとハッキリ言った。地元に住んでいる人が言うのだから、本当なのであろう。

「あるんです。でも、観光客は殆ど行きませんよ。そんな所があるなんて知りませんから」

「しのぶちゃんが言ってた良い所って、そこのこと？」

「そうなんです」

「教えてよ」

「いいですよ。でも、まだ無理だと思います。雪が残ってるかもしれませんから」

「雪があっちゃどうしてダメなの？」

「急な坂を上らなければなりませんから、滑っておそらく行けないと思います」

「そんなに急なの？」

「そうですよ。でも距離はそんなにないんです」

「もう少し暖かくなってきたら行けるの？」

「そう思います」

「それじゃ今度唐島さんの所に来るのは、しのぶちゃんの休みの時にするよ。その時は教えてね」

流れの中で自然に口から出ていたが、言った後に胸がドキドキした。周りは暗いし、街灯と点在する家の僅かな明かりでしか彼女の顔は見えない。自分の横を歩いていて、真正面に見なくていいことも助けてくれた。今日は食事だけだから彼女も気楽に受けてくれたと思うが、しのぶちゃんが勧めるその良い所に二人で行くとなると、無理の方が大きくなるに違いない。ダメとはハッキリ言われなくても、考えておきます、といった軽そうな言葉で断られる公算が大きいと思われた。心が張り詰めた。

「いいですよ」

明るい返事が彼女から返ってきた。少しでも考えたなら躊躇《ちゅうちょ》をしたということになる。しかしそんな様子は全く見せず、しのぶちゃんは自分の申し出をすんなり了承してくれたのだ。その一言が自分の緊張をほぐし、言葉を更になめらかにした。

「今月の休みって何日？」

「平日の休みの時が多いんです。でも平日なら、井上さんが都合がつきにくいんじゃないですか？」

「そうだなあ。日曜日の休みの時はないの？」

「今月は最終日曜日だけなんです」

「何日だったっけ？」

「今日が一日で木曜日ですから、ええと…………」

「二十五日だよ。それじゃその日にしよう」

「いいですよ」

「何時にしようか？」

「わたしは何時でもいいですよ」

「そうだなあ。僕は朝出てくるから、それじゃ、お昼の一時にしようか？」

「いいですよ。二十五日の日曜日ですね」

「場所を僕はよく知らないから、また、バスターミナルにしない？」

「いいですよ」

「二十五日だと、まだ桜は咲いてないよね？」

「まだだと思いますよ。でも、もう少しというところですから」

「それじゃ二十五日にね」

「お待ちしてます。必ず行きますよ」

「唐島さんのことは忘れないでね。少しの変化でもあればすぐに教えてね。飛んで来るから」

「それはちゃんとお知らせしますよ。井上さんの大切な方ですから」

「それだけは頼んでおくよ」

「いいですよ。決して忘れませんよ」

彼女が寮まで行き建物に隠れるギリギリまで、立ったまま見送っていた。途中何度か振り返って彼女は手を振ったが、寮の建物に隠れる寸前にも、こちらに向かって同じようにした。僅かな明かりしかないので距離が離れれば顔の表情は自ずとわからなくなるが、そんな仕草を見ていると、近寄ってこの胸に抱きしめたいという気持ちになってしまう。しかし、今の自分にそんなことをする資格は全くないし、だいたいにして力量そのものを持ち合わせてはいないのだ。そんなことを彼女が許すはずがない。しかし僅かな時間だったが、お陰で思いがけない楽しい時間を過ごさせてもらった。自分も手を振り返し、彼女の姿が全く見えなくなると、そこで初めてバス停に向かった。一人で帰るのは淋しいが、今月の最終日曜日には会ってくれると約束してくれたのだ。その喜びの方がはるかに大きかった。

今日見舞いに来てこんな結果になるとは、夢想だにしてはいなかった。夕方廊下でバッタリ出会ったばかりに明るく展望が開けることとなったのだ。夢ではないかと思い、再び頬をつねってみた。当たり前の痛さである。

それを確認すると、立ち止まり空を見上げた。無数の星が光っている。星空とはこんなにきれいだったのだ。小学生の頃夏の夜に母親から、あれがおおぐま座だ、こぐま座だ、と習ったが、自分にわかったのは北斗七星くらいだった。はくちょう座やさそり座等という星座が沢山あるということだが、この年齢になってもはっきりわかるのは、冬に見られるオリオン座くらいだった。星座にそれほど興味はなかったので、じっくりと見ること自体がなかったのだ。しかし、今目に入ってきている世界の何という美しさであろう。今までに気が付かなかったのがおかしなくらいだ。

うっとりとするような光景に心を奪われていると、輝く無数の星の中に、彼女の笑顔が自然に浮かび上がって来ていた。

十九

授業が始まって一週間ほど経った日だった。教授に呼ばれたので行ってみると、大学院へ来ないかとの誘いだった。自分から希望して大学院を目指す学生が殆どなので、教授から言われるなんて予想さえしてはいなかった。それだけでも驚いたが、先生が今手がけている重要施設の設計の手伝いをしてくれないか、と頼まれたのだ。教授の勧めなので非常に嬉しかったが、就職をしようと思っていたのでその気持ちを言い、親の承諾も得ねばならないので、返事は一週間ほど経ってからすると言って退室した。

どうすべきかを考えると、迷ってしまう。一年先輩は超就職難の中を、どの人も何とか仕事に就いた。院に行けば卒業は三年後となる。その時は良くなっているかもしれないが、その保証は今のところない。学問はしたくてたまらないのだが、そこが問題だった。何人かの同学年生に聞いてみると、そんな誘いを受けたのは自分だけだった。教授がそこまで自分を認めてくれたのは光栄なことだが、決断が出来なかった。その時、唐島さんのことが頭に浮かんだ。唐島さんなら的確なアドバイスをしてくれるような気がしたのだ。そう思うと、早速相談に行くことにした。今週の土曜日の午後が空いている。その日に行ってみようと思った。

十七日は夕方四時半頃に病院に着いた。二週間前より幾分昼間の時間が長くなっている。病院の周囲に雪は全くなくなっていた。既に登別温泉にも春が来ているのだ。到着時間が前回と同じくらいだったので、看護婦の姿が見えたのは少しばかりだ。准看は皆食堂に行っているのだろう。二十分くらい待ち、夕食を終えたであろう頃に唐島さんの病室に行った。入室すると、食事が終わって横になっているところだった。すぐ自分に気が付き、ゆっくりと身体を起こした。

「きょうも、来てくれたか」。唐島さんの方から声をかけてきた。

「実は大事なことが出来て相談をしたかったものですから、急遽思い立って来ました」

「だいじなことって、なんだ…………?」

「実は教授に大学院へ来るように誘われたんです。それだけじゃなくて、教授が今携わってる設計の手伝いをしてくれないかとも頼まれたんです。そのこと自体は嬉しいんですが、この超就職難の時ですから二年プラスして状況が好転していればいいですけど、更に悪化するかもしれませんので、教授の勧めを受けていいものかどうか迷ってるんです」

「だいがくいんへさそわれたか。きょうじゅがそう言ったということは、いのうえくんはよほどゆうしゅうながくせいだということだ」

顔を見ると、喜んでくれているようだ。教授に誘われたのだから、それはそうかもしれない。

「そう見られたということ自体は僕も嬉しいです」

「そう言われたのは、いのうえくんだけか？」

「そう、僕だけでした」

「すごいことだよ、それは」

「はあ、そういうもんでしょうか」

「そのうえ、きょうじゅのしごとのてつだいをしてくれと言われたんだな」

「そういうことなんです。先生の描いた図面を清書するのが中心のようです」

「けんちくかというのは、よねんせいはろんぶんがあるのか？」

「僕の所はありません。学生は自分なりにテーマを決めて、図面を描いて提出しなければならないんです」

「それは、どうしてもしなければ　ならないんだろう？」

「教授が言うには、自分の手伝いをしてくれれば、それでその単位をくれるということなんです」

「しかし、そっちのほうが…………むずかしいんじゃないのか？」

「そうかもしれません」

「そういうことか。　そういうことなら　よろこんで受けるべきだとおもうよ」。弱い声であるが、ハッキリと言った。そして、続けた。

「…………おれはねえ、こんなひとを知ってるよ。このひともいのうえくんとおなじようにきょうじゅのけんきゅうのてつだいをたのまれてねえ。だいがくいんももちろんさそわれたんだ。いまではそのきょうじゅのあとを継いでねえ、じょきょうじゅだよ」

そこまで言うと、唐島さんは少し休んだ。きつそうである。しかし、まだ何か言いたそうだ。自分も聞きたかった。静かに待っていると、呼吸を整えてから再び口を開いた。

「きょうじゅがすすめるということは、しゅうしょくのことはじぶんにまかせておけ、ということじゃないかなあ。しんぱいはないとおもうよ。こうえいなことだ。行くべきだよ」

聞いていてそういうことかと思うと、心が明るくなって行くのを感じた。自分の就職のことまで考えて教授は誘ってくれているのだと唐島さんは言う。教授の真面目な顔が思い出された。ここは唐島さんの勧めに従う方が良さそうな気がした。

「そういうことなんですか。その助教授になった人は、大学にそのまま残ってそうなったんですか?」

「そういうことだ。いのうえくんもかのうせいは、たかいんじゃないかなあ」

「僕にはそのようになれるとは思われませんが、何とか建築関係に就職が出来ればいいんです。今の状況ですから、高望みはしないでおこうと思っています」

「いのうえくんがしゅうしょくでこまるなんてことはないよ」

「そう思ってくれるのは嬉しいですが、何も決まっていないと、やはり落ち着きません」

「いのうえくんはじぶんの行きたいみちを まっしぐらにすすむことだ。けっかはしぜんについて来るとおもうよ」

「そうですか。そう言ってもらえると、少しばかり自信のようなものが出て来ました」

「そのしせいだよ。たいせつにすることだ」

三十分ほど話したであろうか。唐島さんの助言を聞きたかったばかりに、前で苦しそうに話しているのに、もう少しと思い、止めないで聞き続けた。自分のことではないのに、唐島さんは真剣に考えてアドバイスをしてくれたのだ。お陰で迷いが吹っ切れそうだ。早速月曜日には教授に報告に行ける気がした。


唐島さんに挨拶をし廊下に出ると、いつもどおりの光景が目に入ってきた。しかし、いつになく清々しい気分だ。教授が期待してくれているのなら、それに充分応えなければならない。先生の仕事を手伝えるのなら、今まで以上に教えて貰えるに違いない。前途が大きく開けて来るような気がしてきた。

廊下を歩いていると、間もなく詰め所である。しのぶちゃんの姿が自然に浮かんでいた。二十五日に会おうと約束したのは一日のことだったが、はたして本当に来てくれるのだろうか？

という思いがわいていた。腕時計を見ると五時二十分を指している。この時間なら准看は皆帰ってしまっていて、一人もいないはずだ。しかし、気になったので覗いてみることにした。案の定である。誰もいなかった。山崎礼子がこちらに気が付き、軽く会釈した。しかし、彼女となら話をしたいという気持ちにはならない。エレベーターで一階に下り、廊下を歩きながら考えていた。

教授の誘いを受けてから関心がそちらに向いていたので、この何日間かは心の中心から少しずれてはいたが、しのぶちゃんのことは一日たりとも忘れたことはない。しかし、二週間以上音信は不通なのだ。寮の電話番号を知らないので連絡を取れなかったからであるが、誘った本人が何もしないのなら、彼女もこちらの心を推しはかって、気持ちがないか少ないと判断したとしてもおかしくはないと思われた。訊いておかなかったからこそこういうことになってしまうのだ。しかし、あの時は訊くだけの勇気がなかった。断られるのではないかという気持ちが先に立っていたからだ。今さら後悔してもどうしようもないが、こうなったら手紙を書いてみるのが一番良いように思われた。ところが手紙を書くなんてことは思ってもいなかったので、寮の名前さえ訊いてはいなかった。しかし、病院の隣にある寮と書けば届きはするだろう。他の看護婦に気付かれないように、偽名を使って封書で出せばいいはずだ。帰ったら早速そうしてみようと思った。それでダメなら、仕方がない、諦めるしかない。

手紙を出したのは月曜日の朝だった。次の日には着くはずだ。彼女がすぐに返事を書きポストに入れてくれれば、早くて水曜日か木曜日にはこちらには届くはずである。待つことにした。

しかし、水曜日にも木曜日にも返事は来なかった。おかしいとは思ったが、じっくり返事を書いているかもしれなと思い金曜日に期待をかけた。郵便配達は一日に一回しかない。配達順番は決まっているようで、大家の家に手紙が届くのはだいたいが午後である。金曜日は学生食堂で早めの昼食をすませると、急ぎ足でアパートに帰ってきた。自室では机に向かいながら、いつものバイクの音が近付くのを待った。午後二時頃に軽いエンジンの音がし大家の郵便受けに手紙が入る音がしたので名前が呼ばれるものと思って待っていると、下からは全く音沙汰がなかった。夕方まで待っても、結果は同じだった。自分に手紙が来るのは一ヶ月に一回親から現金封筒でお金が送られてくるくらいで、他には全くないのが普通なので、来れば大家が必ず届けてくれる。何もないということは、今日も手紙が来なかったということである。明日という日はあるが、今日まで来ないのなら明日もおそらく同じであるように思われた。急に不安な気持ちが強くなり、いつしか焦りに変わっていた。

土曜日も待った。思ったとおりである。約束の日は明日なのに、返事は全くないのである。先日一緒に夕食をとった時に見せた楽しそうな姿をまたもや思い出したが、あれはやはり一時的なことだったのかもしれない。このままなら、明日は行かない方がいいようだ。その思いが強くなっていた。しかし、先日は唐島さんが有効な助言をしてくれたのだ。そのことの報告には行かなければならない。

日曜日に病院に着いたのは十二時近かった。唐島さんに結果を話すと、非常に喜んでくれた。少し元気がなさそうなのが気になったが、一時的なことであろう。ダメとは思いながらも約束した場所へ行ってみることにし、昼食は先日二人で入った寶来でとった。同じテーブルに座って同じラーメンを食べた。これが最後かと思うと、美味しくはあるもののあの時ほどではない。食べ終わったのは約束の時間の十分ほど前である。ゆっくりとターミナルへ向かった。どうせダメなのである。急ぐ必要はあるまい。帰りのバスは一時半頃に出る。それに間に合えばいいだけのことだ。しかし、ダメとは思っていても、やはり気になるものである。

ターミナルに近付くと十人くらいの人が待っていた。腕時計を見ると一時に一分前である。ぎりぎりだった。集まっているお客を見てみた。薄い黄色の上着に膝が少し出るくらいの長さの青みがかった色のおしゃれなスカートを身につけた女の子が中にいたが、背中しか見えなかったので、こちらからでは誰とはわかるものではない。身長はしのぶちゃんの高さだ。後ろ姿も似ていた。もしや？　と思うと、それだけで心は高鳴った。女性は着る服によって見え方が大きく変わってくる。更に近付いた。その女の子がバスの来る方向を盛んに見ている。何かを探しているようだ。後ろから近付き、横に回ってみた。見ると、しのぶちゃんではないか。まさかと思ったが、確かにそうだ。来てくれたのだ。飛びつきたい衝動に駆られたが、ぐっと喜びを抑えた。しかし、そうせねばならぬのは息が詰まるようだ。彼女はまだ気が付いてはいない。抑えねば、抑えねば、と自分に言い聞かせた。逸る心を何とか押し止めてゆっくり近づき、静かに声をかけた。

「しのぶちゃん」

彼女がこちらを向く。自分に気が付くと、途端に顔がはじけた。満面の笑顔である。

「来てくれたんだね」

「十五分くらい前に来てました」

「手紙を出しても返事がないから、来てくれないかと思ってたよ」

「あの手紙はビックリしましたよ」

「どうして？」

彼女を促し、二人で歩き出した。だらだらな坂道である。地獄谷まで距離はそれほどないが、上っているので少しばかり時間がかかる。自分一人ならば普通のスピードで行くが、今日はしのぶちゃんと一緒なのだ。彼女に合わせて、ゆっくりと進むのがいいと思われた。話は自ずから弾んだ。

「差出人が川崎兼次となってたですから、誰かと思いました。そんな名前の患者さんは今まで二病棟には入院してませんでしたし、一病棟か三病棟かもしれないと思って、他の看護婦さんにも訊いてみたんですよ。住所が函館になってたですし」

「すぐに読まなかったの？」

「全く知らない名前ですから、怖くて開けれなかったんです。変な手紙は開けないで捨てた方がいいよって、他の人に言われたんです。迷ったんですよ」

「いつ開けたの？」

「木曜日の夜です。よく見たら消印が室蘭になってました。住所が函館で消印が室蘭ですから、井上さんのことを思い出したんです。そこで初めて開いてみたんですよ」

「そういうことだったのか。返事が来ないから、今日はてっきり来てくれないんだと思ってたよ。こんなことなら寮の電話番号を訊いておくんだったね。後で教えてね」

「いいですよ。金曜日に返事を出しても届くのは一番早くて土曜日ですから、間に合わないかもしれないと思って出さなかったんです」

「そういうことだったんだね」

「寮も名前が付いてるんですよ。井上さんの手紙は〝病院付属寮〟となってましたから。白百合寮というのが正式な呼び名なんですよ」

「そういうことだったんだね。僕は名前さえ聞いてなかったから」

彼女は終始にこにこ顔だ。それを見ているだけで嬉しくなった。

「どうして偽名を使ったんですか？」

「他の看護婦さんに見つかったら恥ずかしいからさ」

「そういうことだったんですね。川崎兼次って、どこから考えたんですか？」

「てきとうさ」

「てきとうな名前がすぐ浮かんできたんですか？」

「まあ、そういうことなんだ」

「真面目な井上さんも、たまにはてきとうにするんですね」

「僕は真面目に見えるかもしれないけど、甚だいいかげんなんだよ」

「そうは見えませんが」

「友達が僕のてきとうな性格は知ってるよ」

「あんなに真剣に勉強するのに、てきとうなんですか？」

「僕は性格が極端なんだ。神経を使う時には徹底的にやるけど、他はズボラもいいところさ」

「そういうことなんですね」

　坂を上って行くと、旅館街を離れ地獄谷の方へ道は続いている。登別温泉は室蘭からそう遠くないのだが、一人でここに来たことは一度もない。友達ともなかった。実のところ、小学校の修学旅行以来今日が二回目なのだ。修学旅行の時は地獄谷で記念写真を撮られた。今でもそれは持っている。その時以来なので、どんな所だったか見るのが楽しみだった。

　到着してみると、谷のような所である。どこに流れ込んでいるのかはわからないが、一番低い所に煮えたぎった湯の川が見えた。あちこちに白い水蒸気が盛んに上がっている。谷の中に小さな山があり、その肌が白の混じった灰色をしていて近寄りにくい雰囲気だ。十年前に初めて見て抱いた印象が甦ってきた。珍しくはあるが、一人でなら来たいという気持ちにはならない所だ。硫黄の臭いも強かった。地獄谷とはよく付けた名称である。また来たいと思わせる所ならそう名付けはしなかったはずだ。そんな所をしのぶちゃんと二人で並んで見ることになるなんて、想像さえしてはいなかった。

「しのぶちゃんはここによく来るの？」

「来ませんよ。地元の人は来ませんから」

「そりゃそうだよね。地元の人なら、一回見たらそれでいいよね。ここに落ちたら生きては帰れないだろうなあ」

「たまにあるんですよ」

「事故で？」

「事故じゃないんです。飛び込みです」

「飛び込みって、どこから？」

「どこからかわたしは知りませんが、あったことは聞きました」

「へ――、そんなことがあるんだ。でも、後から引き上げるのが大変だろうな」

「そうみたいですよ」

「しのぶちゃんは見たことがあるの？」

「ありませんよ。嫌ですよ」。さも嫌という顔をしている。全身が茹で蛸のようになっているのだろうから、そうしのぶちゃんが思うのもわかる気がした。

「しのぶちゃんの言ってた良い場所というのはどこにあるの？」

「この山を越えた所です」と言って左側の山を見ている。しかし、沼がありそうな様子は全く感じられなかった。

「この山を越えるって？」

「そんなに遠くはないですよ。すぐそこですから」

「すぐそこって、何にも見えないけど」

「ここからは見えませんよ。でも本当にすぐそこなんです」

すぐそこと言われてもそうじゃない気がするが、しのぶちゃんが近いと言うのだから行くしかないであろう。

「それじゃ行ってみようか」

「行きましょうか」

地獄谷の端の方を細い道が上っている。そこを行くのだという。二人でそちらへ向かうと、後から来る人は一人もいなかった。やはり地元の人しか行かないのだ。進むと道が狭く舗装はされておらず、もう少し進むと勾配がけっこう出て来た。ハアハアと言わなければならないくらいに急になって来た。しのぶちゃんは上りにくそうである。何かにつかまらなければ滑りそうだ。ところがつかまろうにも、枯れたような草以外は何もなかった。雪がある時ならとても来られる所ではない。四月上旬では行けないと思うとしのぶちゃんが一ヶ月ほど前に言っていたが、これなら確かに来れないだろうと思った。

しかし急勾配は、予定していなかった行動の絶好の条件にもなり得る。下からついて来ている彼女に向かって手を伸ばした。自分としては大胆な行為である。自然ではないのだが、形としては自然な行いの範疇なはずだ。しかし心臓は、既に普通ではなくなっていた。彼女がどう反応するかと思うと、胸のドキドキは異常に高まった。疲れとは全く関係がない鼓動が激しくなっている。何も応答がなければ自分がバカなことをしたことになってしまう。

しかし、殆ど待つことはなかった。何も持ってはいない自分の手のひらに、温もりのあるしっとりとした肌が触れてきたのだ。やわらかな手が重なって来た。その手を軽くつかむと、それに合わせるように彼女も力を入れてきた。更にしっかりつかむと、彼女はもっと力を入れて握り返してきた。嫌がるどころか、自分がそうするのを待っていてくれたかのようである。片手だけが空いている状態で上るよりは、両手を自由にしておいた方が滑らないように草をつかみやすい。しかし滑っても構いはしない、つかんだ手は決して離すまいと思い、そのまま上って行った。

途中まで行くと「まだ先なの？」と、急坂以外は何も見えないので自然に訊いていた。「もうすぐなんですよ。そこを上り切った所なんです」。息を切らしながら彼女は言う。上を見ても、こんな所に見る価値のある場所があるのか？　と思わせるような地形だ。しのぶちゃんがもうすぐだと言うので、彼女の手をあらためてしっかり握ると、足に力を込めて上を目指した。

前方が明るくなってくると、そこがてっぺんだった。三六〇度の視界が開けているではないか。見渡すと、山と呼ぶほどの所ではない。丘と呼ぶには高すぎるが、二つの中間という表現の方がいいようだ。前方のはるか下を見下ろすと、どす黒い色の水をたたえた沼が見えた。こんな所に沼があったのだ。しのぶちゃんが言ったとおりだった。ここなら観光客にはわからないはずだ。何故水がどす黒いのか近くに説明書きがないので理由はわからないが、おそらく何かの鉱物が含まれているのだろう。しかも、沼全体から湯気のようなものが立っている。ということは、下に湛えられているのは水ではなく湯なのだ。山で隔てられてはいるが、地獄谷と地下でつながっているのではないかと思われた。下に見える沼が心を引き付けたのは確かだが、横にピッタリと寄り添っているしのぶちゃんのことは更に気になっていた。坂を上る時は手を引っ張るだけだったが、手をつないだままここに並んで立つと、自然に腕が重なるようになっていたのだ。組むまでにはいたっていないが、その一歩手前のような体勢になっていた。彼女の体温が手だけではなく、腕にも感じられていた。上る時には幾分収まっていた胸の鼓動が再び音を立てている。このままの状態でいつまでも立っていたかったが、嫌がる仕草をするのではないかと、それが気になっていた。自分が緊張していることを悟られないようにしのぶちゃんの方は見ず、前の風景に目を向けて横の彼女に話しかけた。

「ここがしのぶちゃんが言ってた大湯沼なの？」

「そうですよ」

「この沼の湯は熱いんでしょ？」

「熱いですよ」

「手を入れたことはある？」

「ありませんけど、皆が言ってますから。ここのお湯を温泉街に引いてるんだそうです」

「どこにも下りて行く道はついてないけど、ここからはどうやって下へ行くの？」

「ここからは無理なんですよ」

「それじゃ下へ行くにはどうするの？」

「ここからは見えないですけど、山の向こうに道が付いているんです。そちらへ回らねばならないんです」

彼女は自分から離れようとはしなかった。寄り添ったままである。その様子に少しばかり心が安らいできたので、更に訊ねてみた。

「沼の向こう岸に白い煙を出している山があるけど、あれは何ていう山？」

「あの山ですか。日和山というんですよ」

「日和山？　聞いたことはないなあ」

「そんなに高い山じゃないですから、有名ではないんですよ」

「白い煙が出てるけど、あそこは火口なの？」

「そうなんです。日和山は活火山なんです」

「こんな近くに火口が見える山があったんだ。全然知らなかった。ここも地元の人しか知らないんでしょ？」

「そうみたいですよ」

「そうか、こんな秘密の場所があったんだ。しのぶちゃんはよく知ってるんだね」

「正看の人から教えてもらいました」

　確かに珍しかった。しかし白煙を上げる山とどす黒い沼が見えるだけで、他には何もないのだ。人さえ誰も来なかった。今ここにいるのは、自分たち二人だけである。地獄谷と同じで、一人でならまた来たいという気持ちにはさせそうもない場所だ。今はしのぶちゃんと腕を組んだようにして立っていられるのが心地よかった。肩に手を回したくてしかたがないのだが、それをするだけの勇気がなかったし、自信もなかった。断られそうな気がしてならないのだ。こんな誰もいない所で嫌な気持ちにさせてしまったら、帰りは気まずくなるに違いない。そのことを思うと、何も出来なかった。

　どんな場所なのかがわかり、訊ねることがなくなったので「帰ろうか」と顔を見て言うと、コクリと頷いた。振り向く時に、手を握り直すようにして彼女の腕に自分の腕を軽くからめてみた。そのくらいなら拒まれない感じがしたからだ。そのようにして上って来た所を戻ろうとすると、しのぶちゃんが「別の道もあるんですよ」と言うではないか。そう言われて周囲を見たが、どこにも道らしい所は見えない。

「別の道って、どこ？」

すると彼女は、林の方を指さした。

「あんな所に道があるの？」

「あるんです。細いですけど」

そう言ってにこにこしている。怪訝そうな顔をしたのは自分の方だった。道がついているなんて全く思えぬ所だ。でもそこにあるとしのぶちゃんは言っている。嫌がったら臆病な男に思われる気がした。ここは行くしかない。林の入口まで行くと、「本当にここは行けるの？」と再び訊いていた。「ちゃんと行けますよ。以前に正看の人と一緒に通ったんです」という明い言葉が返ってきた。見えているのは、人が一人ようやく通れるような細い道である。林の中へ通じている。しかし、これを行けばいったいどこへ出るのかと心配されるような道だ。それも問題だが、この細い道では、既に組んでいるようになっている腕を離さなければならなくなる。自分としては、このままの状態で歩ける広い道がよかった。マイナスになるようなことはしたくはない。しかし、女の子に誘われて行かぬのでは格好が付かない。ここは諦めるしかないようだ。

「それじゃ、行こう」

そう言うと、自分が先頭に立った。

入って行くと、途端に薄暗くなった。道幅は狭いし木の根があったりの山道である。腕を離したので、その分しのぶちゃんの手はしっかりと握って進んだ。確かに道は続いている。林の中へ入ってしまうと太陽が見えないので、東西南北の方向感覚を容易に失ってしまう。地獄谷の側の山の中を旅館街の方に向かって歩いているのだろうが、確かめる手段はなかった。しかも道は上ったり下ったりしている。しかし入ってしまった以上、もはや戻るわけには行かない。ただ行くだけだった。鬱蒼とした林の中であり、ヒグマが出て来てもおかしくないような雰囲気だ。息が切れるほどではないが、足が疲れる道である。女の子と二人で来るような所ではない。

「こんな所に他の看護婦さんと一緒に来たの?」。自然にそう訊ねていた。

「礼子さんが教えてくれたんです」

「礼子さんって、あの山崎礼子さん?」

「そうですよ。礼子さんも誰かに連れてきてもらったそうです」

「そういうことか」

「クマでも出てくるような雰囲気だね」

「クマなんか出て来ませんよ。聞いたことはないですから」。クマと自分が言うと可笑しくなったのであろう、彼女はクスッとした。

一人でなら通ろうとさえ思いはしないが、不安はあるものの、しのぶちゃんと一緒なのだ。今は強く手をつないでいる。しのぶちゃんも自分から離れまいとして、しっかりと握り返していた。林の中にはナナカマド、コシアブラ、ホオノキ、シラカンバ、ウダイカンバ等の木々が密生しており、人の姿は全く見えない。来るはずもないような所だ。デートの場所には全く向いてはいないがこんな所に男の自分を誘ったということは、しのぶちゃんはかなりの程度自分に心を開いてくれているような気がしてならなかった。

「本当にこの道でいいの？」と、二、三度振り返って訊いた。そう訊ねさせるくらいの道なのだ。しかし、その度に彼女は朗らかに返事をしてくれた。

「大丈夫ですよ」

周囲の薄暗さの中に、彼女の顔は対照的に明るい。その明るさが自分の心に、不安の中にも喜びを与えた。

歩きにくい中にも、話をしながら十五分前後も歩いたであろうか。漸く舗装道路に出た。旅館街のどのあたりなのか、その場所ではわからなかった。道は山の方へ向かっているようである。先へ行ったことはないが、上の方にも旅館があるのかもしれない。広い道に出たので、二人で並んで歩けるようになった。しのぶちゃんが自分の真横に来ると、腕は近づき先ほどのように自然に交差していた。林に入る前の体勢に戻れたのだ。再び彼女の体温が伝わって来ていた。

「ひどい道だったよ」。今度は彼女の顔を見て言った。

「ごめんなさい」。いたずらっぽく笑っている。

「何度も通ったことがあるの？」

「今日で二回目です」

「あんな道があるとは思わなかったなあ」

「地元の人しか知らないんですよ」

「そうだろうなあ。どこに連れて行かれるのかと思ったよ」

「わたしも初めて歩いた時にはそう思いました」

「暗いから、あそこは危ないいんじゃないかなあ」

「でも、いつもは誰も行きませんけど、犯罪が起こったことはないんですよ」

坂道を下って行くと、旅館と旅館の間に小さな公園があるのが目に入った。地元の人が一服する場所のようだ。花壇がありその側にはベンチが置かれている。花壇には菜の花がその黄色い花を沢山咲かせていた。地元の人が植えたのかも知れない。誰もいなかった。二人で中へ入って行き、菜の花の前で立ち止まった。沢山集まって咲き乱れている様は、まるで真っ黄色の絨毯のようだ。一つずつ見てみると、小さな花が集まって一つの花を形成しているではないか。今までは関心を持って見たことは一度もなかったが、この花の美しさに今初めて出会ったような気がしていた。

「きれいですね」。しのぶちゃんが嬉しそうに言った。

「僕は花はあまり見て来なかったけど、よく見ると菜の花もきれいだね」

「匂いもいいですよ」。そう言うとしのぶちゃんは近寄って身体を曲げ、鼻を近づけて匂いを嗅いだ。「春が来たなあという感じがしますよ」。嬉しそうにしている。自分も真似してみた。というより、花の匂いを嗅ぐふりをして彼女の顔に自分の顔を近付けたかったのだ。

今まで花の匂いをじっくり嗅ぐといったことは殆どなかったが、してみると、これが彼女の感じている春の匂いというものなのかな、と思った。こんなことをしてもいいのだろうかと思いながら側のベンチに座る素振りをして彼女の出方を窺うと、嫌がるような様子ではない。自分と並んで座ることに抵抗はなさそうである。腕を離さないようにしてゆっくりと腰を下ろすと、彼女も自分に合わせて静かに座った。腕が交差したまま座ると、今度は腕全体が触れる体勢となった。握り合ったまま一つとなった手は、二人の間のほんの僅かな隙間に置かれている。女の子とこんな形でベンチに座ったのは初めてである。林の中では収まりかけていた胸の鼓動が再び激しくなっていた。彼女に伝わるのではないかと思うと、またもや恥ずかしさがこみ上げてきたが、顔を横目にちらっと見ると明るい表情に変わりはなく、翳りの兆候は感じられなかった。前を見ると、太陽に照らし出された沢山の菜の花が黄色に輝いている。しのぶちゃんの身体の温もりが腕全体から伝わってくると、菜の花も温かみを帯びているような気がしてきた。この自分に、今、あのしのぶちゃんがぴったりと寄り添ってくれている。心臓の鼓動が少しばかり落ち着きを取り戻すようになって、静かに話しかけた。

「菜の花がこんなにきれいな花だったなんて、僕は初めて気が付いたよ」

「室蘭には多く咲かないいんですか？」

「どこにでも咲いてるよ。でもここみたいにまとまって咲いてはいないから、じっくり見たことはないいんだ」

「桜の木もどこにでもありますよ。桜もきれいじゃないですか」

「桜は木が大きいから目立つよ。あれがいっぺんに咲くと、花に関心があまり向かない僕だってきれいだなと思うよ」

「大学の側には桜が咲くんですか？」

「咲くけど、そんなに本数は多くないから。でもあれが咲くときれいだね。学生の中には花見をするのがいるよ」

「どういうふうにですか？」

「何てことはない、外でジンギスカンを食べながらビールを飲むだけさ」

「井上さんもしたことがあるんですか？」

「あるよ。友だちとね」

「花を見ながらジンギスカンを食べてビールを飲むなら、美味しいでしょうね」

「美味しいよ。でも、花はあまり見ないよ」

「どうしてですか？」

「始めるのは夕方からだから」

「夕方なら、少しくらいは見えるんじゃないですか？」

「見えるけど、見るのは初めだけ。あとは暗い中で食べて飲むだけさ。皆、花より団子なんだ」

「花は口実なんですね」

「そういうことさ」

ジンギスカンを食べながらビールを飲むとなると、楽しさが想像されるのだろう。しのぶちゃんはにこにこして話している。

「でも、賑やかで楽しそうですね」

「そりゃ楽しいよ。暗い中で肉の取り合いをしながら食べるんだ」

「明かりはつけないんですか？」

「明かりを持ってる男なんかいないから、月と星の明かりの下でするしかないよ。ローソクでもあればいいけど、それを持ってるのもいないしね」

「暗いなら肉が焼けてるのがわかりますか？」

「勘さ。見えなくても、勘だけで判断するよ」

「生肉を食べたらお腹を壊すんじゃないですか？」

「そうしても、不思議とお腹を壊す男はいないんだ。アルコールで消毒してるからかなあ」

「それが一番のアルコール消毒じゃないでしょうか」。そう言うと、しのぶちゃんは声に出して笑った。真横でそのかわいい笑顔を見ていると、思わず抱きしめたくなる。しかし、自分には出来っこないことだ。

「看護婦さんたちは外でジンギスカンなんかしないの？」

「しませんよ。男の人たちとは違いますから」

「男は店でよく飲むけど、外で飲むのも好きだよ」

「いつも楽しそうですね。井上さんは勉強ばかりしてますから、そんなことはしないのかと思ってました」

「最近はあまりしないけど、大学に入りたての頃はよくしてたよ」

「買い物するお店は近いんですか？」

「すぐ側に生協が二軒あるから、買い物は簡単さ。食堂もけっこうあるし、ビリヤードもあるよ」

「町なんですね」

「大きめのアパートもけっこうあるし、少し歩けば牧場もあるよ」

「牧場もあるんですか。見てみたいです」

「見に来てみる？」。自分の所にしのぶちゃんが来るはずなんてないので、気軽に言っていた。

ところが「行ってみたいです」という返事がすぐ返って来るではないか。顔を見ても、ふざけて言っている様子ではない。それを聞いても、まさかという気持ちが先に立っていた。本当のこととは思われなかった。

「でも休みはあまりないんでしょ」

「日曜日の休みは多くはないですよ。でも、一月に一回くらいは取れますから」

「次の休みは何日？」

「五月は第四日曜日です」

「何日だったかなあ？」

「確か、二十三日だったと思いますよ」

「その頃なら今よりかなり暖かくなってるよ。その日に来てみる？」。今、しのぶちゃんが言ったことは本心とは思えなかったので、再び軽く言ってみたのだ。

「行ってみたいです。井上さんのギターも聴きたいですし」と、また同じことを言った。来てくれるというのは本当なのだ。ギターを聴きたいとも言ってくれた。しかし、まだ心のどこかに疑う心が僅かながら残っていた。

「それじゃ練習をしないとね」

「聴かせてもらうのが楽しみです」

「あまり期待されても困るよ」

「どういうふうに行けばいいんですか?」。今度は、具体的な行き方をしのぶちゃんは訊いてきた。自分の所に来るというのは間違いではないのだ。

「バスなら東室蘭のバスセンターまで来てくれれば、そこまで僕が迎えに行くよ。汽車なら鈍行で鷲別駅で降りるんだ。駅で待ってるから」

「時間を調べて、どっちかにします」

「決まったら教えてね」

その日、しのぶちゃんと別れてバスに乗り込んだのは、夕方の四時半頃だった。一ヶ月後には室蘭に来てくれるという。そんなことはあるはずがないと思っていたことが実現することになったのだ。その日のことを想像するだけで胸が弾んだ。

五月末なら今よりかなり暖かくなるので、天候にもよるが、夏に近い服装で来るに違いない。スタイルの良いしのぶちゃんだから、薄い服なら体型がそのまま出てくるはずだ。何を着ても似合う感じがするが、スラリと伸びた手足がそのまま見える姿もいいに違いない。学生街を普通歩いているのは殆どが男だし、そんな中に僅かばかりが彼女を連れて腕を組みながら歩いていることがある。注目を浴びるのはその女の子だ。かわいい子ならば特にである。あのしのぶちゃんとこの自分が手をつなぎながら歩くとなると、知った男たちがどう思うであろうか。女の子に関しては今まで噂さえ全くなかった男が、こともあろうに、容貌とスタイルを兼ね備えた十八歳の女の子を連れて歩くことになるのだ。

自分がどんな顔をして歩けばいいのか、それが先ずは問題だ。彼女を連れて歩いている男たちは、これは俺の女だ、俺はお前達のようなもてない男とは違うんだぞ、といったような自信に満ちた顔つきで歩いているのが普通だ。しかし自分には、とても真似が出来そうにはない。妨害をされることはないだろうが、多くの学生から注目されるとなると、嬉しくはあると思うものの、逆に恥ずかしさを覚えるような気がしてならなかった。自分の住んでいるアパートに連れて来て大家のおばさんに見つかり顔を合わせるようなことにでもなれば、にやにやしながら後から何かを言われるはずだ。その時に何と言えばいいのか、考えるだけで顔が火照った。ギターを聴きたいと言ったということは自分の部屋に来るということであろう。四畳半の部屋には、机もあれば本箱も小さな箪笥もある。そこにしのぶちゃんが来れば、今のようにくっつかんばかりになってしまう。その様子を想像した。

ならばその時のために、一番高価なコーヒーと紅茶を用意しておこうと思った。お菓子も準備しておいた方がいいはずだ。四畳半の部屋でギターを弾くとかなり音が響く。その響きのお陰で、少々の間違いは帳消しにされる可能性が高い。一番良いと思われる場所で自分の演奏を披露できそうだ。弾き終わった自分に、彼女が手をたたいて喜ぶ姿が瞼に浮かんできた。部屋でのひと時がすんだら、大学の少し奥の方にある牧場まで散歩をしてみよう。その後は外へ食事に行くのがいいはずだ。学生がいない所へ行こう。邪魔しそうな連中がいない所にしなければばならない。バスに乗って中島町まで行けば美味しそうな店がある。あそこからなら東室蘭駅まで散歩がてら歩いて行けるではないか。美味しい食事をした後に、話をしながら歩くのにはちょうどいい距離に思われた。駅で彼女を見送ろう。その時に次に会う日の約束が出来るかもしれない。

帰りのバスの中では、乗っている間中想像を膨らませた。これは夢ではないかと思い、今までは頬だったが、今度は手の甲をつねってみた。当たり前の痛さだ。彼女が自分の所に来てくれるのは紛れもない現実なのだ。外は次第に暗くなって行くが、自分の心はそれに逆行するように明るさを増して行った。

二十

ゴールデンウィークはゆったりと過ごす学生が殆どだが、自分はどこへも行かなかった。毎日大学との往復である。教授も連休を休もうという気さえなかった。そんな姿勢の教授について学べることは、学生として幸福なことだ。先生からは一つでも多くのことを学ぼうと思っていた。

こどもの日の夜だった。六時半頃に夕食を終え、七時にはいつものように机に向かった。一時間ほど経った頃である。下から大家のおばさんの「井上さんお電話ですよ！」という大きな声が聞こえてきた。普段はそれほど大きく呼ばないが、今日は二階にいる十人の学生全員に聞こえるほどだ。

大家と学生との不文の約束で、男からの電話なら当たり前に〝電話〟なのだが、女からだと〝お電話〟と呼ぶことになっている。今までお電話は母親からだけだったので今日もそうだろうと思い階段を下りて行くと、おばさんがにこにこしながら上り口に立っていた。意味あり気な顔である。どうしてそんな顔をしているのかと不思議に思ったが、間近で顔を合わせると、「彼女からですよ」と言うではないか。そのように言う表情はにこにこではなく、既ににやにやになっていた。彼女と言われて、誰かな？　と思った。自分に夜電話をかけてくれる可能性がある女の子といったら、しのぶちゃんくらいだ。唐島さんの容体に変化があったら教えてくれるように言ってはおいたが、その時から今日まで電話があったことは一度もない。それはそれで結構なことだ。十日ほど前に会った時には、急に悪くなるような状態には見えなかった。ならば誰なのだろう？ と思った。しかし、彼女以外には考えられない。何かあったのかなと思い、茶の間に入り受話器を取り上げた。

「もしもし、井上ですが」

誰の声が聞こえて来るのか、それが一番の問題である。

「今晩は、しのぶです」

やはりしのぶちゃんだった。嬉しくはあるが、側でおばさんとおじさんが聞いているのだ。二人の前では話しにくかった。揃って今こちらを見ている。おばさんだけではなく、おじさんも彼女だと頭から思い込んでいるようだ。何を話すのかと、興味津々のようである。しかし、どうしようもない。ここで変な応対をしたら、しのぶちゃんの気持ちを遠ざける可能性が出てくる。当たり前に話すしかないようだ。

「ああ、しのぶちゃん、今日は休みじゃなかったの？」

「今日は仕事だったんです。夜分に申し訳ありません。でも、唐島さんが急に容体が悪くなったもんですから、井上さんには早く知らせようと思ったんです」

「唐島さんが？ 先日会った時には少し悪いかなとは思ったけどそれほどではない感じだった

し、何かあったの?」

「理由は先生もわからないそうですけど、急に高熱が出て食べることが難しくなって来たんです。今日集中治療室に移されました」

「集中治療室に! そんなに悪いの!?」。集中治療室と聞くと、無意識の内に声が大きくなっていた。そこに移されたとなると、ただごとではない。

「そうなんです。ご両親だけではなく、お姉さんも弟さんも既に来てるんです」

「親や姉弟も来てるって! そんなにひどいの!」。声は更に大きくなっていた。親だけではなくお姉さん弟さんも来ているということなら、尋常な状態ではないはずだ。

「そうなんです。先生が言ってることを聞いてると、どうも先がよくわからないみたいなんです」

「先がよくわからないって、どういうこと?」

「先生はハッキリとは言いませんが、明るくはないみたいなんです」

「そういうことなんだね。わかった。とにかく明日すぐに行くよ」

「来て下さい。早めがいいと思います」

「教えてくれてありがとう。それじゃ明日ね」

「はい、お待ちしてます」

そこで電話を切った。初め、おじさんとおばさんはにやにやして聞いていたが、自分が怒鳴るように大きな声で話し出すと、ただごとではないことがわかったのであろう。いつの間にか好奇心に満ちたその表情は消えていた。受話器を置くと、「何かあったの？」とおじさんが訊いてきた。

「一緒に入院してた患者が、今日集中治療室に運ばれたんです」

「そうなのか。それは危ないなあ」

「明日すぐに行きます」

「授業はないの？」

「ありますけど、それは何とかなりますから」

おばさんも続いた。

「今の女の人は看護婦さん？」

「そうです。何かあったら教えてくれるように頼んでおいたんです」

「そういうことだったのね。明日は早く行くの？」

「親や姉弟も来てるといいますからかなり深刻なようなので、起きたらすぐに行きます」

「一緒に入院してた人なら心配でしょう。早く行ってあげることね」

しのぶちゃんに頼んでおいたことが現実となってしまったのだ。唐島さんの状態を想像すると不安が増幅してくる。とにかく明日の朝起きたら、出来るだけ早めに行こうとは思った。教授には電話で事情を報告せねばならない。

翌日起床したのは六時だった。いつもより床につくのを早めたのだ。登別の病院に着いたのは十時頃だった。早速詰め所へ行くと、しのぶちゃんがすぐに出て来た。

「唐島さんはいったいどうなってしまったの？」

「昨日話したとおりなんです。急変したんです」。顔を見るといつもの明るさはなく、不安そうな表情が漂っていた。

「親や姉弟も来てるって？」

「はい、ご両親とお姉さんと弟さんです」

「昨日急に皆来たの？」

「はい。でも、お父さんとお姉さん、弟さんは仕事があるので、今朝早くに札幌へ帰りました」

「それじゃ、そんなにひどくはないってこと？」

「今すぐどうかなるということではないみたいです。でも、予断は許されないみたいですよ」

「集中治療室なら、入れるのは家族だけ？」

「そうは決まってません。家族の方が許可してくだされればいいんです」

「僕じゃダメかな？」

「井上さんは家族に会ったことがありませんね？」

「会ったことはないよ。やっぱりダメかなあ？」

「訊いてきましょうか?」

「それが出来るようなら、してみて」

「いいですよ」

そう言い残すと、しのぶちゃんは集中治療室の方へ歩いて行った。ものの二〜三分も経ったであろうか。すぐに帰って来た。

「許可が出ましたよ。お母さんがすぐに承諾してくれました」

「よかった。話をしたいんだ。出来るんでしょ?」

「できるとは思いますよ。でも、無理はしないでくださいね」

「うん、わかった」。しのぶちゃんが集中治療室に案内してくれるという。

中へ入ってみると、四人の患者がそれぞれのベッドに横たわっていた。唐島さんがどの人かは、その位置からではわかるものではない。初老の女性が一人椅子に座っていた。その女性の所に、しのぶちゃんは自分を連れて行った。簡単に紹介してくれる。女性が立ち上がって自分に頭を下げた。

「誠二の母です。あなたのことは聞いていました。ご遠方からお見舞いに来ていただいて、ありがとうございます」

小さな声だった。四人の患者はどの人も重病なのであろう。室内は静寂そのもので、大きな声を出せるような雰囲気ではない。自分も小さな声で応じていた。

「井上です。昨日連絡を受けましたので、急いでやって来ました」

「どうぞ誠二に会ってあげてください」

顔には酸素マスクが取り付けられており、肌には艶がそれほどありはしなかった。身体には管が沢山付けられ、声をかけるのさえ遠慮したくなるような姿だ。側により、顔をのぞき込んだ。呼びかけない方がいいだろうと頭ではわかっているのだが、いつの間にか無意識の内に声が出ていた。

「唐島さん」

小さな声なので聞こえないだろうと思ったのだが、少し顔が動き表情が変わったので見ていると、うっすらと目を開けた。こちらを見ている。

「お　お、い　の　う　え　く　ん　か…………」

酸素マスクを付けたままなのでハッキリした言葉ではなかったが、確かにそう聞こえた。弱々しい声ではあるが、嬉しそうに語りかけてきた。そう一言発すると、疲れたように瞼を閉じた。たった十日余りで、こんなに弱ってしまっていたのだ。涙がこみ上げてきた。なんとかこらえじっと見ていると、再び目を僅かに開けた。

「お　れ　は　も　う、ダ　メ　み　た　い　だ…………い　の　う　え　く　ん　は…………お　れ　の　ぶ　ん　ま　で　生　き　て　く　れ」

こんな弱々しい言葉を口に出す唐島さんは初めてである。そんなことは聞きたくなかった。

何とか元気になってほしいのだ。

「外は桜が満開ですよ。だんだん気候は良くなって行きますから、身体も調子が出て来ますよ。今しばらくの辛抱です」

そう声をかけたが、目をかすかに開けただけで、再び閉じてしまった。

「唐島さんに教わったおかげで、僕の方は順調です。専門だけではなく、文系の方も学んでます。元気になってまた教えて下さい」

すると再び目をかすかに開け、自分の方を見た。

「お し え る こ と は も う な い よ。…………い の う え く ん は …………お れ な ん か よ り も…………は る か に は る か に …………う え へ 行 く よ」

弱くはあるが、絞り出すような声だ。

「見ていて欲しいんです。唐島さんが側にいてくれるだけで僕はいいんです。これからはしょっちゅう来ますから、元気にしていて下さい」

今度は目を閉じたままである。しかし、まだ何か言いたそうだ。

「お れ の と こ ろ に は …………来 な く て い い ん だ …………い の う え く ん は …………きょ う じゅ か ら…………す こ し で も お お く…………ま な ぶ こ と だ」

最後の方は消え入るようなか細い声である。しかし、この井上健三に言っておきたいという、強い気持ちが感じられた。目を開けるのも少し長く話をするのも辛いようだ。様子を見ているると、これ以上話をさせるならば、本人の身体がもたないような気がして来た。長くここにいてはいけないようである。「また来ますよ」と言うと、目は開けなかったが、軽く頷くような素振りを見せた。その様子を見てから、静かに出口の方へ向かった。

後ろから母親がついて来ている。見送りをしてくれるようだ。廊下に出て挨拶をしようとすると、それを遮るように話しかけてきた。

「井上さんのことは誠二がよく話してました。まだ二十一歳なのに非常に優秀だとですね。将来が楽しみな人だとも言ってましたよ」

「そんなことを唐島さんが言ってくれたんですか。嬉しいですけど、僕はそこまで行ってはおりません。僕が真剣に学びだしたのは最近ですから。それよりも、唐島さんからは沢山のことを教わりました。唐島さんにはてんでかないません」

「誠二が言ってたのは、あなたの姿勢でした。いろんなことに興味を見せる、とですね。わからないことは恥を省みないで学ぼうとする、その姿勢がいいんだと言ってましたよ」

「でも、唐島さんの視野の広さにはとてもかないません。唐島さんは沢山の分野に関心を持っています。しかも、思慮がとても深いです」

「誠二も、あなたのような友達を持てて幸せだと思います」

「友達だなんて、滅相もありません。僕は唐島さんの友達になれるような男ではありません。唐島さんは僕の大先輩ですし、先生です」

「そう思っていただいていたんですね。誠二はあなたと会えて良かったんです」

「会えて良かったのは僕の方です。唐島さんに会えていなかったら、今の自分はありませんから」

「そう言っていただくと、私も嬉しいです。誠二がいつどうなるかわかりませんが、最後まで一緒にいてあげてください」

「喜んでそうさせていただきます。お願いしたいのは僕の方です。明後日はまた来ます」

「そうですか、ありがとうございます。気をつけてお帰り下さい」

挨拶を済ませてからエレベーターの方へ向かった。しのぶちゃんがついて来る。

「唐島さんが急変したことには、何か心当たりはある？」

「生活は前のままでしたですから、どうして急にああなってしまったのか、先生もさっぱりわからないそうです」

「先生がわからないなら、僕たちにわかるはずがないよね」

「井上さんには、唐島さんから何か連絡がありましたか？」

「三月に退院してから今までに何回かここに来てたから、何もないよ。でも急変したという知らせをしのぶちゃんから聞いた時には、本当に驚いたよ」

「電話をしなかった方がよかったですか？」

「いいや、してくれてよかったよ。あんなにひどい状態になってるんだからね」

「今日は授業はなかったんですか？」

「あったよ。でも、それは何とでもなるから」

「井上さんは優秀ですから、一度や二度欠席しても何も影響はないんですね」

「唐島さんの病気が悪化してるんだから、僕も大学の方は少しくらい犠牲にするよ」

「でも、先ほど集中治療室の中で唐島さんは、自分の見舞いには来なくていい、教授から少しでも多く習うように、と言ってましたよ」

「僕は唐島さんのあの姿勢に惹かれたんだと思うよ。病気があんなに悪化してても、自分のことより僕の生きる道の方を優先させようとするでしょう。僕にああいうふうに言ったということは、自分もそんな姿勢で生きてきたからだと思うよ。唐島さんの真剣に生きる姿は去年入院してた時に僕は目の前で見ていたから。あれは簡単に出てくるもんじゃないよ」

「井上さんは、今は唐島さんと同じようにしてるんですね」

「それが出来るようになったのは、唐島さんのおかげさ」

　しのぶちゃんはエレベーターまでついてきてくれ、今までと同じように胸の前で手を振り見送ってくれた。本人の顔を目の前にすると、今月末に彼女が室蘭に来ると先日言ってくれたことを思い出しそのことを話したくてどうしようもなくなるのだが、そのことに関してはひとことも口には出さなかった。いや、出すことが出来なかったと言った方がいい。嬉しくてたまらないのだが、状況が状況なのである。ここしばらくは脇に置くべきだと思った。

八日の土曜日は昼まで大学で過ごし、それから病院へ向かった。到着したのは四時半頃である。夕食の時だったので、しばらく談話室の中で持ってきた本を読んでいた。しばらくすると看護婦達が詰め所に戻って来た気配がしたので行ってみると、今日もしのぶちゃんが出て来て、自分が集中治療室まで案内するという。久子とひとみちゃんがこちらを見ている。しかしそうされても、以前ほど気にはならなくなっていた。

入って行くと唐島さんの側にいるのは、二日前と同じで母親だけだった。泊まりがけで付き添っているようだ。軽く挨拶をしてから目をつぶっている本人に声をかけてみたが、反応はなかった。眠っているようである。母親と話をすると、今日は朝からそうしている時間が多いのだという。三十分ほど待っても目を覚まさないようなら、期待しても無理ということであろう。その時はそのまま帰ろうと思った。悪化しているのだから仕方がないことだ。集中治療室には家族以外は長くいられないようなので、再び談話室で過ごすことにした。母親には、唐島さんが目を覚ましたなら教えてくれるように頼んだ。しのぶちゃんは学校があるので、これからそちらへ行くという。

再び本を読もうと思ったが、唐島さんが書いた原稿が何故かしら気になっていた。まだ病室の棚に、そのまま置かれているような気がしてならなかった。あれだけ心を込めて書いた小説なのだ。誰からも手に取ってさえもらえないというのならば、淋しい限りであろう。行ってみることにした。

病室に入って行くと、案の定棚に置かれたままである。乱れておらず、きれいに重ねられていた。急いで下ろすと、早速談話室に持って行くことにした。無断ではあるが、これくらいなら後から説明すればわかってくれるはずである。手に持って廊下を歩いていると、二月に手にした時より、少しではあるが厚みが増しているような気がしてならなかった。しかし、気のせいだろうと思った。あの状態では書けるはずがないからだ。

椅子に腰を下ろし原稿を目の前に置くと、〈明けがらす〉というタイトルが目に入ってきた。以前と変わってはいない。二月に入院した時には病院の図書館で国語辞典を探したがなかったので、あの時はアパートに帰って、自分が持っている『広辞苑』でその意味を調べた。〝夜明けがたに鳴く烏、また、その声〟となっていた。このようなタイトルを付けたのは、精神的に長く暗い生活を余儀なくされた主人公が漸くそれを脱して、明るい展望が開けてきたことを書こうとしたからであるに違いない。その多くが、唐島さん自身のことである感じがしていた。

一ページ目を開くと、前に読んだとおりの文章だ。しかし、どうも気になった。ほんの僅かではあるが、厚くなっているような気がしてならないのである。最後のページを確かめることにした。見てみると、二〇九となっているではないか。二月に借りて読んだ時には二〇三ページで終わっていた。六ページ増えている。筆跡を調べてみることにした。唐島さんの字に間違いはないが、二〇三ページの途中から若干ではあるが違っているのに気が付いた。次のページは同じだが、その次に行くと、また少し変化があった。その先をめくってみた。そこにも本来の唐島さんのものではない字が書かれていた。力がそれほど入っていないのもあれば、しっかりと書かれた字もある。寝てばかりいると思っていたが、三月に自分が退院してから、機会を見つけて原稿を書き続けていたのだ。おそらく気分の良い日が何日かあったのだろう。医者や看護婦には気付かれないようにしていたようである。

筆跡の変化を詳細に調べてみると、四回に分けて書かれていることがわかった。この作品によほど心を込めていたことがわかる。あの状態になっても書こうとしていたのだから、その精神の立っている次元は自分よりはるかにはるかに上なのだ。あらためて頭が下がる思いがした。それだけの心を込めた作品なのだから、三回目にはなるが、もう一度初めから読んでみようという気持ちがわいてきた。ページを進めて行くと、唐島さんの姿が自然に胸に浮かんで来る。自分に向かって言ってくれた言葉も思い出された。心は自ずと引きずり込まれて行くのだが、その時ふと、もしもこのまま唐島さんが帰らぬ人となってしまったならば追加した部分を読まないでしまうかもしれない、という思いがわいてきた。あの重病にも拘らず書き続けたということは、よほど書きたいことがあったのだと理解していいはずだ。その思いが出てくると、無意識のうちに追加した部分を開いていた。

七枚をゆっくりと読んだ。内容は、主人公上条竜也に寄り添う山田朋美という女性のことが主である。第三作目が新人賞を受賞すると、それを聞きつけた彼女がお祝いのケーキとブランド品のネクタイを持って来てくれる。嬉しくなった主人公は、お礼に彼女を高級レストランに誘うのだ。まとまった懸賞金が手に入ったからである。主人公は自分が持っている中の一番良いスーツを身につけて行き、彼女は最高のおしゃれをして来る。よほどその夜の彼女が美しかったのだろう。表情も衣装も細かく描写されている。

そこで終わっていた。病気がひどくなってきて、それ以上書けなくなったのであろう。読んでみて唐島さんがその先に書きたかったのは、主人公が作家として更に認められるようになった時には彼女にプロポーズをしよう、ということではなかっただろうかと思った。

苦しい中にもこの内容を書いたことからして、唐島さんには愛する女性が実際にいるのだ。知り合いみたいな女の人が見舞いに来たことがあるとしのぶちゃんが三月に言っていたが、彼女が教えてくれたその女性の姿形が小説の中の山田朋美に似ているので、おそらくその女の人であろう。唐島さんにとっては大切な女性なのだ。容体が急変しても、彼女に知らせる人はいないに違いない。彼女の存在自体を誰も知らないのであろう。唐島さんが愛したのだから、どんな女性なのか会ってみたかった。

一時間ほど経ったので詰め所へ行って許可を貰うと、原稿を元の棚に戻してから集中治療室へ行ってみた。先ほどと何も変化がないと母親は言った。二日前は話が出来たのに、今日は出来ずじまいだ。また少し弱ったように思われ、後ろ髪を引かれるような気持ちだが、その日はそのまま帰ることにした。今度来る時にはしのぶちゃんに電話をし、状態を確認してから来ようと思った。

次の日の日曜日は朝から夕方まで、みっちりと大学で過ごした。あの状態では、唐島さんはいつどうなるかわかるものではない。連絡があればすぐ行けるようにしておかねばならない。ならば時間が取れるときに、出来るだけのことをしておくことだ。

寝床に就くのは、毎日夜中の二時である。床に就いてからどのくらいの時間が経って深い眠りに入るのか自分では全くわからないが、気がついた時には朝というのが常日頃だった。その日もいつものとおりに布団に入った。

時間がどのくらい経ったのであろうか。自分を呼ぶ声がどこからともなく聞こえていた。誰かが呼んでいるなあとは思うのだが、それほど気にはならなかった。しかし、その声が次第に大きくなって来るではないか。声だけではない。他の音も聞こえてきた。それも次第に大きくなって来る。

その時、自分の部屋の戸を叩くドンドンという音がハッキリ聞こえた。目が覚めたのはその時である。よく聞くと、自分の名前を呼んでいるのは大家のおばさんだ。「井上さん！　お電話ですよ！」。強い調子で言っている。

すぐに起きてドアを開けた。見るとおばさんが、何か心配事でもあるかのような暗い顔でそこに立っていた。真剣な眼差しだ。「井上さん、お電話ですよ」。自分の顔を見るとまたもやそう言ったが、お電話を知らせるような雰囲気ではない。腕時計を見ると七時二分を指している。電話がある時には普通なら下から大きな声で呼ぶだけだが、朝七時だと殆どの学生がまだ眠っているので、遠慮してわざわざ上まで知らせに来てくれたに違いない。朝七時にお電話が来るとは、ただごとではないはずだ。しのぶちゃんの顔がすぐに浮かんできた。唐島さんに何かがあったのだ。下の茶の間の電話に届くまでに、既に寝ぼけからは覚めていた。急いで受話器を取った。

「もしもし、井上ですが」

「おはようございます」。やはり彼女だった。

「どうしたの？」

「朝早くから申し訳ありません」。それはいいのだ。早く次の言葉を聞きたかった。

「唐島さんが危篤状態に入ったんです」。動揺したような言葉である。一番聞きたくないことを聞かされたのだ。

「危篤だって！　今はどんな状態？」

「先生がお母さんに、家族を早めに呼ぶように言ったんだそうです」

「何時頃から急変したの？」

「よくはわかりませんが、ひとみちゃんから寮の方に連絡があったんです」

「ということは、しのぶちゃんは今寮から電話をしてくれてるの？」

「そうなんです。今日の夜勤はひとみちゃんだったんです。朝六時前に教えてくれたんですよ。井上さんには早く知らせようと思ったんですけど、六時じゃまだ早いと思って、七時まで待ってました」

「そうか、わかった。僕も準備してすぐ行くよ。教えてくれてありがとう」

「早く来て下さいね」

受話器を置くと、大家の茶の間の壁に張ってある時刻表の前へ急いだ。見ると七時五十五分に東室蘭を発つ苫小牧行きの鈍行がある。ちょうどいいバスがあればいいが、なくても鷲別駅までなら急ぎ足で行けば間に合う時間だ。おじさん、おばさんに事情を告げ、急いで二階に行き準備に取りかかった。


登別駅ではバスを少し待ったが、九時半前には病院に着いた。早速二階の詰め所に行くと、しのぶちゃんがすぐに出て来た。今日は笑顔がない。他の看護婦を見ても、皆そうだった。一人の青年の命が今危うい状態になっているのだ。どの人の顔にも明るさがなかった。

「どう、容体は？」

「あまり良くはないんです」

顔には翳りがあった。伏し目がちである。よほど気になっているのだ。

「いつ頃から急変したの？」

「詳しくはわかりませんけど、夜中からみたいですよ」

「家族は？」

「皆さん既に入ってます」

「お姉さんも弟さんも来てるんでしょ？」

「みなさん一緒ですよ」

「医者は何て言ってるの？」

「直接聞いたわけじゃないですけど、ご家族に言ったことは、いつどうなってもおかしくない、ということだったそうです」

嫌な胸騒ぎがした。

「僕は入れないの？」

「皆さん今は動揺してるようですから。でも、訊いてみますね」

そう言うと、しのぶちゃんは集中治療室の方へ小走りに向かって行った。待っていると、すぐに帰ってきた。

「許可が出ましたよ」

それを聞くと急いで向かったが、室に入る時にはゆっくりと戸を開いた。音を立ててはいけないと思ったからだ。

中にはベッドの両脇に医者と婦長がおり、それ以外は、母親と六十歳前後かと思われる男の人、それに三十歳くらいに見える女性、自分より数歳年上であろうと思われる男の人の、合わせて六人がいた。感じからして初めて会う三人は、お父さんとお姉さん、それに弟さんのようである。モニターの画面には何かの波動を示しているような折れ線が見えている。医者が唐島さんの側で、腰を曲げて何かをしているのが見えた。何をしているのか、自分の立っている所からではよくわからなかった。

後方に立ち静かに見ていると、数分経った頃であろうか。ピピピ！　ピピピ！　というけたたましい音が室中に響き始めた。モニターから出ているのだ。鳴り止むような気配はない。何かの警告を発するような音だ。これだけの音量なら廊下まで聞こえているに違いない。何かが起こったのだ。重大な何かが。途端に全身に緊張が走った。

医者の動きが速くなった。首の辺りを触りながら機械の方を見ている。医者がそちらに目を向けたので自分も見てみると、先ほどまで見えていた波の形はなくなり、今は横に真っ直ぐの線が一本見えるだけだった。医者は聴診器を唐島さんの胸に当てた。心臓の鼓動を確かめているのだろう。しばらくそうしていると、おもむろにご両親の方に向かって言った。

「只今、心拍が停止している状態です」

その言葉を聞くと四人は更に真剣な様子となり、自分も身体が強ばりを増した。医者は聴診器を再び唐島さんの胸に当てた。今度はそれほど時間をかけなかった。身体を顔の方に少し動かし、ポケットから懐中電灯を取り出すと、唐島さんの目を左手の指で開いて右手に持ってい た電気の光をそのまま当て、じっと見ている。同じようなことを自分も眼科医院でされたことがある。まぶしくて何も見えるものではない。そうされている唐島さんも同じような心境だろうと思った。医者は懐中電灯を左に軽く移動すると、次には右に動かした。それを二〜三回繰り返すと目を静かに閉じ、ご両親に向かって深々と頭を下げ静かに言った。

「お気の毒なことですが、ご臨終でございます」

婦長も同じように深く頭を下げた。医者は腕時計を見た。

「九時五十分とさせていただきます。難病でご本人は苦しかったと思いますが、よく頑張られました」

聞いていて、自分の耳を疑った。ご臨終ということは死んだということなはずだ。しかし、前の方に見えている唐島さんが死んでしまったとはとても思えなかった。

医者の言葉を聞くと、お母さんが「ううっ」と唸るように声を出し、すすり泣き始めた。その音が次第に大きくなって行く。お父さんもお姉さんも弟さんも嗚咽を漏らし出した。

お母さんが唐島さんの頭の方に動くと中腰になり、酸素マスクを付けたままの顔を両手で抱きかかえるようにすると、自分の頬を顔に付けた。

「誠二!」

絞り出すような声だ。

「母さんが悪かったんだよ！　許してちょうだい！」

涙声が続いた。

「母さんがお前の病気に早く気が付いていれば、こんなことにはならなかったんだよね。母さんが悪かったんだ。許してちょうだい！　誠二！　許してちょうだい！」

泣きじゃくりながら、今度はわめくように言った。唐島さんの病気に、お母さんはよほど責任を感じていたのだ。

お姉さんは「誠ちゃん」と何度も繰り返し、弟さんも「兄ちゃん」と呼び続けた。お父さんは「誠二」と一言発すると、大粒の涙を流し下を向いたままである。

唐島さんが死んでしまったことが、二度と目を覚まさないことが、もう決して自分に語りかけてくれぬことが、次第次第に伝わって来た。唐島さんの言動が甦ってきた。言葉だけではなく、行動を通しても、かけがえがないことをこの自分に教えてくれたのだ。その大切な人が、この世から姿形を失う身となってしまったのだ。そのことが心にしみ込んで来ると、涙が自然に溢れ出して来た。四人の後ろから唐島さんを見ているが、次第に見えにくくなって行く。側に寄りたいのだが、自分の立場ではそれが出来るものではない。いつの間にか、前に広がっているる様子が殆どわからなくなるくらいになってきていた。ハンカチは乾いた部分がないくらいになっている。しかし四人が今どうしているかは、音でかすかながらわかった。

泣き声がどれほど続いたであろうか。時間とともに次第に止んでいった。それに伴うように、自分の涙も薄れてきていた。何をするのかと見ていると、その時初めて、父親が、後ろに自分がいることに気が付いたようだった。すぐに母親の方に顔を向け一言小さな声で何かを言った。母親がこちらに顔を向ける。目が合うと、お姉さんも弟さんもそれに続いた。四人がこちらを見ている。はるか年上の人四人に見られると、自然に目を下に向けていた。おずおずと目を上げると、父親がお姉さんと弟さんに脇へ動くように身振りで促している。唐島さんの身体の隠れていた部分が見えてきた。すると自分に向かい、「どうぞ」と言うではないか。唐島さんの側に寄っていいと言ってくれているのだ。まだ残っている涙を拭いながら、言われるままにそちらへ動き脇に立ち、じっとその顔を見つめた。穏やかな顔をしている。死んだとはとても思えなかった。掛け布団の中に手を入れ、唐島さんの手をしっかり握った。温かな手である。小さな声で名前を呼んだ。

「唐島さん」

しかし返事はなかった。もう一度声をかけてみた。

「唐島さん」

たったの一言でいい、この自分に声をかけてほしいのだ。特別な言葉は要りはせぬ、「よく来たな」というその一声だけでよかった。しかし、反応は全くなかった。もう苦しまなくてもいい境遇となり、落ち着いているのかもしれない。そのまま深々とお辞儀をした。「ありがとうございました」という言葉が自然に口から出て来ていた。大粒の涙が再び流れ落ちて来た。唐島さんの顔がまたもや見えにくくなって行く。側から母親のであろう、嗚咽の音がまた聞こえ出した。

どのくらいそうしていたであろう。婦長の「それでは、これから身体をきれいにさせていただきます」と言う声が聞こえてきた。身体全体を清潔なタオルで拭くのであろう。その言葉を耳にすると、そこにいつまでもじっとしてはいけないと思い、後ずさりして離れた。涙を服の袖で拭きながら四人を見ると、その場にいてはいけないと思ったのであろう、外に出る仕草を示した。自分もそれに続くことにした。

唐島さんは霊安室に移されることになった。聞けば、霊柩車が札幌から来るのだという。三時間ほどはかかるはずだ。時計を見ると、既に十一時近くになっている。朝から何も食べてはいないのだ。空腹は頂点に達していた。霊柩車が届くまでには充分時間があるのだ。その間を利用して昼食をとろうと思った。病院の側には食堂がないので、温泉街まで行かなければならない。

病院に帰ってきたのは十二時半近かった。霊安室の前の廊下の椅子に座りながら、唐島さんの生き様を振り返っていた。

三月に自分が退院してから四回にわたって原稿を書き続けていたが、確かにそのことが病気の悪化を早めたかもしれないとは思った。書くにはその前に構想を練らねばならないはずだ。それにも神経を遣ったに違いない。そのことも命を縮めることにつながった可能性はある。何もしなかったなら、もう少し長く生きられたかもしれない。自分としてはそうあって欲しかった。しかし、唐島さん自身の立場からするとどうだったろうか？　と考えた。何もしないで、ただ生きているような生き方を唐島さんが望んだろうか？　そう問いを発すると、答えは〝ノー〟ということになってしまう。あのような状態になって、死を一番意識していたのは唐島さん自身であるはずだ。医者から止められている原稿書きを続けたのは、死が早まるかもしれないことを覚悟した上での行動であった気がしてならなかった。身体が甚だ弱っても、ただ長く生きさえすればいいような生き方はしたくなかったのであろう。最後まで自分の力を充分出し切り、人間として悔いのない一生を全うしたかったに違いない。

その思いが湧いてくると、あの原稿のことが気になった。出来ることなら、もう一度初めから読みたかった。あの後、親子で病室の後片付けをしたはずだ。もしかすると、その時に捨てられたかもしれない。そうされるようなら自分がもらい受けたいのだ。時間からして、もう後片付けは終わっている気がした。他のゴミと一緒に処分されたのなら、場所を聞いて拾ってこようと思った。霊柩車はそろそろ着くはずである。四人がどこへ行ったかは知らないが、霊安室には必ず来るのだから、ここで待つのが一番いいように思った。

それから間もなくすると、親子が揃ってこちらに向かって来るのが見えた。近寄ってくると、もう先ほどの悲しみの表情はなくなっていた。涙を充分流したので、その点では心の区切りがついたのかもしれない。側に来たので立ち上がると、父親が話しかけてきた。

「井上さんのことは聞いていました。誠二は最後にあなたに会えて幸せだったと思います」

母親と同じようなことを言った。二人で示し合わせたわけではあるまい。本当の心のようである。

「僕の方が幸せでした」。自分の心をそのまま述べた。

「実は、お願いがあるんです」

その言葉を聞いて、不思議に思った。父親とは今日ここで初めて会ったのだ。お願いされることなんかはないはずである。

「何でしょうか?」。自然に訊ねていた。すると、横から母親が代わって言った。

「誠二が私に遺言したんです」

それを聞くと、いったい何のことかと思った。遺言というと非常に大切なことなはずだ。自分の祖父と祖母が死んだ時には、遺言なんて全くありはしなかった。親戚の中でも、遺言が残されたことは一度としてない。だから、それが自分の側で実際にあったということ自体が驚きである。しかも、唐島さんの残した遺言を親が自分に今言おうとしているというのは、自分に関係があることを唐島さんが言い残したということに違いない。どんな重大なことかと思うと、自ずと身が引き締まる思いがした。緊張して次の言葉を待った。

「自分が死んだら今まで読んだ本は全部井上さんにあげてくれ、と誠二は私にハッキリ言ったんです。邪魔になるかもしれませんが、どうぞ貰っていただけないでしょうか。お金は一切要りませんから。送料はこちらが負担させていただきますので」

何事かと思ったら、今までに読んだ本を全て自分に譲るように唐島さんは母親に言い遺したと言うではないか。親からの仕送りと奨学金で今まで生活をしてきたが、本代はバカにはならなかった。買いたくても買えない本は今までに沢山あったのだ。そんな状況が続いてきたが、こともあろうに、本を全て無料でくれるという。しかも、唐島さんが読んだ本なのだ。あの知識の広さと思慮の深さである。かなり高度で多岐な内容の物が多いに違いない。断る理由は全くなかった。何の躊躇もなく承諾した。しかし、かなりの冊数になるはずだ。病室のベッドの下には段ボール箱が何個も置いてあった。中は全て本だった。あれだけでもかなりの数だが、実家にも相当の量が置かれているに違いない。今まで読んだ全てというのならば、それも含めてのことなはずだ。今住んでいる四畳半の部屋では、とても置けないであろう。先ずは函館の実家に送って貰おうと思い、その旨を告げた。それに関しては、父親も母親も納得をしてくれた。

全く予期しなかった唐島さんの両親からの申し出は手放しで嬉しかったが、自分の関心はあの原稿にあった。あれがどうなったのかが気掛かりなのである。

「唐島さんが読んだ本をいただけるのは本当に勿体ないほど嬉しいですが、二月に僕が再入院した時に、唐島さんが書いた二〇〇枚ほどの原稿を読ませてもらったんです。出来ましたらあれをもう一度読ませて欲しいんですが？」

そう言って父親と母親の顔を見た。

「井上さんはあれを読んでいたんですね。私も看病しながら読んでおりました。井上さんはまた読みたいんですね？」

自分だけかと思ったら、母親も読んだという。唐島さんが集中治療室に入れられている時に、病室の棚の上に置かれているのに気が付き読んだのであろう。

「はい。出来ることならもう一度読ませていただけないでしょうか」

「わかりました。誠二が書いた物ですから、あれは形見として私は取っておきたいです。でも井上さんが読みたいのなら、コピーして後から送ります。それでいいでしょうか？」

「そうしていただけるなら、お願いいたします」

「わかりました。そうさせていただきます」

本当はあとひとこと言いたかった。コピーだけは室蘭の方に送ってくれないか、と。しかし、そこまでしては自分のわがままになるはずだ。厖大《ぼうだい》な数の本であろう。それを無料で貰えるだけでも、とても有難いことなのだ。コピーが本と一緒に函館に送られてきたなら、自分の親に言って室蘭の方へ送ってもらえばいいだけのことである。

それから一時間ほどして霊柩車が到着した。連絡が届くと、関係した医者を初めとして、沢山の看護婦や同室の患者達が玄関に集まって来た。しのぶちゃんやひとみちゃんの准看たちも中にいる。

唐島さんがストレッチャーに乗せられたまま連れてこられた。顔を見ると先ほどのままで、とても死んだとは思えない表情だ。既に玄関の床には、霊柩車備え付けの物なのであろう、担架が置かれていた。ストレッチャーの上の唐島さんを担架の上に移すようである。霊柩車の人が男の人何人かの手伝いを求めた。それを聞くとすぐに前に出て、自分が手伝う意志を示した。他には医者が一人と、父親と弟さんが動いた。自分は自ら頭の方に回った。足の方に弟さんが立った。医者と父親と霊柩車の人は身体の中ほどに下から腕を回す役である。唐島さんの頭を少し持ち上げ、両腕の下に背後から自分の腕を通して抱きかかえた。男五人で抱えたことにもよるが、随分と軽かった。こんなに体重が落ちてしまっていたのだ。担架に乗せると、今度は弟さんと自分の二人で担架を持った。

そのまま静かに歩いて行き、外に止められている車の後ろに乗せた。霊柩車と聞いていたのでそのような格好の車かと思ったが、普通の車のバンを改造したような自動車である。唐島さんが乗せられ、後ろのドアが閉められると、父親が皆に向かって、長い間お世話になったことと見送りしてくれることへのお礼の言葉を述べた。見送る人達は終始無言である。父親のお礼の言葉が終わると、聞いていた皆は深々と頭を下げた。

さあ、いよいよ出発である。これで本当のお別れなのだ。もう二度と会えるものではない。そのことが思われると、再び涙が流れ落ちて来た。弟さんの物と思われる車が霊柩車の後ろに止められていた。そこに親子四人が乗り込んだ。運転手は弟さんである。霊柩車の運転手がクラクションを一回目は比較的長く、二回目は更に伸ばすかのように長く鳴らした。見送る人達は皆、頭を深く下げた。ゆっくりと霊柩車が動く。後ろの車がそれに続いた。四人は車の中から見送りの人達に頭を下げている。だらだらした坂を霊柩車はゆっくりと下る。それを追いかけるかのように、無意識の内に足が何歩か前へ動いていた。しかし、車のスピードにかなうものではない。流れ落ちる涙は止められる量ではなくなっていた。拭うことは無駄な努力だった。腰を曲げながら「ありがとうございました」と、走り去る唐島さんに向かって再び心からお礼を述べた。

腰を曲げたまま首だけをもたげて、小さくなって行く車を見ていると、周りの見送りの人達が院内に帰って行く音が聞こえてきた。患者以外はどの人も仕事の途中で出て来たのだろうから、所定の場所に戻るのであろう。皆がそうしても、自分は離れて行く車を目で追っていた。山の陰に二台の車が隠れ見えなくなっても、その場所をじっと見つめていた。

唐島さんに初めて会った時からのことが順に思い出されていた。痩せていても威厳があるあの姿は、簡単に出て来るものでは決してないはずだ。僅かな時間さえ無駄にしないで日々を送るという生き方が何も意識をすることなく自然に出来るのも、普通の人には不可能な境地であろう。あんなに弱っていても、最後まで力を振り絞って原稿を書こうとした。自分には蔵書を全てプレゼントすると遺言してもくれた。そこまで信用してくれたのだ。これからは唐島さんが学んだことを自分が学べるのである。唐島さんが出来なかった分を、今度は自分がするのだ。霊柩車が見えなくなった所をじっと見ながら、「やるぞ！　唐島さんの分まで俺は生きるぞ！」と誓った。既に周囲に人の気配は全くなくなっていた。今、ここに残されたのは自分だけなのである。その中で誰に憚ることなく、前方の一点に目を据えながら誓っていた。

涙の流れが漸く止まったので、手に持っていた濡れたハンカチで顔を何とか拭いて、漸く頭を上げた。それでもすぐ動くことは出来ず、じっと前を向いたままでいた。時間は決して戻りはしないのだ。これからは自分が未来に向かって生きるのである。その心を新たにした。

腕時計を見ると、間もなく二時である。二時半頃に出るバスがあったはずだ。夕食までにはアパートに戻れるに違いない。いつもの如く、七時には机に向かえるだろう。教授から依頼された図面が待っている。それを清書すれば、更に難しい物を頼まれるかもしれない。けっこうなことである。

帰ろうと思い身体を横に向けると、玄関の内側にしのぶちゃんがただ一人だけガラス越しにこちらを向いて立っているのが見えた。病院関係者は皆帰ったはずなのに彼女だけがそこにいるなんて、何かやり残したことでもあるのだろうかと思った。顔を見ると、心配事でもありそうな様子だ。無意識の内に足がそちらに向いていた。

自分が動き出すと、彼女もこちらに近付くような素振りを見せるではないか。心臓は既に音を立て始めていたが、このまま進めば彼女と向かい合って立ち止まることになってしまうはずだ。それは嬉しいのだが、そうなっても何をどう話していいのか、とっさのことなので考えが及ばなかった。

彼女が厚手のガラスのドアをゆっくり押し、外側に出ようとしている。周囲には医者も看護婦も一人もいない。事務の人が室の窓を通して奥の方に何人か見えたが、名前さえ知らない人たちである。そんな人たちに見られても、それほど気になるものではなかった。ガラス窓を二枚隔てるのだから、声だって聞こえるはずがない。遠慮をするような条件は殆どなかった。

彼女の顔が近くになってくると、翳りが見えていた顔に明るさが戻っているのが見て取れた。玄関の中は外ほど明るくはない。そのおかげで顔が少しばかり暗く見えたのかもしれなかった。彼女は笑顔が似合うのだ。今、自分の目の前に見えているのは、今までこの病院で見てきたしのぶちゃんだった。

立ち止まると、心の中にあることがそのまま口に出ていた。

「唐島さんはとうとう行ってしまったよ」

一言口に出すと、幾分心が落ち着いた。

「井上さんは淋しいでしょうね」

彼女も自分の心を察して言ってくれているのだ。

「淋しいよ。本当に淋しいよ。こんなに早く逝ってしまうなんて、思ってもいなかったよ」

「井上さんは唐島さんを慕っていましたし、尊敬してもいましたから」

「あんな人に今まで会ったことがないんだ。珍しいよ。そう簡単に出会えるような人じゃないよ」

「井上さんを見てると、その気持ちはよくわかりそうな気がします」

「この病院に来て、本当に良かったよ。初めは動けなくて苦しかったけど、おかげで得ることが沢山あったよ」

「井上さんは初めは自由が利かなかったですから、苦しかったと思いますよ。でも、得ることが沢山あったんですね。そんなふうに言ってくださると、わたしも嬉しくなります」

顔には既に笑みが浮かんでいる。自分が一番見たい顔だった。本当は声を大にして言いたいのだ。唐島さんに会えたことはかけがえのない大きなことだったが、しのぶちゃんに会えたことはそれ以上はるかにはるかに大切なことだったのだ、と。しかし本人を前にしていると、とてもそんな言葉を口に出すことが出来るものではない。もどかしかったが、どうすることも出来なかった。今月末の日曜日に彼女が室蘭に来てくれると先日言ってくれたことを既に思い出していたが、唐島さんが去ったばかりの今の状態では、とてもその話をするわけにはいかなかった。でも、このままそのことには触れないでここで別れるとなると、彼女は来てくれないかもしれないという不安が少しばかりあった。

しかし彼女は今、「でも、得ることが沢山あったんですね。そんなふうに言ってくださると、わたしも嬉しくなります」と言ってくれた。ここは、その言葉に乗った方がいいかもしれないと思った。

「いろんな人たちにも会えたしね」

「いろんな人たちって？」

「小野さんや山下さんたちにも会えたし」

「男の人たちですね。井上さんはよく話をしてましたから」

「男の人たちだけじゃないんだ。准看の女の子に会えたのもよかったよ。楽しかったよ」

自分としてはかなり突っ込んで言ったつもりだった。准看としか言えなかったが、その言葉で自分の心を汲んでほしかったのだ。

「そんなに楽しかったんですか？」

「うん」

そう返事をするくらいしか出来なかった。しのぶちゃんの顔には喜びの表情が出ていた。間近でそんな顔をされると、目をまともに合わせることが出来なくなってしまう。

彼女は顔を下に向けると、ポケットの中に手を入れた。何をするのかと思って見ていると、中から薄いピンク色のハンカチを取りだした。いつも使っている物のようである。きれいな花の刺繍が入っていた。何かを拭くのかなと思ったが、そんな様子ではない。両手でそれを持つと、しずかに差し出した。

「女用ですけど、これ、使ってください。井上さんの持ってるハンカチはぐしょぐしょになってましたから」

自分の持っているハンカチが涙で濡れ、既に使えないくらいになっていることをしのぶちゃんは見ていたのだ。ということは、今までずっとここに止まって自分の一部始終を見てくれていたことになる。自分がどんな姿をしていたのか全くわからないが、彼女だけはそんな自分を見続けていてくれたのだ。何かやり残したことがあってここに残っていたわけではなかったのだ。それがわかると、今まで以上にしのぶちゃんが身近な存在になったような気がしていた。

無意識の内に手が伸びていた。ハンカチを持って顔に近付けると、良い匂いがかすかにした。香水が含まれているのかもしれない。

女の子が使うハンカチを手にしたのは生まれて初めてである。他の見知らぬ女の子の物ではない、しのぶちゃんのなのだ。それが自分の手の中に今あるだけで幸せな気がした。しかもしのぶちゃんは、これを貸してくれるという。借りたならば返さねばならない。ということは、また彼女に会えるということになる。そのことを思うと、更に嬉しくなった。

ポケットに入っているのは濡れた雑巾ほどではないが、その一歩手前のような状態だ。服が汚れることを考えると捨てた方がいいくらいなのだが、自分が持っているハンカチはたったの二枚だけだった。新しく買うにはお金がかかる。そんなに高いものではないが、ある物を捨ててまで買う必要はないように思っていた。今は仕方がないので入れているだけなのだ。せっかくしのぶちゃんが貸してくれるというのだから、同じ所に入れて濡らしてはいけないと思った。受け取ってからどこに入れようかと迷っていると、再びしのぶちゃんが言った。

「濡れたハンカチを貸してください。わたしが洗濯をしておきますから」

この汚くなったのを洗ってくれるというのだ。ありがたくはあったが、渡すのさえ遠慮せねばならないくらいだった。

「でも、汚れてるよ」

「いいんですよ。きれいにしてお返ししますから」

その言葉を聞いて、今度室蘭に来てくれると先日言ったことを忘れないでいることが感じられた。返すというのは、その時があるからこそ言ったことに違いない。すぐにポケットの中から涙でぐしょぐしょになったハンカチを取りだして渡した。

「こんなにひどくなってるよ。いいの」

「いいんです。洗濯はいつもしてますから。わたしのを洗う時に一緒にしますね」

彼女の洗濯物と一緒に洗うという。しのぶちゃんの衣服と自分のハンカチが一緒に洗濯機の中で回る光景が眼前に浮かんだ。布なのだから何てことはないが、そこまでしてくれるというのだから、ここはこのまま任せる方がいいように思った。今は、新品のようになったハンカチを持って室蘭に来てくれる彼女の姿が想像されていた。

「今月の末はどんな天気かなあ」

ハッキリとは言いにくかったので、天気の方から話題に入った方がいいように思ったのだ。

五月の末と言っただけで彼女はわかってくれるような気がしていた。

「毎年その頃は雨が少ないですから、だいじょうぶじゃないかと思います。登別も室蘭も天気はそんなに変わらないはずですから」

やはりそうだった。遠慮はもうしなくていいのだ。

「そうだといいね。乗り物は?」

「汽車にしようかと思っています。八時三十二分に登別を発つ鈍行がありますから」

忘れるどころか、彼女は汽車の時間まで既に調べているではないか。おそらく、バスの時間も検討した上で汽車にしたに違いない。バスでは遠回りになる。八時三十二分発なら、鷲別に着くのは八時五十分くらいではなかろうかと思った。

「それじゃ、鷲別駅で待ってるよ。あそこからなら歩いても来れるしバスもあるから、どっちでもいいよ」

「そうなんですね。楽しみです」

五月二十三日にはどんな表情で汽車から降りてくるのか、思いは既にそちらの方に向かっていた。

彼女は腕の時計を見ている。皆が帰ってから自分だけがここに残っていたのだ。あまり長く仕事に戻らないと、婦長や周囲の人たちからいろいろ言われるかもしれないのだろう。ここは邪魔をしてはいけないように思った。

「仕事に戻らなくちゃいけないいんでしょ？」

「そうなんです。早く帰らないと婦長に叱られますから」

「それなら早く行った方がいいよ」

「そうですね。それじゃ、わたしはこれで失礼しますね」

「僕も帰ることにするよ。二十三日は気をつけて来てね」

「はい。ハンカチはその時お返ししますね」

「うん、たのむよ」

彼女は笑顔のままにガラスのドアを押した。中の広い廊下はうす暗い。厚手のガラスを一枚隔てるだけで、内側は少しばかり見えにくくなる。しのぶちゃんは中に入って少し歩くと立ち止まって振り返り、笑みを浮かべながら手を振った。そんな表情をされると、自分も付いて行きたくなってしまう。しかし、ここは彼女を早く戻らせる方がいいはずだ。無意識の内に手を振り返していた。そこから彼女は足早に院内に向かって行った。姿が見えなくなったところで、自分も玄関を離れた。

数歩進みそこで止まると、先ほど唐島さんを乗せた車が見えなくなった山の方に目を向けた。今頃車がどの辺りを走っているのかわかりはしないが、じっと見ていると、唐島さんの顔が自然に浮かんで来ていた。悲しそうではない。それどころか、自分を励ましてくれているような表情である。

「俺の分までやるんだぞ。君なら出来る」と言ってくれているような気がしていた。唐島さんは学問に没頭しながら、愛する彼女を大切にしていた。唐島さんにはかなわないが、この自分にもその道が少しばかりではあるが開けて来ているのかもしれない。どれほどのことが出来るのかわかりはしないが、これからは可能な限りの力を注ぎ込み進もうと思っていた。唐島さんが応援してくれているのだ。それだけではない、しのぶちゃんも強く後押しをしてくれるような気がしてならなかった。

腕時計を見た。二時十五分を指している。ゆっくりバス停に向かっても充分間に合う時間である。振り向いてゆるやかな坂に目をやると、誰一人歩いてはいなかった。一人で歩くには広すぎる道である。その道の真ん中をゆっくりと下った。

前方を見ると、晴天の空の下に登別温泉の山並みが見えた。ここからでは見えないが、陰になっている山の中をしのぶちゃんと二人で手をつなぎながら歩いたのだ。その時の彼女の嬉しそうな顔が目の前に浮かんでいた。

あとがき

女の子にもてたいというのは、男の切なる思いである。若い時には、特にその心が強い。親から貰った顔やスタイルで勝負が決まってしまうのならば、これはどうしようもない。しかし、老齢を迎えて振り返ってみると、女性に対する男の魅力というのは、生き方に大きくかかわっていることが分かる。しっかり生きている男とは、女性を引き付ける光を無意識のうちに発するものなのだ。

強く逞しい生き方をするというのは簡単ではないが、それが叶うのには、その男の心の眼がどこに向いているかに大きく起因するものである。

この小説に登場させたのは、高校卒業までもてたことが一度もないという大学生だ。これは筆者自身のことでもあるが、主人公は全く別人である。

何も問題がなかったなら、そのままの調子で過ごしたかもしれない。しかし、この男に、生き方を大きく変えることになる出会いが訪れた。持病の股関節脱臼が悪化し、手術をせねばならぬこととなるが、病院内で難病の青年に会ったのがその時だった。

いつ死が来るかもしれぬ人が、少しの時間をも惜しんで明日を目指しているのである。主人公は彼からかけがえのない教えを受ける。

気がつかぬうちに、本人も同じように日々を送ることになっていた。その生き様が、男としての魅力をいつの間にか発していたのだ。

こんなことはいつの時代でもあることであろう。現代にあてはめて描くのがいいのだろうが、筆者が青年時代を過ごしたのは昭和四十年代から五十年代にかけてである。その頃に場を移した方が筆がなめらかに動いたので、その時代を舞台とすることにした。

しかし、現代の青年にも、共感するところが多々あるように思われる。

著者プロフィール

菅原 信隆（すがはら しんりゅう）

昭和28年生まれ
室蘭工業大学工業化学科卒
北海道大学文学部史学科研究生
中央仏教学院本科卒
龍谷大学文学部仏教学科卒
現在浄土真宗本願寺派蓮福寺（佐賀県）前住職

■著書

『転依《てんね》』（日本図書館協会選定図書、法蔵館）
『自然法爾《じねんほうに》』（法蔵館）
『信心をいただく』（樹心社）
『浄土真宗は何故これほどまでにダメになってしまったのか』（文芸社）
『日本再生論　日本人は世界中の有色人種を救った』（文芸社）
『老いてもモテた昔の名僧　生き死にの根本矛盾を克服した男たちは、一生を輝ききって全うした』（文芸社）他

二十一歳のはつ春

2025年１月15日　初版第１刷発行

著　者　菅原 信隆
発行者　瓜谷 綱延
発行所　株式会社文芸社
〒160-0022　東京都新宿区新宿１－10－１
電話　03-5369-3060（代表）
03-5369-2299（販売）

印刷所　株式会社フクイン

ISBN978-4-286-26108-9